식민주의와 협력
-일제말 전시기 일본어 소설선 1-

식민주의와 문화 총서 1

식민주의와 협력
―일제말 전시기 일본어 소설선 1―

김재용 · 김미란 편역

역락

편역자 **김재용**

연세대학교 대학원
원광대학교 국어국문학과 교수

김미란

동경대학교 대학원
고려대학교 강사

식민주의와 문화 총서 1

식민주의와 협력—일제말 전시기 일본어 소설선 1

초판 발행 2003년 9월 30일
초판 2쇄 2010년 10월 08일
편역자 김재용 김미란
펴낸이 이대현
편 집 박선주
펴낸곳 도서출판 역락
　　　서울 서초구 반포4동 577-25 문창빌딩 2층
　　　전화 02-3409-2058(영업부), 2060(편집부)
　　　팩시밀리 02-3409-2059
　　　이메일 youkrack@hanmail.net
　　　등록 1999년 4월 19일 제303-2002-000014호
ISBN 89-5556-242-X 93800
정 가 13,000원

* 잘못된 책은 교환해 드립니다.

머리말

일제말 친일 파시즘 문학 연구가 그 동안 제대로 이루어지지 못한 데에는 해방 이후의 정치적 상황을 비롯한 여러 가지 이유가 있겠지만 학계 내적인 이유의 하나로 일본어로 쓰여진 작품에 대한 접근이 어려웠다는 점을 들 수 있을 것이다. 1939년 이후 1945년까지 시기에 많은 조선인 문학자들이 자의에 의해서든 타의에 의해서든 일본어로도 작품을 쓰게 되었는데 해방 이후 이들 작품들은 한꺼번에 친일 파시즘 문학으로 간주되어 한국근대문학 연구자들의 시야에서 사라져버렸다. 그런데 이들 작품에는 식민주의 파시즘에 협력한 문학이 있는가 하면 오히려 식민주의 파시즘 체제에 저항하는 비협력의 작품들도 존재하고 있다. 따라서 이들 일본어로 쓰여진 작품을 발굴하고 더 많은 연구자와 독자를 만날 수 있도록 한글로 번역 소개하는 작업은 친일 파시즘 문학을 연구함에 있어 일차적 중요성을 가진다. 그래서 일제말에 일본어로 쓰여진 작품에 대한 자료 목록을 작성하고 그 중에서 이 시기 문학 연구에서 중요성을 가지는 작가와 작품을 선별 번역하여 이 방면의 연구에 자료로 제공하고자 하였다. 본 권은 식민주의 파시즘에 협력한 작가들의 작품 중에서 중요한 것들을 뽑아 번역 수록하였다. 친일 파시즘 문학에 대한 이러한 자료 정리는 친일문학의 내적 논리에 대한 연구와 더불어 앞으로 진행될 친일 파시즘 협력 문학에 대한 연구에 큰 기여를 할 것으로 기대한다.

2003년 7월
편역자

차 례

이광수

- 대 동 아 ‖ 11 ‖
- 병사가 될 수 있다 ‖ 29 ‖

최정희

- 환영 속의 병사 ‖ 45 ‖
- 2월 15일의 밤 ‖ 53 ‖

이석훈

- 고요한 폭풍 ‖ 61 ‖
- 북으로의 여행 ‖ 121 ‖

정인택

- 청량리 교외 ‖ 139 ‖
- 껍 질 ‖ 163 ‖

장혁주

- 어느 독농가의 술회 ‖ 179 ‖
- 순 례 ‖ 199 ‖

이광수

- 대동아
- 병사가 될 수 있다

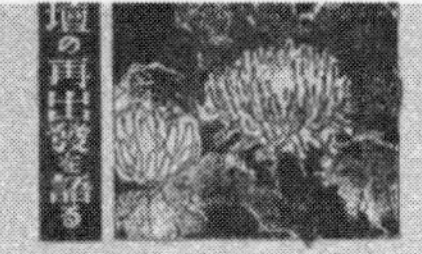

▍이광수(1892 - 1950)

국망을 전후하여 작품을 발표하기 시작하여 『무정』 등의 작품을 발표하였다. 3.1운동 직전에 상해로 가서 독립신문을 발간하기도 하였으며 귀국 후 국민주의의 선양에 힘을 바쳤다. 중일전쟁 이후 급속하게 식민주의에 협력하였으며 이로 인하여 해방 후에는 반민특위에 서기도 하였다. 한국전쟁 때 사망한 것으로 추정된다.

대동아

　카케이 아케미는 이층의 아버지 서재를 청소하고 있었다. 아케미는 더러워지는 것도 상관하지 않고 책장이랑 책상의 먼지를 열심히 털고 있었다. 남쪽 마루에서 근위기병대가 있는 숲이 보였다. 몸을 조금 내밀면 연병대 정문의 보초까지 보일 정도였다. 아케미가 마루에 걸레질을 하고 있으려니 탕탕 아침 공기를 깨고 연병장의 병사들이 실탄 사격하는 소리가 들려왔다.

　"날씨가 좋네. 하긴 국화의 계절이니까."

　아케미는 발꿈치를 들어 후지산이 보일 정도로 맑은 서북쪽 하늘을 올려다보았다. 아케미의 머리 속에 범우생(范于生)의 모습이 스쳤다.

　"범상은 지금쯤 뭘 하고 있을까?"

　헤어진 지 벌써 4~5년이 되는데도 아케미는 범우생을 잊은 적이 없었다.

　범이 귀국할 때 역까지 배웅을 나간 아케미에게,

　"아가씨. 저는 당신을 믿습니다. 사랑한다기보다는 믿는다고 말하고 싶습니다. 저는 조국으로 돌아갑니다. 당신 조국의 적이 되어 내 조국으로 돌아가는 겁니다. 괴롭습니다. 당신과 헤어지게 되어 괴롭다기보다 적이 되어서는 안 될 지나와 일본이 적이 되어 싸우지 않으면 안 된다는 것이 괴롭습니다. 그러나 제게는 국민으로서의 의무가 있습니다. 그래서 돌아갑니다. 그러나 저는 믿고 있습니다. 카케이 선생님이 말씀하신 것처럼 아시아는 하나입니다. 어떤 우여곡절이 있다 해도 그건 일시적일 뿐, 결국 아시아는 하나가 될 거라고 하신 선생님의 말씀을 저는 믿고 있습니다. 그렇지만 당분간은 당신과 헤어져 조국으로 돌아가야 합니다. 그러나 아케미상― 실례인 줄 알지만 아케미상이라고 부르게 해 주세요. 아케미상. 저는 당신을 믿습니다. 일본 여성을 믿는다는 것이 지금의 제 솔직한 마음일 것입니다. 제가 이 전쟁에서 살아남으면 반드시 아케미상에게 돌아오겠습니다. 괜찮겠지요? 당신도 저를 믿어주시겠지요?"

라고 한 말을 그녀는 잊을 수가 없었다. 범이 아케미에게 마치 절친한 사이에서나 있을 수 있는 애정고백과 비슷한 말을 한 것은 처음이어서 당황하였지만 범의 진실을 거역할 수 없었다. 그래서 아케미는,

"예, 믿습니다. 당신이 돌아오기를 기다리겠습니다. 평화가 찾아오는 그날, 우리들의 날도 반드시……."

라고 맹세하였다.

그로부터 5년이 흘렀던 것이다.

아케미는 이층의 아버지 서재를 청소할 때마다 범을 생각했다. 바로 이 서재에서 우생을 비롯한 지나(支那)의 유학생이 매주 한번씩 모였기 때문이었다. 범이 지도자격으로 지나 유학생을 카케이 박사에게 데려왔다.

아케미의 아버지 카케이 가즈오(?和夫)는 상해의 동아동문서원(東亞同文書院)의 교수였다. 그러나 지나 사변의 전화가 상해로 번지자 당분간이라는 조건으로 와세다 대학의 초청을 받고 동양사를 강의하게 되었다. 범 우생은 카케이 교수가 상해에 있을 때부터 알고 지내던 사이로 범우생이 동경에 온 것도 카케이 교수 때문이었다.

범의 아버지인 학명(鶴鳴)은 세인트존스 대학의 중국사와 중국문학 교수였다. 그는 미국에서 교육을 받았지만 명문 출신으로 그의 아버지가 강유위(康有爲)의 문인이어서인지 지나의 학문 연구를 자신의 임무로 알

왔다. 물론 말할 것도 없이 손문의 숭배자였다. 때문에 미국에서 공부를 했는데도 동양적인 정서와 풍격을 지니고 있었다. 범 교수는 카케이 교수의 저서 "주례와 지나의 국민성."에 심취하여 카케이 교수의 문을 두드린 것이었다.

"진짜 지나의 마음을 알고 있는 사람은 카케이 박사이다."

범 교수는 지나의 잡지에 그렇게까지 격찬하였다. 카케이 교수와 교제하면서 범 교수는 일본인의 마음을 알고,

"지나에서는 사멸한 예의가 일본에서는 살아 만개하고 있다."

라는 말을 잡지에 쓴 것 때문에 모두에게 배척당해 세인트존스 대학을 쫓겨날 위기에 처했다. 이 때 피트 교수가,

"범 교수는 양심적인 학자이다. 학자가 자신의 신념을 솔직하게 발표했다고 해서 교수 자리를 빼앗는다는 것은 본 대학의 치욕이며 학문에 대한 모욕이다."

고 변호하여 겨우 수습되었다.

그러나 진리에 충실한 범 교수는 동료와 동포들에게 손가락질 받는 것도 아랑곳하지 않고 카케이 교수와 더욱 친교를 맺고 일본의 역사, 문학 등을 연구하였다. 그리고 카케이 교수를 통해 일본의 국가 이상과 동아에 대한 불변의 국책을 듣고, 또 일본의 학자, 명사들과의 교류에 힘썼다.

카케이 교수와 범 교수의 개인적인 친교는 양가 가족 친교가 되어 아케미가 처음 지나인의 집에 발을 들여놓은 곳도 정안사로(靜安寺路)에 있는 범 교수의 집이었다.

범우생과 여동생 범소성(范少姓)이 카케이 박사의 가정에서 일본의 아름다움을 발견한 것과 마찬가지로 아케미도 범의 가정에서 지나의 아름다움을 보았다. 실제 아케미는 범의 가정을 보기 전까지는 지나는 더러운 곳, 지나인은 더러운 인종이라는 경멸에 가까운 감정을 가지고 있었던 것이다. 그러나 범의 가정을 보고 처음으로 지나인의 전통 깊은, 잘

다듬어진 문화에 접할 수가 있었다. 천박하고 유물적인 서양의 화려함이 아니라 목단의 향기처럼, 또는 그 색처럼 뭐라 할 수 없는 풍미가 배어나는 것이었다.

아케미는 지나인의 소녀들이 배우는 학교에서 공부를 하고 싶었다. 지나에 깊은 흥미를 가지고 일본, 지나 두 민족 상호 이해와 애정이야말로 동아 영원 평화의 기초가 되리라는 것을 믿고 있던 카케이 박사는 아케미의 청을 흔쾌히 받아들여 범우생의 누나가 교편을 잡고 있는 센트마리즈컬리지에 입학할 수 있도록 허락해 주었다. 아케미는 그 학교에 처음으로 입학한 일본인으로 학생들은 좀처럼 아케미에게 마음을 열지 않았다. 더욱이 당시에는 일본과의 관계가 일촉즉발의 험악한 상태여서 일본 여자가 학교에 들어온 것도 스파이 목적일 거라는 소문이 날 정도였다.

노구교(蘆溝橋) 사건이 일어나자 상해에서도 일본인이 지나인에게 폭행을 당하는 사건이 발생하였다. 홍구(紅口)에 있는 집에서 상해 서쪽 교외에 있는 학교까지 왕복하는 것 자체가 커다란 모험이었지만 아케미는 학교를 그만 두려 하지 않았다. 일본과 지나의 관계가 험악해질 수록 한 사람이라도 많은 지나인에게 일본을 알리지 않으면 안 된다. 일본이 전쟁에서 이겨도 마음으로 지나를 잃어버린다면 아무것도 안 된다. 진짜 일본을 이해하는 지나인을 만드는 것이 성을 점령하는 것보다 더 큰 승리가 될 것이다. —아케미는 아버지 카케이 박사의 말투를 흉내내어 이렇게 생각하고 있었다. 그러나 정치 사정이 절박해지자 아케미의 진심도 지나인 동창생들에게는 통하지 않았다. 지나인은 여학생들까지 정치에 관심이 많고 특히 일본에 대해서는 심한 적개심을 품고 있었다. 그들은 서양 교수들은 마치 부모처럼 따르고 신뢰했지만 같은 동문들끼리는 적의와 시기의 눈으로 바라보았다. 그걸 보면 불쌍하기도 하고 무섭기도 했다.

"그렇지만 화를 내어서는 안 돼. 포기해서는 안 돼. 내가 진심으로 그녀들에게 하는 언행은 반드시 씨가 되어 그들 마음의 토지에 떨어질 거야. 그리고 언젠가는 틀림없이 싹을 피울 거야."

겨우 18살에 지나지 않은 아케미였지만 웅대하게도 그런 생각을 하고 있었던 것이다. 적진 한 가운데 있었기 때문에 더욱 절실하게 조국의 안위가 어린 소녀의 가슴에 와 닿았던 것이다.

그런 속에서 전화가 상해까지 번지게 되었다. 동문서원은 당국의 명으로 폐쇄되어 카케이 교수 일가는 동경으로 돌아갈 수밖에 없었다. 출발하기 전날 밤, 야음을 틈타 범 교수는 아들 우생을 데리고 카케이 교수의 집을 방문했다.

"무슨 일이세요? 위험합니다."

카케이 교수는 범 교수의 손을 꼭 잡으며 걱정스럽게 말했다.

"위험하지요. 그러나 이건 전쟁입니다. 카케이 선생. 저는 언젠가 지나에서도 동아의 대세에 눈을 뜬 대인물이 나타나 양국에 평화가 찾아오리라 굳게 믿습니다. 그러나 엄청난 피를 흘린 후겠지요. 정말 불행한 일입니다. 저는 지나 국민의 한 사람으로서 누가 나쁘고 누구에게 책임이 있다고는 하지 않겠습니다. 결국 제가 나쁜 겁니다. 당신에게 사과드리겠습니다."

범 교수는 흥분하였지만 학자적인 침착함을 전혀 잃지 않고 있었다.

범 교수의 진솔한 태도와 말에 아케미는 눈두덩이 뜨거워지는 것을 느꼈다.

범 교수가 말을 마치자 카케이 교수는 정중하게 허리를 굽혔다.

"그 마음은 잘 압니다. 우리들은 학자입니다. 학자는 영원한 진리에 살지요. 일시적인 현실에 구애되어서는 안 됩니다. 학자가 진리를 잃어버리는 것은 전쟁보다 더 불행한 일입니다. 저는 아시아는 하나라고 믿습니다. 당신도 위대한 손중산 선생님과 마찬가지로 제게 공감하고 계십니다. 아시아의 마음, 아시아의 혼을 질식시키지 않도록 최선의 노력을 다 합시다. 저는 일본인 속에서, 당신은 지나인 속에서 이 마음을 심도록 합시다.”

라고 말하고 카케이 박사는 의자에서 일어나 손을 내밀었다. 범 교수는 벌떡 일어나 두 손으로 카케이 박사의 손을 굳게 잡으며 오열했다. 카케이 박사의 눈에서도 눈물이 흘렀다. 아케미는 두 사람의 모습을 보고 감격으로 가슴이 터질 것만 같았다. 아케미는 지나인은 천성이 냉정하다고 생각하고 있었다. 특히 범 박사는 평생 열정을 보이지 않았다. 은근하고 무표정에 가까웠다. 지나인은 정열을 질식시키고 있다는 말이 정말이라고 생각했다. 때때로 열정을 폭발시키는 아버지를 보고자란 아케미에게 범 교수의 냉정함이 얄미울 정도였다. 그런데 그 범 교수가 오열하고 있다. 범 교수의 오열이 아케미를 현기증이 날 정도로 감격시켰던 것이다.

두 학자는 손을 잡고 서로 쓰다듬으며 상대방의 눈물에 젖은 눈을 마주보고 있었다. 이 광경을 장개석 일파에게 보이고 싶었다고 아케미는 나중에 범우생에게 털어놓은 적이 있었다.

“카케이 선생님. 아들을 맡아 주세요. 아들에게 진짜 일본, 일본의 본모습을 보이고 싶습니다. 그리고 배우게 하고 싶습니다. 우리 중화인이 일본을 바르게 인식하는 것이야말로 아시아의 모든 불행에서 벗어나는 길이라고 믿습니다. 부족하지만 지금 내 의지를 이어받을 사람은 이놈밖에 없습니다. 아들도 선생님을 존경하고 있으니 동경에 데려가 주세요. 적국인이라서 안 될까요?”

범 교수의 얼굴은 침통했다.

“아뇨. 천만에요. 일본은 당신 나라의 국민을 적국인이라고 생각하지 않을 겁니다. 일본에 살고 있는 중국 사람들은 앞으로도 지금처럼 일본의 보호 아래 편하게 지낼 겁니다. 실제로 그렇게 살고 있습니다. 좋습니다. 아드님을 맡기로 하지요. 부족하지만 전쟁이 끝날 때까지 제가 돌보지요.”

이렇게 하여 범우생은 동경에 오게 되었다.

　동경에 온 범우생은 카케이 교수의 집에 머물렀다. 혼기에 찬 딸을 가진 카케이 박사로서는 외국인 청년을 집에 두는 것이 꺼려졌지만 범 교수의 성실한 부탁을 생각하면 차가운 하숙집으로 내몰 수가 없었다. 카케이 부인도 이해해 주었고 아케미도 싫은 얼굴을 보이지 않았다. 그리고 범 교수의 희망을 존중하여 우생은 동격 제국대학의 특별 허가를 받아 청강생으로 국문학과 역사 강의를 들울 수 있었던 것이다.

　처음에는 우생도 재미있어 했지만 점점 우울해 하는 것이 카케이 교수 집안사람들 눈에도 보일 정도였다. 이전과 달리 학교에서 돌아오는 시간이 늦어졌고 식탁에서도 거의 말이 없었다. 자기 방에 들어가면 거의 나오지도 않았다.

　"범상, 무슨 일이 있는 모양이네요."

　카케이 부인과 아케미도 걱정이 되었다.

　"우울해질 수밖에 없을 거야."

　카케이 교수는 당연한 것처럼 말했지만 속으로는 불안했다. 남경이 함락되어 전승축하회가 있던 날 우생은 몸이 좋지 않다며 방에 틀어박혀 저녁도 먹지 않고 복도에서 가족들과 마주쳐도 가볍게 목례를 할 뿐 입을 열지 않았다. 연호(燕湖)와 구강(九江)이 함락되어 강산(康山) 격전 소식이 들려오고 가을이 깊어가던 10월 29일에는 한구(漢口)도 함락되어 장개석 정권은 중경(重慶) 산속으로 도망쳤다. 일본에서도 장개석에 대한 적개심이 격렬하여 동경에 남아있던 지나인 학생들도 단체로 귀국하는 모양이었다. 카케이 박사의 말처럼 그런 상황에서 범우생이 우울해 하는 것도 어찌 보면 당연했다.

　그래도 우생을 위해 가슴을 졸이는 아케미였다. 젊은 사람의 심정은 젊은 사람에게 더 잘 통한다. 우생이 23살로 아케미가 19살이었지만 여자의 조숙함으로 아케미는 우생이 남동생처럼 여겨졌다.

　"뭔가 위로하고 싶어."

　아케미는 부모에게 말도 못하고 고민하였다.

그러나 아케미는 여자이고 범우생은 외국 남자였다. 동정은 하지만 한계가 있었다. 우생의 책상 위에 꽃을 한 송이 꽂아놓는다거나 옷을 단정하게 개어놓는 것 이외에는 할 수 없었다.

우생은 지나의 전통으로 남녀별로 예의가 있다는 것을 믿고 있는 모양이었다. 또 자신이 존경하는 스승의 집이니 자연히 신경을 쓰지 않을 수 없었을 것이다. 아케미는 물론이고 카케이 부인에게도 결코 허물없이 굴지 않았다. 일본인이라면 누구나 가지고 있는 상냥함도 전혀 보이지 않았다. 우생은 틀에 맞춘 것처럼 딱딱한 얼굴과 언동을 하여 답답하게 했다. 그 눈은 언제나 불안하고 경계하는 색이었다.

"범상 너무 신경을 쓰는구나."

아케미는 그렇게 생각하며 안타까워했다.

"자네 좀 편하게 지내게."

어느 날 모두 차를 마시면서 즐거운 저녁시간을 보내고 있을 때 카케이 박사가 우생에게 이렇게 말한 적이 있었다.

"자네 그렇게 딱딱하게 굴지 않아도 괜찮아. 자네 집에 있을 때처럼 솔직하게 행동해. 집에서는 자네를 가족처럼 생각하니까. 좀 편하게 하게."

"옛. 아직 일본의 예의에 익숙하지가 않아서요."

우생이 부끄러워했다.

"범상, 그렇게 신경 쓰지 않아도 괜찮아요."

카케이 부인도 그렇게 말했다.

"범상이 학업을 마치고 고국에 돌아가면 평생 동안 카케이 교수 집에서는 불편했다고 생각할 거 아니에요. 그럼 우리들이 미안하지요. 카케이 교수 집에서는 정말 유쾌했다고 아들 손자에게 이야기할 수 있었으면 좋겠어요."

카케이 부인은 우생의 찻잔에 차를 따르며 미소 지었다.

"아닙니다."

우생은 당황했다.

"그, 그런 것이 아닙니다. 저는, 저는 너무 감사하고 있습니다. 그저 이 감사하는 마음을 표현할 수 없을 뿐입니다."

우생은 자신의 표현이 서툴렀다고 생각했는지 답답한 듯 무릎 위로 두 손을 꼭 쥐고 있었다.

아케미는 우생의 마음을 알 것 같았다.

카케이 박사는 우생을 가만히 바라보았다. 이 청년의 조국에 대한 고민이 느껴져 마음이 무거웠다.

"범군."

카케이 박사는 엄숙하게 불렀다.

"옛."

우생은 두 손을 무릎 위에 올렸다.

"자네는 일본의 예의를 아직 모른다고 했지?"

"예."

"일본의 예의의 뭘 모른다는 건가?"

"아직 전혀 자신이 없습니다."

"일본의 예의와 자네 고국의 예의가 다르다고 생각하나?"

"예. 비슷한 것도 있고 전혀 다른 것도 있다고 생각합니다."

"그래? 그러겠지. 그럼 자네는 예의가 뭐라고 생각하나?"

"사양지심은 예지단야라고 맹자님이 말씀하셨습니다."

"그래. 사양지심이란 말이지?"

"옛."

"사양지심은 어떤 마음인가?"

"상대를 존경하는 마음입니다."

"그렇지. 그러니까 상대를 존경하고 감사하는 마음으로 말을 하고 행동을 하면 예의가 있는 거지. 예의(禮義)가 삼백, 위의(僞義)가 삼백이라고 하지만 결국은 마음이지. 마음이 없는 예의, 즉 마음에도 없는 예의는 무의미하지 않을까? 자네는 어떻게 생각하나."

“예. 말씀대로라고 생각합니다.”

“그러니까 마음 가는대로 성의를 다해 솔직하게 사는 게 좋아. 일본의 예의와 자네 나라의 예의가 다르다는 것은 표현 형식일 뿐이네. 예를 들어 인사하는 방법이지. 일본에서는 양손을 바닥에 짚어 예를 하지. 자네 나라에서는 양손을 마주 잡는 거지. 그러나 마음은 하나야. 상대방을 존경하고 상대방에게 감사하는 근본은 하나야. 바로 그게 성의 있고 거짓 없는 마음이지. 범군, 지금 자네 나라의 예의에는 성의가 있는가? 아니면 거짓이 많은가? 솔직하게 말해 보게.”

범은 고개를 떨구었다. 성의가 있다고 하면 자신이 거짓이 많다는 말이 되고 거짓이 많다고 하면 조국을 배반하는 것이 되는 것이다. 한쪽은 범의 양심이 걸리고 다른 한쪽은 범의 애국심을 속이는 것이었다. 그러나 카케이 교수는 스승이었다. 스승을 속이는 것도 양심이 허락하지 않았다. 범은 고민했다. 범은 자신의 조국이 일본에 비해 너무 초라한 상태에 있어 더욱 조국에 대한 애국심이 불타오르는 것이었다. 자신의 조국이 거짓에 가득 차있다는 것은 너무나 잘 알고 있었다. 거짓으로 가득하기 때문에 더욱 더 괴롭고 화가 나는 것이었다. 범은 누구보다도 조국 사람들의 거짓과 이기주의 사대주의와 권모술수를 미워하고 있었다. 또한 일본인의 정직함을 부러워했다. 그러나 자신의 입으로 그걸 말하고 싶지는 않았다. 그래서 카케이 교수가 그런 말을 묻는 것이 모욕처럼 느껴졌다. 물론 범은 카케이 박사의 성실함을 알고 있었다. 카케이 박사가 지나인에게 깊은 이해와 동정심을 가지고 있다는 것을 잘 알고 있었다. 그래서 카케이 박사가 이런 말을 하는 것은 자신을 가르치기 위해서이지, 결코 조국을 모욕하기 위한 것이 아니라는 것도 알고 있었다. 그러나 그런 사정을 알고 있다 해도 자신의 괴로움은 어쩔 수 없었다.

범이 머리를 떨구는 것을 보고 카케이 박사는 범의 마음을 눈치챘다.

“범군. 자네 마음은 잘 아네. 그러나 내가 자네에게 하고 싶은 말은 일본인도 지나인도, 아니 아시아 모든 민족이 모두 동종, 형제라는 것,

공동운명체라고 할 수 있다는 말일세. 입술이 없으면 이가 시리다는 순치보차라는 말 이상의 관계라는 것을 알아야 해. 일본 없이는 지나가 존재하지 않는 것처럼, 아시아가 영미에게 점령당한다면 일본도 없는 거나 마찬가지야. 아시아 민족이 하나로 뭉치지 않고는 영미의 맹아에서 벗어나 밝은 아시아의 미래를 실현할 수는 없어. 장개석이 일본을 무찌르고 지나를 재건하겠다는 것은 착각이야. 정말 불행한 착각이지. 범군, 자네 조국과 일본은 사이가 좋으면 일어나고 다투면 넘어지는 상관관계에 있어. 이걸 공동운명체라고 하자. 운명공동체라는 말이 더 적절할지도 모르겠군. 자네 조국의 영토를 빼앗고 자네 조국을 넘어트리고 일본만 일어나려는 야심이 아니라는 것은 고노에 성명으로 분명해졌잖아. 자네는 고노에 성명을 알고 있겠지?”

“예. 알고 있습니다.”

“자네는 고노에 성명을 말 그대로 믿나?”

“믿고 싶습니다. 그렇지만 종래의 열강 성명이라는 것이 전혀 믿을 수 없다는 것을 알고 있기에 쉽게 믿어지지 않아요.”

범은 눈을 반짝이며 확고하게 말했다.

“그래. 참 솔직하게 말해 주었네. 그러나 거기에 자네들의 근본적이고 중대한 착각이 있어. 자네는 눈치 채지 못했나?”

“그게 뭡니까?”

범은 아까의 부끄러워하며 머뭇거리던 태도와는 전혀 반대로 당당하고 도전하는 듯한 눈으로 카케이 박사를 응시하였다. 아케미는 깜짝 놀랐다. 이제껏 한 번도 보지 못했던 늠름한 범의 일면을 본 때문이었다.

“일본을 영미와 같이 취급한다는 것이 근본적인 착각이라는 말이네. 우리하고는 근본이념이 달라. 일본도 여러 가지 결점이 있을 거야. 그러나 일본이라는 나라는 거짓이 있을 수 없는 나라야. 한 사람 한 사람의 일본인들이 거짓말을 할 수도 있겠지. 그러나 일본은 천황폐하가 계시는 나라이기 때문에 국가로서는 국민에 대해서도, 다른 외국 열강에 대해서도 거짓말을 할 수가 없는 거야. 그래서 일본 국민은 국가를 절대적으로 믿고 있지. 만약 국가가 거짓말을 한 적이 단 한번이라도 있었다면 국민은 국가를 믿지 않을 거야. 일본은 건국 이래 만세일계 천황폐하의 통치를 받고 있으니 단 한 번도 국가가 국민에게 거짓을 말한 적이 없다는 말일세. 바로 이것이 일본의 국체를 만방에 떨치고 있는 이유이고 일본국민의 애국심이 강한 이유일세. 그래서 일본 국민은 고노에의 삼원칙을 그대로 믿고 있네. 고노에 성명은 어전 회의에서 통과된 것이니 더욱 말할 필요도 없는 거지. 알았나?"

카케이 박사는 범을 뚫어지게 바라보았다.

"예."

범은 카케이 박사의 이론적인 논리보다도 그 표정의 성실함에 감명을 받았다. 범의 눈에서 도전적인 빛이 사라졌다. 그러나 풀이 죽은 것은 아니었다. 일본의 여러 점들이 아름답게 느껴지고 조국의 행태가 서글펐다. 범의 마음은 지나가 일본보다 더 훌륭한 나라이기를 바랐던 것이다.

아케미는 마음이 놓여 범의 옆얼굴을 때때로 훔쳐보았다. 범은 최근 들어 유난히 말랐다. 원래 창백한 얼굴이었지만 창백하다 못해 누렇게 뜰 정도였다. 아케미는 오빠와 남동생의 거침없는 젊음과 무관심에 기가 막혔다. 조국의 소중함과 고마움을 아케미는 절실하게 느끼는 것이었다.

"그래서 말인데."

카케이 박사는 손으로 차탁을 쾅하고 쳤다. 찻잔이 튀어 올랐다.

"예."

범은 얼굴을 들었다. 그 표정은 아까보다 훨씬 부드러웠다. 뭐든지 받아들일 준비가 되어있는 것처럼 보였다.

"아시아 운명공동체의 모든 민족이 진짜 예의 마음으로 돌아가는 것이 필요해. 바로 이것이 가장 긴박하고 유일한 길이야."

카케이 박사는 입을 다물고 범의 얼굴을 응시했다.

“예의 마음으로 돌아가다니요?”

범은 의외라는 얼굴로 눈을 크게 떴다. 흰자위가 많은 검은 눈이었다. 아케미는 범의 눈에서 일본적이 아닌 특색을 발견했다. 뭔가 가늠할 수 없는 눈이었다.

“그렇네. 아시아는 예로 돌아가야 해. 아시아 사람들 모두 원래 예를 존중하는 민족이었으니까. 법을 무시한다는 말이 아냐. 법의 근본이 바로 예에 있다. 이것이 바로 아시아의 진짜 모습이야. 자네는 자네 나라의 주례(周禮)라는 것을 알고 있을 거야. 공자님도 예로써 예를 다하면 부끄러움을 두려워하지 않는다고 했네. 이는 차선을 말한 거야. 그 다음에 공자님은 예로서 이를 다스리고 이를 다스리는 것을 정으로 한다면 부끄러움이 있다고 했네. 즉 공자님은 정(政)과 형(刑)의 정치를 하(下)로 보고 예와 정의 정치를 이상으로 삼았지. 그러나 유감스럽게도 공자님의 이상은 자네 나라에서는 퍼지지 못해 상앙(商?)과 관중(管仲)의 정치를 이상으로 할 뿐이었네. 자네 아버님도 그렇게 말씀하셨지. 영미의 간계와 이욕이 이상이 되어 자네 같은 지식층 사이에 유행하였지. 예는 자네 조국에서는 존재하지 않아. 간계와 이욕뿐이네. 이것이 바로 영미 사상의 진수지. 영미는 간계와 이욕으로 손쉽게 자네 선배들을 낚은 거야. 무슨 생선처럼 낚아 버린 것이지. 장개석 일파는 지금도 날카로운 낚시바늘에 꿰인 먹이를 무는 것이 바로 구원의 길이라고 생각하고 있어. 그러나 일본은 간계를 몰라. 이욕과는 거리가 멀어. 일본의 정치에는 민중을 속이는 간계라는 것이 없어. 정은 정, 부정은 부정이다. 국가는 거짓말을 하지 않아. 국민은 솔직하게 국가를 믿네. 바로 이것이 일본 국민이라서 국제관계에 있어서도 정직하지. 그래서 일본은 잘 속아. 잘 속지만 일본은 다른 나라를 속일 수가 없네. 이게 소위 일본인의 도의성이지. 그래서 영미는 일본을 속이기 쉽다고 생각하고 있네. 그러나 말일세. 일본인은 결코 부정을 용서하지 않아. 일본은 정의가 아니라고 생각하면 검을 빼들고 일어서지. 이욕에 눈이 멀어 나서는 영미와는 근본적으로 다르다는 말이지. 자네 나라는 일본의 이런 성격을 파악하지 못한 거야. 그래서 진짜 친구, 정직한 형제를 적으로 돌려 교활한 영미의 먹이에 걸려 지나사변이라는 사건을 일으킨 거야. 여우같은 적에게 홀려 형제를 배반하는 거야. 자네들은 예로 돌아가지 않으면 안 돼. 예의 눈을 통해 일본을 다시 바라봐야 하네. 그럼으로써 자네의 조국도 아시아도 구원을 받는 거야. 자네들은 일본의 예, 즉 일본의 도의성을 확인하고 일본을 솔직하게 받아들이면 되는 거야. 그리고 과거의 역사에 대한 오만함을 버리고 일본의 우월성과 지도력을 솔직하고 겸허하게 받아들여야 해. 자네 조국의 과거의 영광은 지금 자네들의 영광이 아니야. 그건 조상의 영광이네. 자네들은 지금부터 자네들 자신의 영광을 스스로 쌓아올리지 않으면 안 돼. 그건 결코 과거를 그리워하며 현실에서 눈을 돌리는 것이 아닐 거야. 이 모든 것은 결국 거짓이니까. 있는 대로의 현실을 직시하는 것이야말로 진짜 용기야. 바로 그게 예다. 알았나? 극기복례(克己復禮)라는 말이 있지. 아시아의 모든 민족은 극기복례의 자기 수련을 바로 시작하지 않으면 안 돼. 바로 여기에서 아시아의 운명공동체가 번성하는 거야. 일본이 절규하고 있는 대동아 공영이라는 것이 바로 이거야. 이욕 세계를 타파하고 예의 세계를 세우는 것이네. 일본은 진심이야. 피로써 대의를 실현할 각오로 있어. 영미가 여전히 동양 제패의 헛된 꿈을 버리지 않는 한, 일본은 반드시 영미를 타파하기 위해 일어날 거야."

"일본이 영미와 싸운다는 말씀이십니까?"

범은 믿어지지 않는다는 얼굴을 했다. 범 쪽에서 보면 일본은 지나와 싸워 이길 테지만 영미에 대해서는 손을 못 대는 거라고 생각하고 있던 것이다.

"물론!"

카케이 박사의 목소리는 분격하고 있었다.

"일본은 옳다고 생각한 일은 반드시 실현해. 이것은 의를 위한 것이지 욕을 위한 것이 아니기 때문이야. 욕을 위해서라면 욕을 버리면 싸우지 않아도 괜찮지. 그러나 의는 버릴 수 있는 게 아니야. 자네는 일본의 할복과 자살을 알고 있을 거야. 일본인은 의리와 인정을 위해서라면 목숨을 아까워하지 않아. 자네도 일본을 알고 있다면 이 점을 분명히 파악해야 할 거야.”

카케이 박사는 마치 아이를 혼내듯이 말했다. 왜 지나인은 이런 일본의 진의를 이해하지 못할까 라는 생각에 피가 거꾸로 솟는 것이었다.

“선생님. 고맙습니다. 잘 알았습니다. 오늘 선생님 말씀으로 일본의 모습이 분명해진 것 같습니다. 많은 지나인들은 이를 이해하지 못하고 있습니다. 정말 서글픈 운명이라고 생각합니다.”

범은 이렇게 말했다.

카케이 박사는 범이 모든 말을 다 이해하리라고는 기대하지 않았다. 범은 아직 젊고 지나인 특유의 일본인에 대한 오기가 있다는 것을 잘 알고 있었기 때문이다.

어느 날, 범은 저녁식사를 마치고 차가 나오자 갑자기,

“선생님, 저 지나로 돌아가겠습니다.”

라고 선언했다.

“뭘 위해 돌아간다는 거지?”

카케이 박사는 놀라지 않았다.

“뭘 위해서인지는 모르겠습니다. 그냥 이렇게 편하게 있을 수 없습니다. 조국이 부르는 소리가 귀에서 떠나지 않습니다. 그래서 돌아가려고 합니다.”

범은 침통한 얼굴로 말했다.

“그렇지만 자네 아버님은 전쟁이 끝날 때까지 내게 자네를 맡겼네.”

“선생님, 저는 일본 정신을 배웠습니다. 일본 정신에서 보면 아버지보다는 조국이 더 중요합니다. 그래서 돌아가려는 겁니다.”

“돌아가서 어쩌려고? 병사가 되어 일본과 싸우겠다는 말인가?”

"그건 잘 모르겠습니다. 제가 유일하게 말씀드릴 수 있는 것은 선생님께 배운 것을 몸으로, 생명으로 실행하고 싶다는 것뿐입니다."

카케이 박사는 잠시 눈을 감고 범의 의중이 무엇인지 생각해 보았지만 그럴 필요가 없을 것 같아,

"그래. 그렇다면 말리지는 않겠네. 그러나 예만큼은 잊지 말게."
라고 부드럽게 말했다.

"예. 제가 일본의 진의를 사실로 이해하는 날이 오면 다시 선생님 문하로 돌아오겠습니다. 선생님은 총리대신도 아니고 정치가도 아니니까요."

범이 하는 말은 수수께끼 같았지만 당당한 투사의 태도였다. 아케미는 범이 범상치 않은 인물이라고 생각했다.

"좋아. 자네도 일본이 거짓말을 하지 않는다는 것을 사실에 근거해서 이해할 날이 오겠지. 그 때는 남자답게 다시 돌아오게."

"예. 일본이라는 나라가 정말로 선생님이 말씀하신 나라라는 것을 안 순간 저는 생명을 걸고 제 동포들에게 이를 전하겠습니다. 이것만큼은 꼭 믿어주십시오."

"알았네. 자네를 믿지. 믿고 있겠네."

이렇게 하여 범은 동경을 떠나 지나로 돌아갔던 것이다.

범은 카케이 박사를 믿었다. 아케미를 믿었다. 실은 범은 마음속으로 아케미를 연인으로 생각하고 있었다. 그는 아케미에게 한 번도 자신의 마음을 고백한 것이 없었다. 그러나 범은 아케미를 평생의 연인으로 정했다. 범은 일본인이 카케이 박사의 말대로 아시아 모든 민족을 형제처럼 생각하고 형제를 위해 싸운다면 자신의 사랑 고백이 카케이 박사나 아케미에게 받아들여질 거라 믿고 있었다.

아케미도 범에게 호의를 가지고 있었다. 그러나 좋아하는 젊은 남자로서가 아니라 지나의 역사와 민족을 대표하는 청년으로서 무한한 흥미를 느끼고 있었다. 만약 자신이 범의 아내가 됨으로써 대동아 공영의 건

설에 조금이라도 도움이 된다면 자신의 몸과 마음을 전부 범에게 바쳐도 좋다고 생각했다.

범은 나가사키에서,

"드디어 일본 땅을 떠납니다. 선생님의 문하로 다시 돌아올 날을 희망하며 또한 믿고 있습니다. 아케미상, 저를 믿어주시기 바랍니다."
라고 쓴 엽서를 한 장 보냈을 뿐, 봄이 되어도 소식이 없었다.

왕조명(汪兆銘)의 남경정부가 들어섰지만 범에게서는 아무런 연락이 없었다. 중경(重慶)에 있을 거라고 생각하며 아케미는 한숨을 내쉬었다. 대동아 전쟁이 시작되어 마래(馬來)나 남태평양에서 승리하여 올해부터는 지나에서 치외법권이 철폐되어 상해는 환부되고 미얀마는 독립하였다. 그리고 바로 며칠 전 10월 14일에는 필리핀(比島)이 독립하였다. 일본은 카케이 박사가 범에게 한 말을 사실로 증명하였던 것이다.

아케미는 범이,

"일본의 진의가 사실로 증명되는 날이 오면 다시 선생님께 돌아오겠습니다."
라고 한 말을 생각했다.

"범상이 살아있다면 반드시 일본에 돌아올 거야."

아케미는 범을 믿었다.

그러나 국화향기 그윽한 명치절(明治節)이 다가와도 범에게서는 아무런 연락이 없었다.

지난 5년 동안 아케미 일가에도 엄청난 변화가 있었다. 오빠는 작년에 소집되어 남방 전선에서 싸우고 있었고 남동생도 바다의 전사로 바로 사흘 전에 전선으로 떠났다. 카케이 박사의 정원 화단 자리에는 대피호가 커다랗게 입을 벌리고 있었다. 아케미는 어머니와 둘이서 쓸쓸해진 집을 지키며 아침저녁으로 출정한 오빠와 동생 사진 앞에 꽃을 꽂았다. 카케이 박사도 부쩍 흰머리가 늘었으며 두 아들을 전쟁터로 보낸 어머니는 더욱 신앙심이 깊어져 진언종(眞言宗)의 교리에 힘쓰며 신사에 열심히 다녔다.

"일본은 이렇게까지 하는데 지나인에게는 통하지 않는 걸까?"

아케미는 국화 향기를 머금은 바람에 흔들리면서도 서북 하늘을 바라 보며 지나 4억 민중과 아시아의 민족을 그려보는 것이었다.

"아케미, 전보다."

복도에서 어머니의 소리가 들렸다.

"예!"

아케미는 유리문을 닫고 밑으로 뛰어 갔다.

"어디에서?"

라고 말하며 아케미는 어머니에게 전보를 받아 뜯어보았다.

"내일 오후 1시 도착 범우생."

이라는 전보였다.

"어머? 어머니. 범상한테 왔어요. 내일 오후 1시에 도착한대요. 나가 사키에서 보냈어요."

아케미는 가슴을 두근거리며 몇 번이고 몇 번이고 잃어보았다.

"범상이?"

부인도 눈을 동그랗게 떴다.

아케미는 기뻐 어쩔 줄을 몰랐다. 일본의 성실함은 결국 범우생이라 는 한 청년의 마음을 얻었다. 언젠가 10억 아시아의 마음을 얻는 시작 이 될 터였다.

아케미는 범의 방을 청소하기도 하고 정리하기도 하면서 아버지 카케 이 박사가 돌아오기를 기다렸다.

(원제 : 大東亞, 발표지 : 『녹기』 1943.12)

병사가 될 수 있다

외출에서 돌아와 보니 '가네코 빈(金子敏)'이라는 명함이 놓여 있었다. 전혀 기억이 나지 않았다.

얼마 후에 이(李)군에게 전화가 걸려왔다. 가네코 소장이 오랜만에 경성에 돌아왔으니 저녁이라도 같이 먹자는 것이었다.

"아! 가네코 소장!"

나는 가네코 빈이 가네코 소장이라는 걸 알자 반가운 마음이 들었다.

벌써 14년 전이다. 만주사변 전이었으니까. 그 아이가 살아있으면 올해로 꼭 스무 살이 된다. 그 아이란 내 장남을 말한다.

14년도 전의 어느 여름날이었다. 봉일이라는 내 장남과 용삼이라는 내 차남은 여섯 살과 네 살로 한창 장난을 칠 나이였다. 동소문 가도를 지나는 군대를 보고는 군복을 사달라고 조르는 통에 장난감 군모와 군도를 사줬다. 아이들은 너무 좋아하며 놀다가 군모와 군도를 찬 채 내 서재에 아무렇게나 뒹굴며 자고 있었다. 내가 글을 다 쓰고 뒤를 돌아보니 그 모양이었다. 처음에는 미소를 지었지만 다음 순간 숙연해졌다. 그들은 병사가 될 수 없는 운명이라는 것에 생각이 미친 것이었다. 조선인은 병역의 의무가 없는 국민이었다. 그 날 일기에 이렇게 썼다.

"조그만 두 병사는 칼을 찬 채로 자고 있다. 어떤 꿈을 꾸고 있을까? 꿈속에서나마 싸워 이기기를 바란다. 너희들은 병사가 될 수 없으니까."

부모 된 입장에서 서글펐다. 아이들이 성인이 되면 비참함을 느끼리

라. 나는 반쪽짜리 아이를 낳은 것만 같아 한스러웠다.

바로 그 때였다. 가네코 대좌가 불쑥 나타났다. 대좌는 조선군의 고급 참모로 조선 민심의 동향에 깊은 관심을 가지고 있는 듯 했다. 내선 관계의 역사에도 상당히 조예가 깊었다. 요즘 일본인 중에는 고려, 백제, 신라 귀화인의 자손이 천 팔백만이 넘는다며 성씨록에 대해 이야기해 준 사람도 가네코 대좌였다.

"김상, 갑자기 찾아와 미안하네."

가네코 대좌는 스스럼없어 들어왔다. 캐가 작고 눈이 빛나 민첩하게 보이는 사람이었다.

실제로 너무 갑작스러운 일이라 당황했다. 대좌와 나는 연회에서 알게 되었을 뿐, 친구라고 할 수 있는 사이가 아니었다. 그 가네코 대좌가 우리 집에 찾아오다니. 꿈에도 생각하지 못한 일이었다.

"어서 오세요."

라고 말은 했지만 손님을 맞을 방이 없었다. 서재라고는 하지만 조그만 온돌방으로 더욱이 지금은 소년병 둘이 낮잠을 자고 있었다. 나는 당황하지 않을 수 없었다. 내가 병사들을 깨우려고 하자 대좌는 손과 머리를 동시에 흔들며 조그맣게,

"깨우지 마세요. 군인에게는 수면이 제일 큰 상이지요. 우리가 이렇게 조그만 소리로 이야기하면 깨지 않을 겁니다. 총성이라면 몰라도."

대좌는 기지를 발휘했다. 나는 대좌에게 호감이 갔다. 솔직하고 편안한 사람이라는 느낌이 들었던 것이다.

"지나가다가 들렀어요."

가네코 대좌는 마루에 앉아 웃옷 보턴을 푸르고 담배를 꺼냈다.

"실은 경학원(經學院)을 보고 가는 길입니다. 경학원의 정원은 정말 좋더군요. 멋진 노송이 있지요."

경학원이란 경성에 있는 공자묘를 말한다. 우리 집은 거기에서 멀지 않은 곳에 위치하고 있었다.

"혼자서요?"

나는 편안해졌다. 평상시 일본인과 조선인이 마주 앉으면 서로 탐색하는 분위기였던 것이다.

"예, 산보 삼아 나왔어요. 실은 당신을 만나고 싶었거든요. 당신의 주소를 물었더니 경학원 바로 앞이라고 해서요."

그렇게 말하며 대좌는 집 여기저기를 둘러보았다. 그러다가 문득 시선이 소년 병사들에게 멈췄다.

"그러셨군요. 그것 참 감사합니다."

나같은 무명의 서생을 일부러 찾아준 가네코 대좌의 호의가 진심으로 고마웠다.

"여기는 조용해서 좋군요."

"매일 글을 쓰세요?"

등등, 서곡이라고 할 수 있는 잡담이 끝나자 대좌는 정중하게 보턴을 잠그고,

"지난번에 징병론을 주장하셨지요? 지금 조선 민중이 가장 바라고 있는 것이 징병령의 시행이라고."

라고 말하며 날카로운 눈으로 나를 응시했다.

"예 분명히 그렇게 말했습니다."

나는 자신 있게 대답했다.

"정말 그럴까요?"

의심이라기보다는 확인하는 말투였다.

"저는 그렇게 믿습니다."

"실례지만 당신은 무슨 근거로 징병을 원하시는 겁니까?"

급소를 찌르는 질문이었다.

나는 손을 들어 봉일이와 용삼이를 가리켰다.

가네코 대좌의 시선도 두 아이에게 향해졌다. 두 소년 병사의 군모 밑으로 땀이 흐르고 있었다. 군모는 붉은 색이었다. 용삼이는 자면서도

빨간 나팔 끈을 꼭 쥐고 있었다. 하얀 천에 청색 줄무늬가 있는 바지와 똑 같은 하얀 천에 파란색과 녹색 줄무늬의 세일러복에는 육군 군모를 쓰고 군도를 찬 모습이 우스웠지만 그 순간만큼은 비통하게 보였다.

대좌는 잠시 두 아이의 자는 모습을 바라보고 있다가 한숨을 내쉬었다.

"알겠습니다. 당신의 마음을 잘 알았습니다."

가네코 대좌는 자기 말에 고개를 끄덕이며 말했다.

나는 입을 다물고 있었다.

"이 아이들은 병사가 될 수 있습니다."

가네코 대좌는 감동한 듯 했다.

가네코 대좌와 나의 관계는 이것뿐이었다. 대좌는 그 후 곧 소장이 되어 무슨 여단장이 되었지만 무슨 일인지 만주로 건너가 군대를 그만두고 대륙을 떠돈다는 소문이었다. 바로 그 가네코 대좌가 지금 경성에 돌아온 것이다.

나는 시절이 시절이라 식사 때를 피해 한 시간 정도 늦게 이군의 집에 도착하였다. 가네코 소장 부부도 주인도 이미 상당히 취해 있었다.

"여―."

"이런―."

이 말로 인사가 끝났다. 마친 날마다 만나는 사람들 같았다. 가네코 부인만이 정중하게 허리를 굽혀 인사했다. 나도 두세 번 머리를 숙여 인사했다.

"여전하시군요."

가네코 소장은 내게 잔을 건네며 쾌활하게 말했다. 내게 흰머리가 별로 없는 뜻이었다. 가테코 소장은 늙어 보였다. 주름도 많아지고 머리도 거의 빠져 없었다. 그도 그럴 것이다. 벌써 대장이 될 나이니까. 그러나 그 밝은 모습은 변하지 않고 오히려 자유로운 생활 탓인지 둥글둥글 더욱 친숙한 느낌이었다. 겸손해서 그런 것만은 아닌 것 같았다.

나는 주는 대로 즐겁게 술을 마셨다. 후래삼배(後來三盃)라고 이군도 소장 부처도 계속해서 내잔만 채웠다.

스토브가 붉게 타고 있어 12월의 밤이라고는 생각할 수 없을 정도로 따뜻했다. 술이 돌자 옷을 벗고 싶을 정도였다. 유리창 너머로 보이는 열대식물이 더욱 따뜻한 느낌을 주었다. 주인인 이군은 삼백 종이 넘는 열대식물을 가지고 있었다. 부자는 아니었지만 시인이며 우국지사이나 지병인 천식으로 겨울에는 외출할 수 없었던 아버지를 위해 전재산을 털어 마련한 것이었다. 이군의 아버지는 벌써 3년 전에 돌아가셨지만 이군은 지하실에 온실을 만들어 아버지의 손때가 묻은 열대식물을 지키고 있었다.

"김상 오늘은 맘껏 마십시다."

가네코 소장은 어린아이처럼 들떠있었다.

"드디어 징병제가 되었습니다. 5월 8일의 각료회의 결정에 대한 뉴스를 들은 것은 치치하르였습니다. 울음이 나오더군요. 정말 감격했어요."

소장은 자신의 말을 증명하려는 듯이 부인을 돌아보았다.

"정말입니다. 남편이 눈물을 뚝뚝 떨어트렸어요."

부인이 나를 향해,

"그리고는 김상을 만나고 싶다고. 김상이 좋아할 거라고. 그 꼬마들도 다 컸을 거라고요. 큰 아이는 징병될 나이가 되었을 거라면서 끊임없이 당신 이야기를 했어요. 정말 잘 되었지요. 조선에도 징병제가 실시되다니."

이렇게 말하고 진심으로 기뻐해 주었다.

"축배, 축배."

가네코 소장이 잔을 들었다. 우리들도 잔을 들어 전부 마셨다. 정말 유쾌했다. 가네코 소장이 조선 징병을 위해 주춧돌이 되었다는 것을 알고 있었지만 5월 8일 뉴스를 듣고 눈물을 흘렸다는 것을 듣자 얼싸안고 싶을 정도로 고마웠다. 나는 소장에게 내 잔을 건넸다. 소장도 흔쾌하게 받았다.

소장은 마시던 잔을 상에 놓고 두 손을 무릎에 올려놓으며 감개무량한 듯이 고개를 흔들었다.

"실제 그 장면은 말로 표현할 수 없을 정도로 감동적이었어요. 장난감 군도를 쥐고 자고 있는 두 아이 ─ 천황 폐하의 아이들이었지요. 그 두 아이들에게 병사가 될 수 있는 권리를 누가 빼앗을 수 있단 말입니까. 만약 그런 놈이 있다면 일본의 적이라는 생각이 들더군요. 조금이라도 그 귀여운 아이들의 자존심을 상하게 한다거나 속상하게 한다는 것은 폐하에게도 죄를 짓는 일이지요. 실은 그 날 징병에 대한 김상의 진심을 알고 싶어 갔던 겁니다. 저는 당신의 징병제에 대한 생각을 믿지 않았던 거지요. 이건 분명 뭔가가 있을 거라고 생각했거든요. 제가 뭘 모르고 잘 못 생각한 겁니다. 정말 부끄럽습니다. 그러나 당시 저희들에게는 그런 솔직함이 없었습니다. 그래서 민족주의자라고 불리는 당신의 진심을 알아보려고 갔던 거지요. 제가 당신에게 무슨 근거로 징병론을 주장하느냐고 물었을 때 당신은 말없이 두 아이를 가리켰지요. 군모와 군도를 차고 한 아이는 나팔을 쥐고 있었지요. 덕분에 제 의심이 풀렸습니다. 그 때는 말씀드릴 수 없었습니다만. 당신의 마음은 모든 조선 아버지들의 마음이라는 것을 알았습니다. 뭐라 말씀드릴 수 없었습니다만 당신의 마음은 이미 저 높은 곳에 있었지요. 도내에서도 조선 징병에 관해서는 시기상조론, 반대론 여러 가지 있었습니다. 그러나 결국은 징병론으로 결론이 났어요. 올바른 일이 통하는 게 바로 일본이지요."

소장은 이렇게 말하고 잔을 들어 술을 마시고 빈 잔을 내게 내밀었다.

"그랬습니까? 그런 일이 있었어요?"

이군은 감동하고 있었다.

"예."

가네코 부인이 내 잔에 술을 따르며,

"남편은 그 말을 몇 번이나 했어요. 두 아드님의 모습을. 그리고 그 아이들을 슬프게 할 수 없다고. 세상에 나와 부족하게 느끼게 하는 것이 정말 미안하다고. 아드님들도 많이 컸겠지요. 큰 아이는 벌써 고등학생이지요?"

라고 말하고 내 눈을 바라보았다.

나는 입으로 가져가던 술잔을 내려놓았다. 뭐라고 대답해야 할지 당황하여 고개를 떨구었다. 그 때 이군이 옆에서,

"김상 큰아들은 죽었어요."

라고 내 대신 대답을 했다.

"예? 죽었어요?"

"저런 안 됐군요."

가네코 부인은 깜짝 놀라며 말했다.

"예."

나는 말하지 않을 수 없었다.

"소학교 입학을 눈앞에 두고 그만."

내 눈에 봉일이의 병과 죽음이 떠올랐다. 벌써 10년 전 일로 슬픔도 기억도 희미해졌을 텐데 때가 때인지 놀랄 정도로 생생하게 봉일이의 죽음에 대한 기억과 슬픔이 떠오르는 것이었다. 이군은,

"봉일이의 죽음에는 정말 가슴 아픈 사연이 있어요. 김상 부부도 그땐 정말 힘들어했어요. 김상의 종교생활은 봉일이의 죽음으로 시작되었지요. 김상이 지난 10년 동안 징병론을 주장해온 것도 아마 봉일이의 죽음이 상당부분 작용했을 겁니다. 거기에는 슬픈 사연이 있어요."

라고 나를 재촉하듯이 바라보았다.

가네코 부부의 시선도 내게 쏟아졌다.

나는 앞에 놓인 잔을 들어 입에 댔다. 입술과 목이 타서 차가운 것이 마시고 싶었다. 부모로서 아이만큼 소중한 것은 없다. 죽은 아들은 언제 생각해도 사랑스럽고 살아있었으면 하고 소원하게 된다. 그런 아이를 먼저 보낸다는 것은 생명이 줄어드는 아픔이다. 봉일이가 바로 그랬다.

첫아들이라서 그런지 나는 봉일이에게 깊은 애정과 커다란 기대를 품고 있었다. 남들은 익애라고 할지 모르지만 나는 그 아이의 남보다 뛰어난 점을 인정하고 있었다.

"너는 훌륭한 인물이 될 거다. 세상에 도움이 되는 인물이 되어라."

나는 날마다 봉일이를 위해 그렇게 기도했다.

어느 날이었다. 2월의 추운 날이었는데 봉일이가 유치원에서 풀이 죽어 돌아왔다.

"왜 그러지? 봉일아, 어디 아파?"

"아니."

봉일이는 고개를 흔들어 부정했다.

이마에 손을 대어 보았지만 열은 없었다.

봉일이는 그 날 하루 종일 우울했다. 동생인 용삼이가 놀자고 해도 상대도 하지 않았다. 갑작스럽게 어른이 된 것 같아 나도 걱정이 되었다.

봉일이의 기분을 바꾸려고,

"봉일아 이발소에 가서 머리를 자르고 와라. 소학교에 들어가니까. 이제 곧 소학생이지?"

라고 말했지만 봉일이는 그닥 좋아하는 것 같지 않았다. 나는 걱정이 되었지만 손님이 있어 저녁까지 봉일이를 보지 못했다.

"아빠. 밥."

봉일이가 서재로 왔다. 당시의 서재란 좀 떨어진 사랑채였다.

봉일이는 머리를 밀었다. 혼자서 이발소에 다녀온 모양이었다.

저녁 밥상에서 봉일이는,

"아빠, 조선인은 병사가 될 수 없어?"

라며 이상한 소리를 했다.

나는 깜짝 놀랐다. 병사 문제로 마음이 상했다는 것을 알고 있었기 때문이었다. 언젠가 옆집 주조장 아이에게 조선인은 병사가 될 수 없다

는 소리를 듣고 봉일이가 분개해서 돌아와 내게 똑 같이 물은 적이 있었다. 그 때 나는,

"네가 크면 병사가 될 수 있어."

라고 위로했다.

"네가 컸을 때는 조선인도 병사가 될 수 있다고 했잖아."

내가 다시 그렇게 말했지만 봉일이는 내 말을 믿지 않는 것 같았다.

잠시 말없이 밥을 먹고 있던 봉일이는,

"나 내일부터 유치원 안 갈래."

라고 선언했다. 선언이라고 할 수밖에 없는 갑작스런 언동이었다. 눈빛에도, 조그만 입매에도 심상치 않은 결의가 넘쳐나고 있었다.

"누가 뭐라고 했니? 누가 봉일이를 놀렸어?"

아내도 봉일이의 기색이 걱정스러운 모양이었다.

"아니."

봉일이는 입을 열지 않았다.

다음 날, 봉일이는 유치원에 가려고 하지 않았다. 일주일만 있으면 졸업이라고 혼내기도 하고 달래기도 했지만 듣지 않았다.

봉일이는 그 날부터 그렇게 좋아하던

"하늘을 대신하여 불의를 쳐부수자."

라는 군가도 부르지 않고 기관총이랑 군도랑, 전차에 손도 대지 않았다. 용삼이가 멋대로 그 장난감을 가져가도 봉일이는 거들떠 보지도 않았다.

어느 날 봉일이가 숨이 턱에 차서 내게 와,

"아빠. 옆집 권씨네 할아버지가 죽었어. 모두 아이고아이고 하고 울어."

눈을 동그랗게 뜨고 말했다. 통곡소리가 들려왔다.

"사람은 나이를 먹으면 죽어. 권씨 할아버지는 나이를 많이 먹었잖아."

내가 그렇게 설명했다.

봉일이는 눈을 깜빡이며 잠시 뭔가를 생각하다가

"아빠. 사람은 죽으면 어떻게 돼?"

라고 심각하게 물었다.

나는 당황했다. 실은 나도 인간의 생사에 관해서는 확실하게 대답할 수 없었다. 내가 머뭇거리자 봉일이는,

"사람은 죽으면 어디 가?"

라고 물었다.

"부처님은 말이지. 사람이 죽으면 나쁜 사람은 나쁜 곳에 좋은 사람은 좋은 곳에 다시 태어난다고 하셨단다."

나는 그렇게 말할 수밖에 없었다. 신념은 없었지만 어린아이에게 죽음의 공포를 심어주어서는 안 된다는 생각이 들었기 때문이었다.

봉일이는 안심하는 얼굴이었다.

그리고 사흘 후에 봉일이는 상처가 원인이 되어 병에 걸렸다. 온갖 손을 다 썼지만 발병한지 52시간 만에 일곱 살의 어린 나이로 짧은 생을 마쳤다.

봉일이가 죽던 날 아침이었다. 유치원의 오구라(小倉) 선생님이 봉일이의 문병을 왔다. 봉일이가 며칠이나 나오지 않자 아이들에게 수소문하던 끝에 병에 걸렸다는 것을 안 모양이었다. 그러나 그 때 이미 봉일이는 혼수상태였다.

"봉일아. 오구라 선생님이 오셨다. 오구라 선생님 오셨어."

내가 오구라 선생님에 대한 예의로 봉일이의 귀에 대고 그렇게 외쳤지만 물론 대답을 기대한 것은 아니었다. 그런데 신기하게 봉일이가 눈을 떴다.

"봉일아. 나야. 오구라 선생님."

오구라 선생님은 봉일이의 머리맡으로 다가갔다. 봉일이의 얼굴 근육이 움직인다고 생각한 순간,

"선생님, 조선인은 병사가 될 수 없어요?"

봉일이는 떨리는 목소리였지만 또박또박 물었다. 정말 비통했다.

오구라 선생님은 봉일이 말을 듣자 얼굴이 흙빛으로 변하며 기절이라도 할 것처럼 앞으로 휘청했다.

오구라 선생님은 겨우 정신을 차리고,

"봉일아. 미안하다. 지금은 그렇구나. 봉일이가 컸을 때는 조선인도 병사가 될 수 있을 지도 몰라. 봉일아."

오구라 선생님은 눈물을 흘리며 봉일이를 불렀지만 봉일이는 더 이상 눈을 뜨지 않았다. 봉일이는 내지인 아동들만 다니는 유치원에 다녔다.

그리고 두 시간동안 죽음과 싸우다가 마지막 인사인지 봉일이가 눈을 뜨고 나를 불렀다.

"아빠."

"응. 물 줄까?"

"아니."

봉일이는 내 손을 잡더니 조그만 손으로 내 얼굴과 목을 한없이 쓰다듬었다. 그 손은 불덩이처럼 뜨거웠다. 눈도 묘하게 반짝이고 있었다.

봉일이는 몇 번이나 내 얼굴을 쓰다듬더니 힘없이 손을 가슴에 떨어트리며,

"아빠. 사람은 죽으면 다시 태어나?"

이번에는 두 손으로 내 손을 감쌌다.

"그럼 다시 태어나. 너는 죄 없는 착한 아이니까 좋은 곳에서 좋은 집 아이로 태어날 거야."

나는 힘을 주어 말했다.

"으응 싫어. 이번에도 아빠 아들로 태어날 거야. 그 때는 병사가 될 수 있어?"

봉일이는 겨우 그 말을 하고 눈을 감았다. 내 손을 잡고 있던 조그만 손이 경련을 일으키며 툭 떨어졌다.

지금은.

"병사가 될 수 있단다."

나는 다른 사람들 눈도 아랑곳하지 않고 울음을 터트렸다.

오구라 선생님은 거의 미친 듯이,

"봉일아. 봉일이는 꼭 병사가 될 수 있어."

라고 몇 번이나 되풀이하며 소리쳤다.

내가 봉일이 이야기를 마치자 가네코 부인이 눈물을 훔쳤다. 가네코 소장의 안경 너머에도 커다란 눈물방울이 빛나고 있었다.

"그랬군요."

5분 정도 침묵이 계속되었다. 그 후에도 가네코 소장은 "그랬군요."라는 말을 몇 번이나 되풀이했다.

"봉일이는 천재였어요."

이군이 나를 위로하려는 듯이 말했다.

"세상에서 제일 빠른 것이 뭐냐? 라고 물었더니 기차도 아니고 비행기도 아닌 사람의 눈이라고 대답했어요. 그 땐 정말 깜짝 놀랐지요."

라며 봉일이를 칭찬했다.

"자, 한잔 합시다."

나는 주인에게 잔을 내밀었다.

"다 지난 일이지요. 내년부터는 조선 남자도 병사가 될 수 있어요. 내지인이니 조선인이니 그런 것은 흔적도 없이 사라질 겁니다. 똑 같은 천황폐하의 아이들이니까요. 마음이 하나가 될 날도 멀지 않았어요."

"물론!"

가네코 소장은 식어버린 자신의 술을 입에 털어 넣고 내게 술잔을 돌렸다.

"부인께서도 한잔 하시지요."

내가 잔을 건네자 가네코 부인은,

"고맙습니다. 여보 괜찮겠지요?"

라고 말하며 소장의 얼굴을 바라보았다.

"좋아, 좋아. 그리고 한 곡 불러 주지 않겠어?"

"군가를 부를까요?"

가네코 부인은 마신 술잔을 다시 내게 내밀며,

"하늘을 대신하여 불의를 쳐부수자."

라는 노래를 부르기 시작했다. 우리들도 아이들처럼 같이 합창했다.

"이기고 돌아오겠다고 용감하게 맹세하고 나라를 떠나왔으니."

우리들은 한참을 군가를 불렀다. 마치 어린아이로 돌아간 것만 같았다.

돌아가는 길에 가네코 소장 부부와 나는 한 사거리 정도 같이 걸었다. 함박눈이 쏟아져 우리들 신발 밑에서 뽀드득거렸다.

"그럼 안녕히 가세요."

"안녕히 가세요."

헤어지는 인사도 아이들의 그것처럼 즐겁게 울려 퍼졌다.

나는 혼자서 북악의 바람을 헤치며 귀로에 올랐다. 전차도 벌써 끊겨 거리에는 바람에 울리는 전선 소리와 내 구두 소리뿐이었다.

내 마음은 봉일이의 추억으로 가득했지만 슬픔만은 아니었다.

"병사가 될 수 있어. 병사가 될 수 있단다."

나는 혼자 중얼거렸다. 나는 큰 소리로,

"병사가 될 수 있어!"

라고 외쳐 보았다.

(『신태양』, 1943.11)

최정희

- 환영 속의 병사
- 2월 15일의 밤

▌최정희(1912 – 1990)

1931년 「정당한 스파이로」로 활동 시작하여 여성의 내면을 그린 작품을 발표하였다. 중일전쟁 이후 식민주의에 협력하는 작품을 발표하였다. 해방 이후 활발한 작품활동을 하다가 1990년에 사망

환영 속의 병사

서리가 흠뻑 내린 아침이었다. 영순은 갑자기 산에 가고 싶어졌다. 실은 몸이 약해서 의사가 여러 번이나 등산을 권했는데도 봄에는 나른하고 여름에는 덥고 가을에는 스산하고 겨울에는 얼어서 실행하지 못했던 일이었다. 그런데 갑자기 그 날 아침 산에 갈 생각을 했던 건 서리의 처절한 차가움이 가슴이 저리도록 와 닿았기 때문이었다.

산 속의 나무들은 색깔도 향기도 잃어버리고 처량한 모습의 들국화만이 차갑게 침묵하고 있었다. 영순은 어찌할 수 없을 정도로 차갑게 변해버린 들국화처럼 묵묵히 오랫동안 산 저편을 바라보았다. 멀리 보이는 북악산은 아침안개 속에 잠겨 있고 파란하늘에는 구름이 몇 조각 떠있을 뿐이었다.

"뭘 하고 계십니까?"

누군가 뒤쪽에서 말을 걸었다. 모자도 쓰지 않은 채 외투도 걸치지 않고 손에 수건을 든 병사였다. 영순은 바로 기슭에서 철도 경비를 하고 있는 군대의 병사라는 것을 알아보았다. 어깨가 넓은 단단한 체구, 코가 우뚝 솟은 잘생긴 얼굴, 무장은 하지 않았지만 영순은 두려움에 시선을 떨어트렸다.

"아무것도 아닙니다. 세수를 하고 있는데 당신 모습이 보여서요……."

그는 영순이 주저하고 있는 모습을 보며 싱긋 웃었다. 웃고 있는 가지런한 이와 그 눈 속에 빨려 들어갈 것 만 같았다.

"산 저쪽을 보고 계셨지요?"

"예, 아니오."

그녀는 부끄러움으로 고개를 숙이고 발밑의 서리 맞은 마른 낙엽만 애꿎게 짓이겼다. 잠시동안 침묵이 계속되었다. 그러고 있는 동안에도 구름은 흘러가고 있었다.

"산 저쪽에 뭔가 있을 것 같군요."

"예? 그쪽도 그런 생각을 하고 계셨어요? 병사도 그런 생각을 하나요?"

놀란 그녀의 눈이 묘하게 반짝이기 시작했다. 병사는 영순의 태도에 어이없다는 듯이 그녀의 얼굴을 보면서

"병사는 그런 생각을 하면 안 되나요?"
라고 물었다.

"병사는 전쟁만 하는 걸로 생각하고 있었거든요."

병사와는 만난 적도, 이야기를 나눈 적도 없어 병사의 생활을 전혀 모르는 그녀로서는 어찌 보면 당연한 질문이었다.

"물론 병사는 전쟁에 열중해야죠. 조국을 훌륭하게 지키려는 생각을 하는 것이 병사지요. 그렇지만 자연의 신비를 사랑하지 않는 것은 아닙니다. 동경이 없는 곳에 어찌 낭만이 있겠어요? 낭만을 중세의 퇴폐적인 정신의 산물이라고 비난하는 시대는 이미 지났어요. 요즘의 낭만은 힘이고 열정이며 진실이고 생명이라고 생각합니다."

막 여기까지 말을 마쳤을 때 저쪽에서

"야마모토군!"

하고 부르는 소리가 메아리가 되어 울렸다. 병사는 영순에게 "그럼 안녕히." 하고 몇 번이나 고개를 숙이며 급히 산을 내려갔다. 그리고 얼마 되지 않아 기슭 쪽에서 라디오 체조의 구령소리가 들려왔다. 영순은 라디오 체조의 구령소리에 맞추어 집으로 돌아가며 낭만은 힘이고 열정이며 진실이고 생명이라고 말하던 병사의 엄숙한 얼굴과 힘 있는 목소

리를 생각하고 있었다.

　그 다음부터 영순은 매일 산에 오르게 되었다. 가을의 차가운 아침이 스산하다는 것도 잊은 채 ―.
　그 병사와는 매일처럼 만나 여러 가지 이야기를 나누었다. 병사는 자신의 이름이 '야마모토 이사무'로 귀여운 여동생과 어머니가 고향인 히로시마에 살고 있다는 것, 올 봄에 히로시마 상고를 나와 은행에 근무했었다는 것, 자신의 취미는 문학이었기 때문에 은행의 사무적인 일은 적성에 맞지 않았지만 생활을 위해 어쩔 수 없었다는 것 등을 이야기했다. 영순은 외동딸로 동경의 여자대학에 2년쯤 다녔는데 1년 전부터 몸이 좋지 않아 집에서 요양을 하고 있다는 말을 하였다. 그런 이야기를 나눈 아침부터는 서로 가까워져 야마모토 이등병의 막사까지 구경을 갈 정도가 되었다.

　막사에는 야마모토 이등병 이외에 4명의 병사가 있었다. 키가 가장 작은 가와이 상등병만이 경상북도의 조그만 마을에서 농림기사를 하였을 뿐으로 나머지 모두는 조선이 처음이었다.
　모두 영순과 친해졌다. 입버릇처럼 미술학교에 가지 못했던 것이 원통하다는 키가 제일 큰 시미즈 병사는 영순에게 '아리랑'을 가르쳐 달라고 졸랐으며 두꺼운 안경을 쓴 병사는 항상 손에 들고 있던 강담사 문고판의 줄거리를 들려주었고 자신은 러시아 병사는 5명, 중국병사는 10명은 처치할 수 있다고 말하는 얼굴이 검고 팔이 굵은 병사는 자기자랑과 아버지가 러일전쟁에 출정하여 전사했다는 말도 해 주었다. 야마모토 병사는 『독일 전몰학생의 편지』를 읽으면서 감격할 만한 문장이 나오면 영순을 옆에 앉히고 그곳을 읽어주기도 하였다. 영순은 병사들의 말에 따랐다. 어떤 때는 야마모토 병사의 옆에 앉아 그가 읽어주는 문장에 감동하기도 하고 흥분하기도 했으며 어떤 때는 농림기사였던 가와이

상등병의 농림에 대한 이야기를 듣기도 하였다. 또 키가 큰 시미즈 병사에게 조그맣게 아리랑을 가르치기도 하고 어떤 때에는 두꺼운 안경을 쓴 병사의 강담사의 이야기를 들었으며 때로는 얼굴이 검은 병사의 자기자랑을 들어주기도 하였다. 그들이 교대로 1시간씩 보초를 설 때에는 자신들이 돌아올 때까지 있어달라고 부탁하기도 하였다. 그 들 모두 영순이 오는 것을 기뻐하며 반갑게 기다리는 것 같았다.

영순도 처음에는 막사에 가는 것을 꺼려 다른 사람들의 눈에 띠지 않도록 해가 진 다음에 찾아가곤 했다. 그러나 어느 틈엔 가 그런 기분도 엷어져 언제 전장에 나갈지도 모르는 그 들을 위해 단 한시간이라도 즐겁게 위로하는 것이 뭐가 나쁜가라는 생각마저 들었다. 상관이 순시를 할 때 혹시 발견이 되더라도 얼마든지 할 말이 있을 것 같았다.

서리의 계절도 지나고 보초를 서는 한시간조차 견디기 힘든 겨울밤이었다. 당번을 마치고 들어온 야마모토 병사가 갑자기 생각난 듯이
"영순씨, 당신의 이름은 언문(한글)으로 어떻게 씁니까?"
라고 물으며 수첩을 펼쳐 그녀에게 내밀었다. 영순은 수첩을 받아들고 아무 말 없이 "김영순"이라고 썼다.
"아름다운 글씨군요. 당신과 잘 어울리는 것 같아요. 글씨가 살아있어요. 색깔과 향기가 있는 것 같아요."
야마모토 병사는 정말 감격한 것 같았다. 큰소리로 모두를 불러 영순의 자필을 보이며 자랑을 하였다. 모두 야마모토 병사의 수첩을 들여다 보았다.
"영순씨, 저도 하나 써 주세요."
키가 큰 시미즈 병사가 말했다.
"노래는 이제 필요 없어?"
농림기사 상병이 놀리며 웃었다.
"조선의 언문은 어려울 거야."

언제나 강담사 문고를 읽고 있는 두꺼운 안경의 병사가 혼잣말처럼 중얼거렸다. 야마모토 병사는 램프의 심지를 올렸다. 모두의 얼굴이 밝게 떠올랐다. 야마모토 병사와 키가 큰 병사의 얼굴에 떠오른 긴장감이 영순의 가슴을 울렸다. 두 사람은 램프 가까이 앉았다.

"영순씨, 조선의 언문을 모두에게 써 주세요."

야마모토 병사는 앉자마자 수첩을 내밀었다. 영순은 주저주저 「가」행부터 「하」행까지 써 주었다.

"재미있네요. 이 글자의 모양은 조선의 가옥 구조와 많이 닮은 것 같지 않습니까?"

야마모토 병사는 경이의 눈으로 영순의 얼굴을 쳐다보았다. 영순이 야마모토 병사의 시선을 그렇게 뜨겁게 느낀 것은 처음이었다. 야마모토 병사의 말을 듣고보니 정말 언문의 모양이 자신이 살고 있는 조선가옥과 닮은 것처럼 보였다.

"멋진 발견이네요. 저는 한번도 그런 생각을 못해보았는데……."

"영순씨의 글씨가 예뻐서 그럴 거예요."

가와이 상등병이 영순에게도 아니고 야마모토에게도 아닌 애매한 웃음을 지으며 혼잣말처럼 중얼거렸다.

"그것뿐이 아니에요. 당신은 어때요?"

야마모토 병사가 얼굴을 들어 시미즈 병사를 쳐다보았다.

"그렇군요. 확실히는 모르겠지만 이걸 모두 외우면 영순씨하고 더 사이가 좋아질 것 같아요."

영순은 콧등이 찡해졌다. 불꽃이 바람에 날려 꺼지려 하고 있었다.

"출정할 때까지 전부 외우겠어요. 영순씨 잘 부탁해요."

"저한테도 가르쳐 주세요."

영순은 두 사람보다 더 심각하게 "알았습니다."라고 대답했다.

그러나 언문의 「가」행조차 외우지 못한 채 네 사람은 낙동강 연안 철도경비대로 파견되고 야마모토 이등병은 지나(중국) 북부로 이동하게 되어 막사도 그 다음날 바로 철거되었다.

영순은 외로웠다. 낙동강 연안으로 옮긴 병사들도 마찬가지였던 모양으로 가끔씩 엽서를 보내왔다. 키가 큰 시미즈 병사는 긴 편지를 보내 영순에게 배운 아리랑을 흥얼거려 보지만 낙동강 물까지 얼어버려 자신의 노래가 하늘로 올라가 더 쓸쓸하기만 하다고 했다.

전지로 간 야마모토 병사에게는 편지 한통 없었다. 영순이 가장 마음에 두고 있는 사람은 바로 야마모토인데…… 영순이 매일 아침 막사가 있었던 산기슭까지 산을 넘어 가는 것도 야마모토 병사를 생각하는 마음에서였다. 그녀는 막사가 있었던 기둥의 흔적과 불을 피우던 화로흔적을 언제까지나 멍하니 바라보곤 했다. 그것이 영순의 일과처럼 되어버렸다.

그리고 겨울이 지나 봄이 왔다. 병사들의 발로 다져진 막사 자리에도 더운 흙냄새가 올라왔다. 그런 어느 비 오는 날이었다. 영순은 기다리고 기다리던 야마모토 병사의 편지를 받은 것이다. 영순은 자기도 모르게 가슴이 뛰는 걸 누르며 편지를 뜯었다.

새해 복 많이 받으세요.
전지에도 새로운 한해가 밝았습니다. 오늘은 설날입니다. 오랜만에 먹어 보는 오조니(일본 떡국)의 혀에 녹는 맛에 어린 시절이 떠오르는군요. 금화산 기슭 막사에서의 추억이 새록새록하여 정신없이 바쁜 중에도 꿈 같았던 세계가 눈에 선합니다. 정말 즐거웠어요.
남쪽의 무슨 강 연안에 간 녀석들에게는 소식이 있나요? 아무에게도 엽서 한 장 보내지 않았습니다. 당신에게 이 편지를 쓰고 나서 어머님께도 편지를 쓸 생각입니다. 여기에 온 지 2개월 동안 거의 매일 시끄러운 사격소리를 듣습니다. 그 때마다 적이 죽는다는 걸 생각하면 안타깝습니다. 그러나 평화로운 이웃을 공격하는 경우에는 만행이겠지만 이것은 조국을 지키기 위한 성스러운 의무지요. 적어도 동양 평화—신동아 건설을 목표로 하는 하나의 이념—의 순수하고 충실하며 부정과 거짓이 없는 공정한 '일본 정신'이므로 어쩔 수 없겠지요. 제가 좀 흥분했나 봅니다. 당신 앞에서는 언제나 흥분하는 것 같습니다. 실은 여기에 와서 깨달은 것입니다만 당신이 써 준 당신의 이름과 언문을 보면서 당신을 느끼고 당신 어머님과 친척들과 같은 동포인 조선인 전체를 느낍니다. 그리고 언문의 모양이 조선의 가옥 구조와 지나의 가옥구조와 닮았다는 것을 생각하며 지나와 조선과 일본은 아주 오래 전의 신대(일본의 천황가의 기원)로부터 연결되어 있다는 것을 믿지 않을 수 없습니다. 저 먼 옛날부터 숙명적인 관계가 있다는 것은 부정할 수 없는 사실이라고 생각합니다.

　부디 당신도 저와 같은 이념을 가져 주시길 바랍니다. 그리고 신의 의지인 동양 평화를 위해 강한 여성이 되어 주십시오. 싸우기 위한 싸움은 죄가 되겠지만 평화를 위한 싸움은 신도 기뻐할 거라고 생각합니다. 편지 보내주세요. 당신과 닮은 가느다랗고 아름다운 글씨를 하루라도 빨리 보고 싶습니다. 기다리고 있을게요.

　그럼 안녕히.

야마모토 이사무 올림

편지를 읽고 영순은 바로 다음과 같은 편지를 썼다.

　소식 고맙습니다. 굉장히 먼 곳인 모양이군요. 편지를 보낸 날짜로부터 3개월하고도 이틀이 지났더군요. 여기는 어젯밤부터 비가 내리고 있습니다. 당신의 모자도 옷도 젖어있는 건 아닌지요. 막사의 화롯가도 네 개의 기둥이 서 있던 자리도 빗물이 고여 있습니다. 까치 울음소리도 기적 소리도 오늘아침에는 유난히 슬프게 들렸습니다.

　그러나 당신의 편지를 받고 강해졌습니다. 낭만은 힘이고 열정이며 진실이고 생명이라고 말씀하셨지요. 당신과 알게되어 여러 가지를 배운 것 같습니다. 제가 쓴 언문에서 조선 전체와 심지어 지나까지, 즉 동양 전체를 느낀 것처럼 당신과 알게되어 저도 전쟁이 제 일처럼 느껴져 우연히 병사들을 만나면 당신을 만난 것처럼 반갑기만 합니다. 그 뿐이 아닙니다. 앞으로는 당신이 가지고 계신 이념으로 살아갈 작정입니다. 당신의 생각이 신의 생각처럼 느껴져서요. 그리운 당신에게 신의 가호가 함께하길 기원합니다. 편지 주세요.

그리운 야마모토씨에게 김영순 올림

영순이 답장을 한 지 열흘쯤 지난 어느 날, 낙동강 연안부대의 시미즈 병사에게 야마모토 병사가 지나 북부의 오지에서 전사했다는 소식을 들었다. 영순은 자신의 편지도 받지 못하고 전사했다는 것이 너무나 가슴이 아팠다. 영순은 꼬마들이 부르는 군가에도 귀를 막고 오열했다. 그녀에게는 처음으로 흘리는 눈물이었다.

그러나 영순은 약하게 울고 있을 때가 아니라는 것을 깨달았다. 야마모토 병사의 굵은 목소리가 영순의 귀에 언제까지나 남아있었기 때문이었다. 그의 엄숙한 얼굴이 눈앞에 떠올랐다. 영순은 다음 날 아침 산을 넘어 막사가 있던 자리에 가 화로가 있던 곳에 돌을 쌓으며 조용하고 엄숙하게 묵도를 하였다. 야마모토 병사의 성스러운 영령이 편안히 쉴 수 있도록. 기도를 하고 있는 영순의 눈앞에 야마모토 병사의 환영이 살아있을 때 그대로의 모습으로 나타났다.

— 당신이 써 준 당신의 이름과 언문을 보면서 당신을 느낍니다. 당신이 살고 있는 가옥을 느낍니다. 지나의 가옥도 조선의 가옥과 같은 구조로 되어있다는 것을 보며 일본과 조선, 그리고 지나는 아주 오래 전의 신대(일본의 천황가의 기원)로부터 연결되어 있다는 것을 믿습니다. 당신도 믿어주세요. —

(원제 : 幻の兵士, 발표지 :『국민총력』1941년 2월)

2월 15일의 밤

선주는 처음으로 남준에게 잔소리를 들었다. 연애 1년, 결혼해서 2년, 벌써 3년이 넘었지만 한번도 잔소리를 들은 적이 없는 여자로 그 만큼 총명한 아내였다.

그런데 그 날은 왜 잔소리를 듣게 되었을까? 별것도 아닌 일이었다. 선주가 애국반 반장이 된 것 때문이었다.

실제로 선주가 애국반에 나간 것은 두 번 밖에 없었다. 전에는 항상 하녀가 대신 나갔지만 영미전쟁이 시작되고 나서 선주 자신이 긴박한 시국을 통감하여 부리던 하녀를 내보내고 집안일을 전부 하게 되어 애국반도 자연히 그녀 차지가 되었던 것이다. 나가 보니 반원은 물론이고 구장이나 반장이 일을 너무 못하였다.

반원을 집합시키는 경우에도 구장이나 반장의 말투가 항상 답답했다. 나오지 않는 사람들에게는 배급전표를 주지 않는다는 등, 이미 나누어 준 것도 다시 빼앗는다는 식이었으며 사람들이 모여도 구장과 반장은 당국에서 내려오는 지시를 기계적으로 전달할 뿐이었다.

왜 저금을 할 필요가 있는지, 왜 국방헌금을 해야 하는지, 국채를 왜 사야하는지, 쇠를 왜 나라에 바쳐야 하는지, 등에 대해서는 한 번도 들려주지 않았다. 반원들도 반원들이었다. 그들 중에서 전쟁이 어디에서 일어나고 있으며 애국반에 모이는 목적이 무엇인지 모르는 사람들이 대부분이었다. 거의 대부분이 구장이나 반장이 나누어주는 배급전표 때문에 모이는 것 같았다. 그러니 반원 중에는 고무신 배급전표를 주지 않으면 방공연습에 나가지 않겠다고 오히려 구장이나 반장을 협박하는 사람까지 있었다.

그럴 때마다 선주는 가만히 있지 못하고 구장이나 반장에게 자신의 의견을 말하기도 하고 반원들에게 국민들은 전쟁하고 있는 병사와 마찬가지로 하루하루 긴장하지 않으면 안 된다, 한 사람만을 생각할 때가 아니다, 나라를 위한다는 것은 쉬고 있어도 항상 나라를 생각하고 어떤 고난이 있어도 나라를 위해 참고 극복하지 않으면 안 되는 것이라고 이야기를 하는 것이었다.

반장이 일부러 아침 일찍 선주를 찾아와 애국반 반장이 되어달라고 부탁한 것도 선주가 그런 소리를 했기 때문이었을 것이다.

"난 그런 떠들썩한 일을 하는 여자가 싫어."

선주가 아무리 애국반의 사정을 설명하고 반장이 된 경위를 자세히 들려주어도 남준은 막무가내였다.

"애국반이 그렇게 떠들썩한가요? 내 일만 묵묵히 하면 좋잖아요."

선주는 전혀 불쾌한 내색을 하지 않고 오히려 미소를 지으며 그렇게 설명했다. 그녀는 남편이 정말로 자기를 싫어해서 그런 소리를 하는 게 아니라는 걸 알고 있었다.

"내일 아침 일찍 거절하고 와. 여자는 가정이 직업이지. 애국반장이 안 된다고 충실한 국민이 아닌 건 아니니까. 이런 때일수록 오히려 각자 자신의 영역을 충실히 지키는 것이 좋다는 말이야. 알았어?"

어디까지나 부드러운 얼굴을 하고 있는 선주를 보고 남준의 목소리도 얼마간 부드러워졌지만 선주에 대한 불만은 감출 수가 없는 모양이었다.

"저 집안일 하면서도 얼마든지 할 수 있는데……."

"당신같은 여자에게 그런 일이 어울리지 않으니 그만 두라고 하잖아.

어울리지도 않는 일을 하는 당신은 보고 싶지 않아.”

“당신 말씀은 잘 알아요. 하지만……．”

“하지만 어떻다는 거야?”

남준의 목소리가 다시 거칠어졌다. 선주는 조금 당황하여 남준의 얼굴을 올려다보았다. 남준은 선주의 시선을 피했다. 선주는 남편에게 무시당한 시선을 천정으로 비키고는 입을 떼었다.

“하지만 미의 표준이라는 것도 언제까지나 고정된 것은 아니라고 생각해요. 잠자리처럼 아름답게 날고 있는 비행기가 아름다울 때도 있지만 그런 아름다움은 쉽게 질려요. 아름답게 나는 것보다는 불꽃처럼 적군의 비행기를 추적하여 싸우는 비행기가 훨씬 좋다고 생각해요. 여자의 아름다움도 마찬가지 아닐까요? 멍하니 하늘만 바라보는 여자의 모습이 보헤미안 같아서 좋은 때도 있었지만 요즘은 그런 모습의 여자보다는 하늘을 바라보며 저 하늘을 어떻게 지킬까 생각하는 여자가 훨씬 아름답게 보여요.”

선주가 이런 소리를 하는 것은 언젠가 동경에서 남준이 했던 말이 생각났기 때문이었다.

남준은 여자의 아름다움은 활발하고 강건한 것이 아니라 그 반대라고 말하고 있는 것이다. 옛날 일이라 누구의 조각인지 분명하게 기억할 수는 없지만 신의 노여움을 사서 바닥에 구멍이 난 항아리에 물을 길어다 붓는 굉장히 지친 여인상과 비슷한 여자가 좋다고 했던 것이다. 그러나 그러면서도 어디까지나 생활력 강한 여자이지 않으면 안 된다는 것이다.

초봄의 밤은 점점 깊어 조용해졌다. 선주의 긴 설명으로 남준은 뭔가를 생각하는 것처럼 입을 다물고 있었다. 선주도 입을 다물었다.

바로 그때였다. 뉴스를 예고하는 차임 소리가 라디오에서 천천히 흘러나왔다. 남준도 선주도 말없이 라디오 옆으로 갔다. 예상했던 대로 라디오에서는 아나운서가 숨찬 목소리로 싱가포르 함락의 뉴스를 전하고 있었다. 선주도 남준도 아나운서도 점점 긴장했다.

"싱가포르를 함락시켰습니다. 영국이 동양 착취의 아성으로 버티고 있던 싱가포르가 우리 황군의 손에 드디어 함락했습니다. 무조건 항복했습니다."라고 몇 번이고 몇 번이고 되풀이하여 보도하고 있었다.

선주와 남준은 뉴스가 끝나자마자 마치 약속이라도 한 듯이 안도의 한숨을 내쉬었다. 선주는 가만히 있지 못하겠다는 듯이

"가슴이 후련해지네요."

라고 먼저 말을 해 버렸다.

"음, 결국에는 해냈군. 정말 잘했어. 통쾌하다."

평소에는 말수가 적은 남준이었지만 많이 감격하였는지 목소리까지 변하였다.

"그래요. 정말 훌륭하군요. 무슨 일이라도 다 해낼 것 같아요. 어떤 고난에도……."

"그래, 그래. 정말 잘 하는군."

남준은 조금 전에 선주와 다툰 것을 까맣게 잊은 것처럼 들떠있었다. 선주도 남편의 그런 기분에 안심하여

"애국반장 해도 괜찮지요?"

라고 말하며 남준의 눈치를 살폈다.

"틈을 노린 거군."

남준은 아이처럼 선주를 흘겨보았다. 선주는 남편의 눈길을 그대로 받으며

"나 남이 하라고 해서 하려는 게 아니에요. 제가 하면 지금까지와는 달리 좋은 결과를 얻을 것 같고, 또 그럼으로써 제가 아름다워질 것 같아서……."

선주는 다시 웃는 얼굴을 보였다.

"너무 자신 만만한 거 아냐?"

"전혀!"

"전혀!"라고 말하는 선주의 얼굴이 너무나 진지해서 남준은 커다란 소

리로 웃음을 터트렸다. 선주는 남편이 그렇게 큰 소리로 웃는 것이 우스워서 또 웃었다. 두 사람은 잠시 모든 걸 잊고 아이처럼 웃는 것이었다.

(원제 : 2月15日の夜, 발표지 :『녹기』1942년 4월)

이석훈

- 고요한 폭풍
- 북으로의 여행

▌이석훈(1908 - ?)

1930년대 초 활동을 시작하여 사회적 문제성을 갖는 작품을 발표하였다. 일제말 '신체제' 수립 후 식민주의에 협력하는 작품을 발표하였으며 『고요한 폭풍』이란 작품집도 발간한다. 해방 이후 독립운동가들의 삶을 그린 책을 발간하기도 하면서 이전의 자신의 활동에 대해 반성하다가 한국전쟁 시기에 북으로 갔다.

고요한 폭풍

제1부

　강연회의 멤버가 대개 정해지자 부민관의 소강당에서 대원의 처음 모임을 가졌다. 벌써 12월이 코앞에 다가온 때라 여느 때라면 북악의 바람이 첫추위를 몰고 거리의 지붕을 휩쓸어 외투의 필요성을 슬슬 느끼는 계절이었지만 올해는 유난히 따뜻하여 양복만으로도 충분했다. 그러나 소설가 박태민은 지난해에 새로 맞춘 검은 스코치 동복을 무슨 식장에라도 가는 것처럼 깔끔하게 다림질까지 하여 차려입고 정각 4시전에 부민관으로 향했다. 그는 깔끔한 걸 좋아하는 남자로 특히 집회가 있는 경우에는 몸차림에 굉장히 신경을 썼다.

　4시가 되었는데도 아무도 오지 않았다. 그는 조금 긴장했던 마음이 느슨해지는 것을 느끼며 자신이 아직 철없다는 생각이 들고 늦는 사람들이 불쾌해졌다. 막 새로 지은 강당의 문을 힘을 주어 열자 어두컴컴하고 텅 빈 강당에서 소름이 돋을 정도의 찬 기운이 몰려왔다. 그는 조금 당황하여 밀던 손을 떼었다. 그리고는 할 일없이 복도를 어슬렁거리다가 햇빛이 잘 드는 창가의 푹신한 소파에 몸을 묻었다. 10분 정도, 어떤 사람들이 올까 흥미를 가지고 이 사람 저 사람 짐작되는 사람들을 하나하나 머릿속에 그리기도 하고 지우기도 하였다. 마침 그때 조선 한복 차림의 기타하라 여사가 나타나 그에게 가볍게 목례를 하고 다른 소파에 앉았다. 단정한 태도에 기품이 있어 그는 자기도 모르게 앉은 자세를 바로 했다. 그와 기타하라 여사는 지금까지 교제가 없었지만 여사가 워낙 유명한 인물이다 보니 그 이름을 기억하고 있었고, 무슨 집회에선가 두세 번 스친 적이 있었다. 먼저 인사를 해야 한다고 생각하면서도 내성적인 성격상 어쩔 수가 없었다. 어색하게 앉아 있자 조용한 복도의 분위기가 더욱 무겁게 느껴져 일어날까 고민하고 있을 때 그녀가 총명한 눈길로

"문인협회의 모임에 오셨어요?"

하고 물었다. 그는 구원받은 기분으로

"예."

하고 대답했지만 뭔가 미진한 것만 같았다.

"아직 아무도 오지 않으신 모양이군요."

"예, 벌써 4시가 넘었는데요."

박이 말꼬리를 흐리고 나서는 다시 침묵이었다.

드디어 계단을 올라오는 거친 발소리가 가까워지며 우르르 대여섯 명의 회원들이 나타났다. 모두 문단의 중견 평론가 일단이었다. 그 중에는 박과 평소 친하게 지내는 사람도 있었고 묘하게 껄끄러워 경원하고 있는 사람도 있었다. 그들은 뭔가를 열심히 이야기하며 박의 존재에는 전혀 신경도 쓰지 않았다. 문단의 경력으로 말하면 모두가 반드시 그의 선배도 아니고 오히려 어떤 사람은 후배 격이었지만 인기 작가가 아니라는 것 때문에 그 자신이 스스로를 비하하는 기분이 되어 시선이 마주치면 먼저 고개를 까닥하고 숙이는 것이었다.

모임이 시작된 것은 4시 반경이었다. 텅빈 강당 한쪽에 열대여섯 명의 사람들이 동그랗게 모여 앉았다. 대가인 K씨도 늦게 나와 겸손한 태도로 구석자리에 앉았다. 모두 말이 없어서인지 성대하지 않았다. 거의 대부분이 자의식이 강하고 모가 난, 지기 싫어하는 평론가들로, 소설가나 시인은 거의 없었다. 이번 강연회의 용어가 내지어인 관계로 당연히

선출되어야 할 사람이 빠진 경우를 제외하고는 신중을 기해 엄선했다고 하지만 예정되었던 사람들조차 전부 모이지 않아 뭔가 서먹서먹하고 침울한 분위기였다.

먼저 간사의 권유로 K씨가 일어나 이번 기획은 결코 흔한 문예 강연회가 아니라는 것, 상부의 압력에 의한 것이 아니라 문인협회 자체의 발의로 이루어졌다는 점을 열띤 어조로 설명했다. 강연대의 조직에 대해서 의견이 분분했지만 결국 철도 노선에 따라 경부, 경의, 호남, 함경의 네 반으로 나누기로 하고 각반의 형성은 각자의 희망에 따르기로 했다.

먼저 경의선 반이 무슨 연유에서인지 희망자가 가장 많았다. 홍일점이라고 할 수 있는—이런 표현은 이 경우에는 아주 졸렬하지만—기타하라 여사는 선약한 강연이 있어 역시 인기가 있는 경의선에 합류하게 되었다. 다음으로 호남선반도 춘향전의 고향인 남원 광한루가 매력적이라는 점에서 무난하게 결정할 수 있었고 경부선도 한두 사람 남기고 거의 결정이 되었다. 남은 것은 함경선으로 단 한 사람도 희망자가 없었다.

"함경선은 어째서 이렇게 인기가 없을까요?"

조크를 잘하는 야마모토 간사가 장난스럽게 말하자 처음으로 웃음소리가 울렸다.

"추우니까요."

"추워서라기보다는 무서워서예요."

"거기는 좀 깐깐해요."

"요즘 그런 건 문제가 안 돼요."

이런 농담 같은 대화가 계속되고 있을 때 조용히 생각에 잠겨있던 박태민이 부끄러운 기색으로 중학생처럼 손을 들며,

"제가 함경선으로 하겠습니다."

라고 말했다. 너무 엄숙한 목소리여서 잠시 분위기가 조용했을 정도였다. 박태민은 부끄러움으로 얼굴을 조금 붉히며 심장이 파도치는 흥분을 가라앉히고 있었다. 기타하라 여사가 진지한 얼굴로 그를 바라보았다.

"잘 하셨습니다. 그럼 다른 분은 안 계십니까? ……가가와 군은 어떤가? 자네라면 적임자일 것 같은데. 함경선으로 정하지."

야마모토 간사가 재촉하듯이 말하자 가가와는 빙글빙글 웃다가

"그럼 함경선으로 할까요? 실은 호남선으로 하고 싶었는데."

라고 별로 내키지 않는 듯이 대답했다.

"고맙네. 나머지 두 사람은 오늘 결석한 사람 중에서 벌로 함경선 참가를 명하기로 하지. 윤군이 경부선과 호남선을 겸하도록 하고."

이렇게 하여 네 명 내지 다섯 명으로 각반이 결정되자 강연에 만전을 기하기 위해 일단 시국 공부를 하기로 하였다. 일시를 정해 매일 2시간씩 총독부나 군부 방면에서 간부를 초청하여 이야기를 듣기로 하고 6시쯤에 해산했다.

박태민이 누구보다도 먼저 함경선을 희망한 것은 그 나름대로의 이유가 있었다. 그의 고향이 경의선에 있어 고향에 금의환향하는 허영심으로 말하자면 경의선에 참가하고 싶었다. 그러나 현실에 대한 심각한 기분이 그런 허영심을 이겼다. 수상한 시대의 흐름이 모든 감상과 편견을 배제한 새로운 역사를 창조하고 있었다. 어지럽게 돌아가는 소용돌이 속에서 그는 작가로서의 자신의 존재를 발견하지 못하고 고뇌하고 있었다. 그는 동경에 있는 어떤 작가처럼 신체제라고 해서 지금까지의 자신의 창작태도를 바꾸지는 않겠다고 말할 수 있는 처지가 못 되었다. 이 나라에서 작가로 살아가기 위해서는 이런 거친 시대의 폭풍을 극복하지 않으면 안 되었다. 이를 위해서는 그저 무의식적으로 생활해서는 안 되었다. 의식적으로 시대를 호흡해야 했다. 먼저 소승적인 민족적 입장을 일단 포기하지 않으면 안 된다. 보다 높은 대승적 지성과 예지가 필요한 것이다. 박태민은 깊은 회의 속에서 방황했다. 의식은 분열하여 다투기만 하고 이렇다 할 결말에 도달할 수 없었다. 목적도 없이 거리를 걸었다. 아는 사람과 만나면 다방에서 커피를 마셨다. 사상의 핵심을 벗어난

평범한 대화로 일관했다. 때로는 상대에게 별로 이야기하지 않았다. 그러나 대상에 따라서는 자신을 조금 드러내 보였다. 신뢰할 수 있는 친구나 마음 편한 지기일 경우이다. 그러나 다방을 나와 헤어진 그 순간부터 다쿠보쿠의 시처럼 뭔가 손해를 본 것 같기만 하고 자신을 내보인 것을 후회하며 속을 들여다보인 것 같아 부끄러워하는 것이다. 신뢰할 수 있는 친구가 그렇게도 없느냐고 할지 모르지만 결국 이 시대의 인간은 모두 조심하고 입을 잘못 놀리는 일이 없도록 경계해야 하는 것이다. 박태민의 심리 상태는 살얼음판 위를 걷는 것만 같았다. 어디를 가도, 아니 자기 집조차 발이 땅에 닿지 않고 떠있는 것 같은 불안한 기분이었다.

바로 이럴 때에 박은 시국강연대의 한 사람으로 지명 받았다. 정말 의외였다. 뭔지 모르지만 홀연히 새로운 운명의 막이 오른 것 같았다. 그 운명의 길이 어떤 것인지는 상상도 할 수 없었지만 어쨌든 새롭다는 것에 매력을 느끼고 이에 자신을 맡기기로 했다. 그는 묵묵히 강연을 결심했다. 그는 생각했다.

'이 기회에 나를 단련해야지. 나는 지금 방황하고 있어. 어떻게 해야 할지 모르고 있다. 이번 시련이 내가 가야할 방향을 가르쳐 줄지도 몰라. 나를 단련하기 위해서는 시련이 필요하다. 함경도 방면은 사상적으로 거친 경험을 가진 지방이다. 그런 지방으로 가서 부딪쳐 보는 거야. 내가 그들을 가르친다기보다는 오히려 내 단련을 위해 떠나보자. 이것으로 나도 방황에서 구원받을 지도 모르니까.'

박태민은 실제 시련에 맞서고 싶다는 엄숙한 기분으로 인기 없는 함경선을 희망한 것이다.

그는 부민관에서 돌아오는 길에 잡지사에 들렀다가 거기에서 신진 작가인 고영목이 며칠 전 도 경찰에 검거되었다는 뜻밖의 소식을 들었다. 그는 깜짝 놀랐다. 박과 고는 얼마 전까지 같은 회사에서 근무하던 친한 사이였다. 고집스러울 정도로 사람이 좋고 평화 애호자인 고를 알고 있기에 그의 검거 사실이 납득이 가지 않았다. 잡지사 기자는 마치 잘 알기라도 하는 것처럼 고가 다방에서 문학청년을 상대로 불온한 시국 비판을 했다고 말했다. 그 말을 듣고 보니 사람 좋은 고가 문학청년의 단순한 질문에 꼼꼼하게 감상을 드러낸 것인 지도 모른다는 생각이 들었다. 그러나 아무리 생각해 보아도 고의 검거에 대한 설명으로는 부족했다. 박은 시대의 공포와 비슷한 심각한 엄숙이 눈앞에 닥치고 있다는 생각에 불안해졌다.

그는 초겨울의 하루가 완전히 저문 다음에 집으로 돌아가 불안한 얼굴로

"고영목이 검거되었다네."

라고 아내에게 말했다.

"아니, 무슨 일일까요?"

라고 말하며 깜짝 놀란 표정으로 그의 얼굴을 바라보는 아내의 얼굴이 하얗게 질렸다.

"몰라. 유언비어로 잡혔는지도 모르지. 입이 무거운 친구라서 괜찮기는 하겠지만."

"그러니까 당신도 조심하세요. ……그런데 여보. 바로 러시아어로 된 잡지 같은 거 전부 태워 버려요. 아무것도 아닌 일로 잡혀가면 큰일이잖아요."

"아니, 괜찮을 거야."

그는 입으로는 그렇게 말했지만 고영목과 친하게 지내던 자신에게도 언제 불똥이 튈지 모른다는 걱정을 하고 있었다. 아내가 신경을 쓰는 러시아어로 된 책이라는 것은 이웃나라에서 합법적으로 발행되는 흔한 주간잡지 『루베쥬』(경계)나 월간지 『사브라멘나야 지엔시치나』(현대여성), 레루몬토프의 『베라』와 국내 발행의 어학서가 전부였다. 박이 국경방면의 관청에 근무하고 있었을 때 직업상 필요하여 가끔씩 시간을 내어 백계 러시아아인인 킬사노프에게 러시아어를 배운 것이 재미있어 그 이후

상당히 오랫동안 타성으로, 취미로 조금씩 러시아어를 공부하고 있었다. 그러므로 전혀 죄가 되는 일은 아니었다. 소학교 훈도로 소위 사상이 견고한 그의 아내는 이런 험난한 시대에 이상한 외국어 책을 놓아두어 경찰의 주목을 끄는 것은 좋지 않다고 기회가 있을 때마다 러시아어 잡지를 분서할 것을 주장했던 것이다.

박은 친구인 고영목이 운 나쁘게 검거된 때이므로 만에 하나 가택수색이라도 당하는 경우에는 그 외국어 잡지가 엄청난 화를 초래할 수 있다는 것을 생각하고 점점 아내의 의견에 기울어지는 자신을 의식했다.

"태워버려요. 만일을 대비하여 미리 대책을 세우는 것이 좋아요."

아내는 다시 한번 졸랐다.

"그도 그렇군. 그럼 내일 아침, 밥을 지을 때 아궁이에 넣어 버려."

그리고 그는 몇 시간 후에 불쏘시개가 될 운명의 러시아어 잡지를 아깝다는 듯이 페이지를 펼쳐보기도 하고 몇 줄을 읽어보기도 했다. 그러고 있는 사이에 그 책과 관련된 기억이 떠올랐다.

『루베쥬』나 『사브레멘나야 젠시치나』는 하얼빈의 H양이 보내준 것이었다. 나라를 잃어버린 같은 동아의 민족으로 우울한 생활에 젖어있는 백계 러시아인의 비애를 읊은 시가가 두세 편 실려있기도 했지만 H양은 그에게 패망의 시를 소개하기 위해 보낸 것은 아니었다. H양은 그 방면에는 별로 흥미를 가지고 있지 않는 명랑한 이국풍의 음악가 지망의 올마우즈(러시아 태생의 조선 아가씨)였다. 스물 둘이 될 때까지 조선을 본 적도 없었지만 그 해 가을, 경성의 조촐한 행사의 하나인 전조선 음악 콩쿠르에 참가하기 위해 홀홀단신으로 만주에서 건너온 것이었다. 마침 박태민이 고영목 등과 같이 여성 잡지의 편집을 담당하고 있던 관계로 H양을 인터뷰하여 색다른 기사를 쓸 수 있었다. 이를 계기로 H양이 경성에 있는 동안 박이 여관으로 그녀를 방문하기도 하고 그녀가 박을 찾아오기도 하여 꽤 친한 친구가 되었던 것이다. H양은 문학에는 전혀 문외한이었지만 박이 얼마간 음악에 대한 지식을 가지고 있어 두 사람의 교제가 원만하게 이루어질 수 있었다. 처음에 박이 당연하게 조선어로 말을 걸었다가 낭패를 보았다. 그녀는 조선어로 이야기하는 것을 피하는 것 같았다. 박이 이상하게 생각하고 당황하여 주저하고 있는 것을 보고 그녀는 얼굴을 붉히며 죄송합니다, 조선어를 잘 몰라요, 정말 죄송합니다, 라고 덧붙였다. 그 악센트가 조선인과 전혀 달라 러시아어로 말할 때보다 훨씬 서투르다 보니 부끄러워 전혀 사용하지 않는다는 것이었다. 그때부터 내지어(일본어)로 하기로 했다. 그녀는 안심한 듯이 기분이 밝아져 유창하게 말을 했다. 그녀는 좀 통통한 몸에 얼굴이 화려한 슬라브적인 용모를 하고 있어 러시아 사람 같았지만 유창하게 말하는 일본어를 들으면 의심할 나위없이 일본 사람으로 보였다. 그녀는 모국어를 하지 못한다는 것을 전혀 부끄럽게 생각하지 않고 언제나 명랑한 역을 맡는 무대의 배우처럼 거침이 없었다.

콩쿠르 첫날, 처음으로 그녀의 노래 부르는 모습을 볼 수 있었다. 그녀는 파란 원피스 드레스로 단순함의 아름다움을 보여주었다. "라파엘라." 1절을 러시아어로 불렀는데 박이 알기로는 사랑의 고뇌를 주제로 한 노래로 충분히 예선을 통과할 것 같았다. 음색은 슬라브적으로 혼돈이나 막연함이 전혀 없고 오히려 화려하고 달콤하였지만 역시 조선 사람이었다. 박의 예상대로 예선을 통과했다. H양은 순수하게 기뻐하였다. 박까지도 이유 없이 즐거워지는 그런 기쁨의 표현이었다. 그러나 다음 날에는 3위에도 들지 못했다. 박이 보기에 3위는 될 수 있었는데 유감이었다. H양은 전혀 기가 죽지도 않고 투덜거리지도 않았는데 박은 그 태도에 왠지 더욱 호감이 갔다.

"부모의 나라에 와서 노래를 부를 수 있었다는 것만으로도 기뻐요."

그녀는 그냥 하는 말이 아니라 정말 눈에 눈물을 가득 담고 그렇게 말하는 것이었다.

"내가 심사위원이었다면 주저하지 않고 당신을 3등으로 뽑았을 텐데. 2등은 좀 무리일지도 모르겠지만요."

"정말이에요? 너무 기뻐요."

그녀는 어린아이처럼 두 손으로 얼굴을 감싸고 윗몸을 흔들며 외쳤다. 박은 이국적 정취가 물씬 나는 그녀의 제스처에 조금 질렸다.

콩쿠르가 끝나자 H양은 며칠 동안 경성의 거리를 구경하고 명소를 찾아보기도 했다. 경성에 온 감상은 전에도 단편적으로 말한 적이 있었지만 그가 덕수궁에 안내했을 때, 그녀는 잔디에 앉아 산이 수려하다는 것, 거리가 깨끗하다는 것, 길을 오가는 남녀들이 우아하다는 것, 그러나 모두가 지나치게 정적이어서 활기가 부족하다는 것 등, 에트랑제나 다를 바 없는 감상에 지나지 않은 것이 난생 처음으로 찾은 모국의 산하에 아무리 극찬을 해도 모자라는 기분인 것 같았다.

그녀가 경성을 떠날 때, 박은 아무 선물을 준비하지 않고 역까지 배웅을 갔다. 단지 러시아어를 할 수 있다는 공통점으로 경성에 와 친해진 젊은 독일인 부인이 꽃다발을 가지고 나온 것 외에는 아무도 배웅 온 사람이 없었다. 1, 2등 대합실에서 박은 그녀의 소개로 독일인 부인과 인사를 나누었다. 말이란 정말 묘한 작용을 하는 것으로 박의 서툰 러시아어가 처음 만난 이국의 부인과 박을 마치 잘 아는 지기처럼 연결해 주었다. 수다쟁이 부인의 호의 어린 말에 박은 만족스럽게 대답할 수 없어 안타까움까지 느꼈다.

기차가 출발하려고 할 때, H양은 박에게

"내년 콩쿠르에서는 입선할게요. 그리고 박 선생님도 꼭 하얼빈에 오세요. 경성에서 진 신세를 갚아야지요."

라고 진지하게 말했다. 그 말에 박이

"내년 봄에 갈 겁니다. 잘 부탁드립니다."

"어머? 그래요. 기다릴게요. 꼭 오세요."

말이 끝나기도 전에 야속하게 기적이 울렸다.

기차가 움직이자 H양은 좀 슬픈 표정이 되었다. 점점 거리가 벌어지자 독일인 부인에게 받은 꽃다발을 높이 흔들었다. 박도 모자를 들어올렸다. 기차는 순식간에 멀어졌지만 그녀는 보이지 않을 때까지 열심히 하얀 손을 내밀고 있었다. 박은 왠지 엷은 애수가 가슴에 스미는 것을 느끼며 멍하니 서 있었다.

"가요."

독일인 부인의 말에 박은 정신을 차리고 걷기 시작했다.

"베슈콤?"(걸어 가세요?)

라고 독일인 부인이 물었다.

"토라무바엠."(전차를 탈겁니다.)

라고 대답하자 독일인 부인은 오른 손을 내밀어 악수를 청하면서,

"브라스챠이체."(안녕히 가세요.)

라고 말했다. 박은 당황하여 그녀의 손을 잡으며,

"다 스비다냐."(또 뵙겠습니다.)

라고 말하자 그녀는 미소를 짓고는 성큼성큼 의주 방향 플랫폼 쪽으로 걸어갔다. 그 이후, 박은 한번도 그녀를 만나지 못했다. 그녀의 남편은 조선인이었다.

박의 기억은 여기에서 끊어졌다. 그는 여전히 러시아어 잡지를 무릎에 올리고 앉아있었다. 그는 조그맣게 한숨을 쉬고 레르몬도프의 [베라]를 들었다. 박은 그 책을 보내준 키르사노프의 우울한 얼굴을 떠올렸다. 사업이 잘 되면 좋을텐데 라는 생각을 했다. 키르사노프는 아직도 제정 러시아에, 그리고 짜르에, 충실한 전 백군장교로, 기성복 상인이었다. 언젠가는 시베리아에 제정 러시아의 부활을 꿈꾸는 사람이었다. 함경선의 커다란 도시에 사니까 이번에 꼭 만나봐야지. H양도 그렇고 키르사노프도 그렇고 꼭 한 번은 만나고 싶은 그리운 사람들이었다.

현실로 돌아오자 박은 유치장에 있는 고영목의 안부가 걱정되었다. 얼마나 고민하고 있을까? 가슴에 우정이 사무쳤다.

박은 갑자기 뭔가 결심한 것처럼 러시아어 잡지를 들고일어나 부엌으로 나갔다. 아궁이에 잡지를 넣고 불을 붙였다. 조그만 불꽃이 책 귀퉁

이를 핥았다. 불이 꺼지려는 듯이 잠시 연기가 피어올랐지만 다시 불이 살아나 책 전체에 옮겨 붙었다. 불은 활활 타올라 집어삼키듯 책을 태웠다. 러시아 잡지는 몇 분 후에는 한웅큼의 재로 변해버렸다. 그는 잠시 망연하게 재를 바라보았다.

약속한 봄이 되었어도 박은 하얼빈에 갈 수 없었다. H양에게서 편지가 몇 번 왔다. 그 때마다 떠나고 싶은 마음이 굴뚝같았지만 뭔가 큰 작품을 써서 여비를 마련하려고 할 때, 하필이면 신문 잡지가 통제되어 생각처럼 쉽지가 않았다.

그는 러시아 여행은 가을로 연기될 거라는 편지를 썼다. 그녀의 답장과 함께 러시아어 잡지가 도착했다. 가을에 하얼빈에서 만날 때까지 러시아어 공부를 해 주세요. 그리고 『사브레멘차 지엔시치나』 속의 「숙녀와의 대화」를 외워 주세요. 그러면 백계 러시아의 상류가정을 방문할 때 도움이 될 겁니다. 이런 내용이었다. 박은 낭만적인 공상에 빠지기도 하면서 가을까지 숙녀와의 대화를 유창하게 읊을 수 있도록 틈만 나면 읽어보았지만 시간이 흐르면서 그런 공상에 빠질 수조차 없는 거친 시대의 숨결에 초조해 했다. 가을이 되어도 박은 하얼빈에 가지 못했고 신문 통제로 음악 콩쿠르도 연기가 되어 그녀도 경성에 올 수 없었다. 그리고 시국이 점점 급박해져 상아탑에 칩거하고 있던 문인들이 시국강연을 나서게 되었던 것이다.

이삼 일 동안 박은 집에 틀어박혀 강연 내용을 구상했다. 그 스스로 사상이 너무 빈약하다는 것을 절감했다. 그러나 풍부한 사상만으로는 이룰 수 없다는 생각도 들었다. 빈약해도 괜찮다. 행동이 요구되고 있는 것이다. 자신은 빈약하지만 양심이 명하는대로 따라야지. 조금밖에 도움이 되지 않을지도 모른다. 암시에 그쳐도 상관없었다. 그것이 자신의 역할이라면 그것으로 만족스러웠다.

그는 그만이 할 수 있는 말을 조금이라도 하고 싶었다. 훌륭하게 보이는 것은 산더미처럼 쌓여 있을 것이다. 그러나 그게 어떻다는 말인가. 이런 험한 시대에 누가 자신을 가지고 외칠 수 있을까? 그 훌륭한 말의 과연 몇 분의 일이 이 시대에 맞는다는 말인가? 이번 강연 여행이 일반에게 발표되면 노골적으로 조소를 당할 것이다. 제일 먼저 문단의 일부 사람들이 조롱을 할 것이다. 조소를 할 수 있는 인간은 차라리 편할 거라는 생각이 들었다.

펜을 잡았지만 자신만이 할 수 있는 말이 좀처럼 떠오르지 않았다. 억지로 펜을 움직여보지만 말이 과장되어 이것저것 신경을 쓰다보니 권위에 대한 아부로 얼굴이 붉어질 뿐이었다. 하루 종일 원고와 씨름을 했지만 두세 장 정도밖에 쓸 수 없었다.

박은 펜을 던지고 마당으로 나갔다. 짚을 얹은 담 저편으로 황혼의 안개를 뚫고 솟아있는 삼각산의 뾰족뾰족한 바위 봉우리들이 보였다. 문을 나서자 오른쪽에 도봉산의 아담한 봉우리들이 명암을 그리며 겹겹이 쌓여있는 영상이 저녁하늘에 새겨져 인상적이었다. 삼각산은 귀를 세우고 웅크린 커다란 용처럼 요철 모양의 긴 꼬리를 경성 부근에서 감추고 있었다. 삼각산에서 도봉산에 걸쳐 완만하게 구불거리는 산들이 잔광에 아름답게 비치고 있었다. 파란 송림으로 둘러싸인 산허리에 드문드문 흩어져 있는 촌락에서 저녁 연기가 피어오르고 있었다. 저녁의 어둠이 점점 짙어져 은회색의 삼각산과 도봉산 봉우리들이 검은색으로 녹아들면서도 마지막까지 의연하게 버티고 있는 최후의 순간이었다. 박태민은 그 웅장한 모습이 왠지 믿음직스러워졌다. 그의 심리는 여전히 강한 것과 약한 것이 갈등하고 있어 강함에 대한 동경으로 고민하고 있었다.

이삼 일 지나 박은 시내로 나가 여러 사람을 만났다. 협회에서 순회 강연을 벌이고 있다는 것은 이미 신문에 보도되어 사람들의 화제에 오르고 있었다. 박은 문단 사람들도 만나고 문단 바깥의 사람들도 만났다. 문단 사람들은 한결같이 표면상으로는 냉정을 가장하고 한 마디도 언급을 하지 않았다. 의도적으로 순회강연을 묵살하고 나아가서는 경멸의 시선을 던졌다. 문단 바깥의 사람들이 웃는 얼굴로,

"이번에 시국강연에 간다면서요?"

라고 말을 거는 것과는 대조적이었다. 박은 겸손하게

"예, 권유에 못 이겨 참석하게 되었습니다."

라고 대답했다. 그러면 농담처럼

"위로부터의 통달이지요?"

라고 캐묻는 사람도 있었다. 악의는 없는 것 같았다. 단지 호기심 정도에 지나지 않았지만 박은,

"아니요. 협회에서 자발적으로 하는 일입니다."

라고 대답했다. 그렇지만 박 자신은 내키지 않는 행보였다. 그렇다고 위로부터의 명령이라고 시치미를 떼는 것도 양심에 걸렸다. 그래서 그는 좀 망설이다가

"아뇨. 그게……."

라고 애매하게 대답하고 자리를 피했다. 이런 '인사'는 강연이 끝나고 나서까지 문단 바깥의 사람들로부터 많이 받았지만 그들의 태도에는 야유나 조롱이 전혀 없었기 때문에 박이 기분 상하는 일은 없었다.

이에 비해 문단 사람들은 마치 얼음처럼 차갑게 묵살하고 결코 우호적이라 할 수 없는 오만한 태도로 나왔다. 이것이 도대체 무엇을 의미하는 것인가, 때때로 생각하지 않을 수 없었다. 근본적으로 부정하고 싶은 마음은 박도 이해할 수 있었다. 만약 그들을 연단에 세웠다면 거절했을까? '그렇다'라고 대답할 수 있는 사람이 과연 누굴까? 그렇지 않다면, 박태민 같은 인물이 강연회라니?라는 심보일까? 이런 의미에서 자신이 빠졌다는 것을 알고 뒤에서 열심히 공작을 했지만 결국 실패했다는 어떤 평론가의 차가운 태도를 박태민은 이해할 수 있었다. 그 평론가는 유난히 자신만만하고 잘난 체 하는 남자였지만 연단에 선다면 박태민은 그에게 뒤지지 않을 자신이 있었고, 또 그보다는 양심을 가지고 있다는

자부심도 있었다. 말하자면—박태민은 이렇게 생각했다—강연대에 끼지 못했다는 것을 불명예라고 생각하는 사람들이 어느 정도인지는 모르지만, 낄 수 없었기에 같은 문단 동료임에도 불구하고 음험하게 냉정을 가장하는 '지사'가 될 수 있었던 것이다.

이런 사정으로 해가 져 교외에 있는 집으로 돌아가는 박의 심경은 왠지 쓸쓸했다. 그라는 사람은 반발심도 강했지만 마음이 여려, 우연히 마주친 문단 사람들이 냉정하고 쌀쌀하게 대하면 오히려 자신이 미안해서 슬퍼하는 사람이었다.

강연대의 시국공부회라는 모임이 모신문사의 응접실에서 열렸다. 첫날은 군의 요직에 있는 장교가 와서 최근의 정세에 대해 이야기했다. 장교는 웃음을 지으며 본론으로 들어가기 전에 갑자기,

"고도 국방 국가체제란 어떤 체제입니까?"

라고 질문하여 일동은 멘탈 테스트를 받는 소학생처럼 당황했다. 나중에 모임이 끝나고 그 일을 서로 이야기하며 배꼽을 쥐고 웃었다. 이런 식으로 지금까지 거의 관심을 가지지 않았던 시국동향이 심각한 현실로 그들의 인식에 호소하는 것이었다. 이런 종류의 모임은 며칠 동안 계속되었는데, 박은 직접적으로 시국에 관계하고 있는 사람들을 만나는 동안 자신의 망설임이 점점 사라지는 것을 느꼈다.

한편 그 며칠 동안 박은 두 사람의 훌륭한 친구를 새로 사귀었다. 전에 부민관에서 얼굴을 마주친 가가와 마키노였다. 두 사람 모두 제국대학 출신의 시인으로 교육자였다. 그리고 또 한 사람, 전부터 알고 지내던 정태호와 네 사람이 함께 함경선을 순회하게 되었던 것이다.

모임의 마지막 날, 박이 캄캄해져서 교외의 집에 돌아오자 아내는 불안이 가득한 얼굴로 마루에 서서 기다리고 있다가 박이 마당으로 들어서는 걸 보고 겁에 질린 목소리로 말했다.

"주재소에서 당신 원고를 가지고 갔어요. 무슨 일일까요?"

순간, 박은 누군가에게 멱살을 잡힌 것 같은 느낌이었다. 그러나 양심에 비추어 잘못된 일은 하지 않았다는 자신이 그를 침착하게 했다. 그는 태연한 태도로,

"몇 시쯤에 왔지?"

라고 아무렇지 않게 물었다.

"오후 3시쯤이었어요. 부장하고 다른 사람이 와서 책상 서랍에 있는 소설 원고인지 뭔가를 가지고 갔어요."

"소설 원고? 필적을 조사하는 걸 거야."

"부장이 당신도 없는데 원고를 가져가서 미안하다고 했어요. 그리고 아무 일 아니니까 걱정하지 말라고 하긴 했는데……."

"잠깐 주재소에 다녀올게. 걱정하지 마."

"빨리 오세요."

박은 주재소를 향해 캄캄한 시골길을 서둘러 발걸음을 옮겼다. 역시 불안했다.

주재소는 어두웠다. 뒤쪽으로 돌아가 큰 소리로 사람을 불렀지만 라디오 음악소리 때문에 들리지 않는 듯, 두세 번 불러서야 겨우 다케나카 부장이 창문 커튼을 열고 얼굴을 내밀었다. 새어나오는 불빛이 박의 상반신을 비추었다. "여―." 몸집이 크고 쾌활한 다케나카 부장이 먼저 말을 걸었다. 박이 용건을 말하자,

"박상, 설마 그럴 리가 없다고 생각하지만 투고한 적 있어요?"

라고 태연한 표정으로 박의 얼굴을 응시하며 말했다. 박은 불안과 흥분으로 소리를 높여,

"투고라뇨? 그런 비겁한 짓은 태어나서 한번도 하지 않았습니다."

라고 똑똑하게 대답했다. 다케나카 부장은 씩 웃으며,

"그렇겠지요. 상부의 명령이라서요. 박상도 없는데 미안하지만 필적 조사용으로 원고를 한 장 가져왔습니다. 걱정하지 마세요. 투고를 통해 중상하는 거 남자답지 못한 행동이지요. 그렇죠?"

"그래요. 하고 싶으면 직접 해야죠. 제 성격상 그런 음험한 일은 좋아하지 않아요."

"예, 잘 알았습니다. 어쨌든 서로 조심합시다. 그런데 박상, 강연 여행은 언제부터입니까?"

"이삼 일 중으로 출발할 겁니다. 잘 부탁드립니다ー."

"열심히 해 주세요."

"예, 고맙습니다."

동네에서 평판이 좋은 주재소 주임답게 노련하다는 생각을 하면서 박은 그 부장의 인간적인 태도에 안심하고 집으로 돌아왔다.

"투고사건이래. 고영목이 바로 그 투고로 검거된 모양이야. 그래서 가까운 사람들의 필적을 조사하나 봐."

그는 먼저 아내를 안심시켰다.

"무슨 투서인데요?"

"그건 몰라. 누군지 모르지만 벌레만도 못한 비겁한 놈 때문에 별일을 다 당하는군."

박은 눈앞에 있다면 당장 때려눕히고 싶은 분노를 느꼈다.

필적 조사를 당한 사람은 박 하나만이 아니었다. 문단의 많은 사람들이 호출을 받기도 하고 가택수사를 당했다. 그 때문에 문단에서는 일종의 음침한 공기가 떠돌았다. 심지어 문단의 누구누구가 투서를 했다는 유언비어까지 나돌아 소심한 문단사람들을 떨게 했다. 가끔씩 만나더라도 서로 얼굴을 찡그리고 인사도 제대로 하지 않고 서둘러 헤어지곤 했다. 소심하고 겁이 많은 주제에 남보다 허영심이 많고 줏대가 없는 사람들이 바로 문단에 몸담고 있는 인종들이었다. 박은 자신을 포함하여 그런 문단 사람을 경멸하고 자학으로 괴로워했다. 박태민은 점점 그런 사람들과 만나는 일을 피하려고 시내에 나가는 것, 찻집에 들어가는 것조차 멀리했다.

12월에 들어서도 계절은 미적지근했다. 그런 어느 날, 밤이 깊어 경성을 출발하는 청진행 삼등 침대 칸에는 가가와, 마키노, 정, 박 네 명의 함경선반 얼굴이 있었다. 모두 의기충천하여 밝은 표정이었으나 배웅 나온 사람은 아무도 없었다.

기차가 위세 좋게 기적을 울리며 칙칙폭폭 움직이기 시작하자 박은 안절부절하던 기분을 가라앉히고 자신을 납득시키기라도 하듯이 중얼거렸다.

"화살은 이미 활시위를 떠난 거야!"

제 2 부

박태민 일행이 함흥역에 내린 것은 동쪽 하늘에서 낮게 드리운 아침 안개를 헤치고 늦은 겨울 해가 약하게 비추기 시작하던 때였다. 기차는 예정보다 30분 이상 연착했다. 우르르 밖으로 나가는 사람들 틈에 섞여 그들은 마중 나온 사람이 있나 두리번거리며 천천히 걸어나갔다. 그 때 국민복의 중년 남자가 빠른 걸음으로 다가와 모자를 벗으며,

"문인 강연회 분들이지요?"

라고 물었다. 선두에 있던, 국민복 차림의 체구가 작고 도수가 높은 안경을 쓰고 있던 가가와가,

"네 그렇습니다만."

하고 대답하며 카키색 전투모를 벗었다. 다른 세 명도 모자를 벗고 그 남자를 둘러쌌다.

"그렇습니까? 저는 부의 국민총력과 사람입니다. 연착한다고 해서 시내에 갔다오는 통에 좀 늦었습니다."

"그러세요? 앞으로 잘 부탁드립니다."

가가와는 모두를 대표해서 인사를 했다. 경성을 출발할 때, 회계, 통

신 연락, 교섭 등, 일행의 대표로 가가와를 반장으로 정했다. 이런 공적인 인사도 묵계처럼 가가와에게 맡기게 되었다. 마키노도 역시 검은 외투의 국민복을 입고 있었다. 가가와보다 몸집이 더 작아 일행 중 최연장자이면서도 가장 작았다. 그도 가가와에게 뒤지지 않을 정도로 도수가 높은 로이드 안경을 쓰고 있었으며 둥근 얼굴은 어제 막 면도를 한 듯 양 볼과 턱에 걸쳐 파르스름하게 보였다. 정도 새로 맞춘 국민복 차림이었지만 모자만은 소프트였다. 붉은 기가 도는 살집 좋은 얼굴은 정력적으로 보였다. 거기에 6척 장신의 거구였다. 박태민만이 검은 색에 하얀 점선이 있는 줄무늬 스코치 양복에 싸구려 기성복인 회색 외투를 입고 있었다. 소프트 모자는 먼지가 잘 타는 오래된 것으로 앞가르마를 한 짧은 머리와 전혀 어울리지 않았다. 강연 여행에 나서기 전에 국민복을 맞추고 싶었지만 시일이 촉박하여 어쩔 수 없었던 것이다. 정보다 조금 작지만 5척 8촌이 넘는 장신에 살집이 없어 오히려 키가 더 커 보였다.

경성을 출발할 때, 정이 박태민의 짧은 머리를 보고 "호— 신체제는 먼저 머리부터라는 겁니까?"라고 농담을 할 정도였다. 결과적으로 말한다면 그렇지만 그는 시국 강연을 가기 때문에 뭔가를 한 것이 아니라 실은 문학에 한계를 느끼고 새해부터는 경성 대학의 선과에라도 입학해서 국문학을 공부해 볼까, 아니면 어디 전문학교의 중국어학과에라도 들어갈까 하고 생각하던 차에 아직 막연하지만 어떤 유지가 학자금을 지급해 줄 것 같아 학생이 된 기분으로 큰맘 먹고 창동의 이발소에 가서 긴 머리를 잘라버렸던 것이다. 이를 경성 거리에서 만나는 문단 동료나 아는 사람들은 마치 시국에 편승하는 민첩한 처신이라고 여기는 모양이었다. 어떤 선배 시인도 언급했지만 문단 세계라는 것이 얼마나 몸담기 힘든 곳인지, 머리를 자르는 것 하나에도 신경을 쓸 정도로 자유롭지 못하다는 것을 생각하면 이런 문단에 이름을 올리고 있는 자신조차 천박하게 느껴지는 것이었다. 그러나 한편으로는 무슨 소리든지 해봐라, 난 앞으로 내 스스로 내 의지를 관철할 테니까 — 라는 의욕이 솟기도 했다.

박태민은 그런 생각에 잠겨 역전 광장을 나섰다. "이 차에 타세요. 부윤께서 보내주신 겁니다."

부의 공무원이 근처에 있던 깨끗하게 닦은 검정 뷰익 승용차로 일행을 안내하며 말했다.

"죄송하군요."

반장인 가가와가 그렇게 말하며 먼저 차에 탔다. 마키노, 정도 뒷좌석에 타고 박태민은 말없이 조수석에 탔다.

"자, 그럼 나중에……. 여관은 바로 가까운 송월이니까……."

공무원은 고개를 숙이며 인사를 했다. 차는 소리도 없이 미끄러지듯이 달리기 시작했다.

그 겨울은 이상한 날씨로 12월인데도 김이 셀 정도로 따뜻했다. 북쪽은 추울 거라고 생각하고 옷을 많이 껴입었는데 그게 오히려 둔하게 느껴질 정도로 따뜻한 날씨였다. 그러나 추위를 많이 타는 그는 날씨가 따뜻한 것에 감사하고 싶을 정도였다.

여관에 들어가 각각 들고 온 보스턴 백을 구석에 놓고 다다미 위에 누웠다. 박과 정은 오래 전부터 알고 있었지만 가가와나 마키노는 며칠 전에 인사를 나누었을 뿐이었다. 그래도 서로 문학을 한다는 그 이유 하나만으로 문인들이 가지고 있는 공감대라는 감정으로 접하다 보니 십년지기와 같은 친근함이 생겼다. 그래서 문학에 관한 화제나 오늘밤에 몇 명 정도 모일까라는 이야기를 시작으로 세상 돌아가는 이야기가 끊이지 않았다. 박태민은 말을 그리 잘하는 편은 아니어서 주로 듣는 쪽이었으나 때때로 소박한 유머를 끼워 넣기도 하고 유쾌하게 웃었다.

"자, 오늘밤 순서를 정할까요?"

반장인 가가와가 애교스러운 눈을 가늘게 뜨며 말했다.

"전 먼저 하는 것이 좋은데요."

박이 좀 걱정스럽다는 듯이 말했다.

"내가 제일 먼저 하지요."

가가와가 웃으며 말했다.

"나도 먼저 하지 않으면……."

정이 말했다. 박태민은 정은 웅변가인데―라고 생각하며,

"아니 정상은 뒤가 좋아요. 말을 잘 하니까."

라고 말하자 정은 당황하여,

"아니 아니, 난 국어가 서툴러서요. 조선어 강연이라면 자신이 있지만."

라고 큰 덩치에 어울리는 위엄을 가지고 말하는 것이었다.

"그럼 가가와상을 퍼스트 타자로 하고 두 번째는 정상, 세 번째 제가 하는 것으로 하지요."

라고 말이 없는 마키노가 조용히 말했다. 체구는 작지만 차분했다. 박태민은 당황하여,

"안 돼요. 마지막은 부담스러워요."

커다란 소리로 말을 잘랐다. 모두 변론에는 자신이 없는 것처럼 보였다. 가가와는,

"그럼 마키노상이 제일 마지막으로 하지요. 마지막 정리를 해주세요."

"그게 좋겠어요."

박이 말하자 정도,

"그렇게 합시다. 가가와상, 저, 박태민상, 마키노상, 이 순서로 해요."

"곤란한데."

마키노는 그렇게 말하며 조용히 미소 지었다. 둥근 얼굴에 보조개가 들어가 송곳니가 유난히 눈에 띄었다. 그 표정이 왠지 귀여웠다.

아침을 먹고나자 그들은 먼저 부청, 경찰서, 도청의 순으로 인사를 갔다. 부의 젊은 공무원의 안내로 거리 뒤쪽에 있는 함흥신사에 참배했다. 따뜻한 날씨가 계속되어 눈이 녹았기 때문에 포장하지 않은 거리는 질 퍽거렸다. 헌병대에도 명함을 내고 활기찬 번화가로 나왔다. 박태민은

전에 이 거리에 있는 어떤 회사에서 약 1년 동안 근무한 적이 있어 고향에 돌아온 듯한 그리운 감정으로 거리를 둘러보며 일행의 누구에게라고 할 것 없이,

"제가 있을 때는 이 거리도 굉장히 번화했었는데 지금은 많이 쇠락했군요. 어쩌다 이렇게 되었을까?"

혼잣말처럼 중얼거렸다. 그 동네는 그 해 여름 큰불이 나 상점이 거의 타버린 뒤 아직 완전히 복구되지 않고 있었다. 아스팔트 도로에는 군데군데 진흙이 쌓여있어 대도시의 번화가답지 않은 모습이 박태민을 쓸쓸하게 했다. 그는 잠시 동안이었지만 자신이 살았던 곳에 특별한 애착을 느꼈다. 지금 같이 걷고 있는 그들에게 이 거리를 자랑스럽게 이야기하고 싶었는데 그 기대가 어긋나 쓸쓸했던 것이다. 마키노는 말없이 걷고 있다가,

"박상은 그렇게 말씀하시지만 난 오히려 거리가 커지고 번화한 것처럼 느껴져요. 한 10년쯤 전에 아버지가 이곳에서 장사를 하다가 돌아가셨지요. 저기 건너편 병영 부근의 묘지에 아버지 묘가 있어요."
라고 감정이 묻어나는 소리로 말했다.

"아— 그러세요? 그럼 마키노상은 고향에 돌아오신 거군요."

박이 말하자 마키노는 눈을 깜박이며

"정말 그렇네요. 난 성진에서 태어나 여기에서 자랐습니다. 난 내지인이지만 육체적으로는 진짜 조선인이지요. 그 때문인지 전 조선에 굉장한 애착을 느끼고 있습니다. 고향은 교토라고 되어 있어 2년에 한 번씩 가 일본인으로서 교토의 산하에 감격하고 돌아오기는 하지만 역시 내 고향이라고는 생각되지 않아요. 뭔가 마음이 허전해요. 내일 강연하게 될 성진이나 함흥에 오히려 특별한 애착을 느껴요. 이렇게 말하면 정상이나 박상은 조선에서 태어났으니 조선밖에 없다는, 결국 민족이 되겠지만요. 그러나 인간인 이상, 누구나 자기가 태어난 토지에 애착을 갖는 건 당연하지요. 단 우리들이 태어난 곳을 일본이라는 커다란 전체로 연

결하는 것이 중요하다고 생각합니다. 거기에서 처음으로 내선민족—조선에서 태어난 당신들도 나처럼—이를 초월하여 하나로 잇는 것이 가능하다고 생각하고 또 그렇게 하지 않으면 안 된다고 생각합니다."

마키노는 작은 체구에 말수가 없는 사람이었지만 정열적인 부분이 있어 그 정열로 이야기를 시작하면 웅변이 되는 것이었다. 거기에 시인다운 날카로운 지성이 번득여 말에 반짝임이 있었다.

그런 이야기를 하면서 그들은 공회당 앞에 도착했다. 공회당은 북쪽 신흥도시의 성격을 상징하는 것처럼 한 점의 구름도 없이 맑은 겨울 하늘 아래 높은 대지 위에 솟아 있었다. 그러나 그들이 놀란 것은, 공회당이 지방도시 치고 지나치게 스마트하다는 것도 있었겠지만 정문 앞에 서 있는 문인강연회의 간판이 너무 빈약한 때문이었다. 더욱이 나란히 서 있는 순회연극의 화려한 간판이 주위를 압도하고 있었다. 이는 사회에서 멸시받으며 문단이라는 구석에 가난하게 웅크린 조선의 문인과, 이와 마찬가지로 과감성이 없는 문인을 상징하고 있는 것만 같았다.

"이런— 이 간판 어떻게 안 될까?"

박태민은 불만스러웠다.

"정말 우리를 바보로 만들고 있네!"

정은 화가 나서 말했다. 그는 화를 잘 내었다.

"이러니 도대체 몇 명이나 오겠어?"

가가와가 걱정스럽다는 듯이 말했다. 마키노도 가만히 있을 수 없다는 듯이,

"선전이 전혀 되지 않는군. 하다못해 글씨라도 좀 성의 있게 썼으면 좋았을 걸."

라고 불평을 하였다. 모두의 의욕이 한 순간에 꺾여 버리는 것 같았다. 박태민은 유난히 신경질적인 성격으로 입밖에 내지는 않았지만, 자신들 문인이라는 것이 스스로 자부하는 만큼 인정을 받지 못하고 있으며 또한 문인의 시국강연 같은 것도 전혀 귀하게 생각되지 않고 있다는 것을

입 속으로 중얼거리는 것이었다. 그러자 열정이 사라지고 그 하나만으로 자기라는 사람이 공허하게 되어 하고자 하는 의욕조차 사라져 버렸다. 나중에 생각한 것이지만, 이는 결국 사상을 가지지 않았기 때문이며 자신이 가지고 있던 것은 열정 정도를 넘어서지 못한 때문이라고 반성하였다.

공회당 앞의 버스 정류장에서 30분이 넘게 기다렸으나 버스가 좀처럼 오지 않아 모두 동쪽 구석에 있는 위무병원까지 걸어가 원장에게 상이군 위문의 금일봉을 건넸다. 그것으로 공식적 인사는 전부 끝난 셈이 되어 산책 겸해서 왔던 길을 따라 여관 쪽으로 걸었다. 붉은 산허리가 그대로 드러난 치마대 쪽에서 부드러운 바람이 불어오고 있었다. 외투가 무겁게 눌러 등에 땀을 흘리던 박은 얼굴을 스치는 바람이 마치 봄바람 같다고 느꼈다. 그들은 하이킹 하는 기분으로 여관까지 걸었다.

겨울의 해 걸음은 빨라, 여관에서 잠시 휴식을 취하고 저녁을 먹고 나자 벌써 6시의 개회시각이 가까워져 있었다. 박태민은 10년 전, 고향에서 개량주의운동의 청년회 회장을 할 때 지방 인사들을 상대로 연설을 했던 경험이 있었지만 강연은 오늘 저녁이 처음으로 역시 가슴이 두근거리고 흥분이 되었다.

여기저기 전등이 하나 둘씩 켜지는 저녁 어스름을 헤치고 그들은 진검승부를 위해 도장으로 향하는 기분으로 공회당으로 나갔다.

청중은 다행히 그들이 걱정한 정도는 아니고 거의 8할 정도의 좌석이 차 있었다. 박태민은 의외로 청중이 많은 것에 기분이 좋아졌다. 화술에 자신이 없어 청중이 적으면 더 말하기 어려울 거라는 생각을 하고 있었기 때문이었다.

장내의 조명은 조금 어두웠다. 연단 정면 벽에는 커다란 히노마루가 걸려 있었고 시간이 되자 먼저 부의 내무과장이 단상에 올라가 국기에 대한 경례를 하고 개회사를 했다. 개회사에 의하면 그들 모두가 마치 유명한 작가인 것처럼 되어 있어 박태민은 쓴웃음을 짓지 않을 수 없었다.

실제 여기 모인 사람들 대부분이 모든 사실을 알고 있으리라는 생각에 박태민은 얼굴이 붉어지는 것을 어쩔 수 없었다.

아침에 정한대로 먼저 가가와가 올라가 앙드레 모로의 「프랑스 지다」를 중심으로 앞으로의 마음가짐이 전쟁승리의 중대 요소라는 것을 차분한 어조로 설명했다. 할당된 30분에서 5분 정도 시간을 넘긴 것이었다.

다음으로 정이 거구를 활기차게 흔들며 단상에 올라가 좀 흥분한 듯이 원고를 한 손에 들고 전체주의의 필연성에 대해 열변을 토했다. 마이크를 통해 그의 커다란 쇳소리가 장내에 울려 퍼졌다. 그러나 정이 말하기 시작한 지 10분도 되지 않아 중학생과 젊은 사람들이 나가기 시작했다. 정은 상관없이 마지막까지 열변을 토했다. 청중은 반 이상 나가버린 것 같았다.

그 모습을 보자 박태민은 점점 흥분하였다. 뭔지 모를 분노를 느끼며 차례가 되어 단상으로 올라갔다. 그는 왠지 떨리는 걸 느끼며 중요한 때이니 실수를 하면 안 된다고 스스로를 채찍질했다. 그 때문에 더욱 흥분하여 자신이 뭘 이야기하는지도 모를 정도였다. 마이크를 통해 들려오는 저음이 장내를 압도하고 있다는 것을 의식할 뿐이었다. 그는 정신없이 다음과 같은 내용을 토해 내었다.

나는 빈약하지만 조선 작가의 한 사람이다. 작가로서 지금까지의 나를 돌아보면 한때는 일부 평론가들에게 동반자 작가라는 소리를 듣기도 했지만 크게는 민족주의적인 작가라는 생각이 든다. 조선의 작가가 민족주의라는 것을 작품에 분명하게 나타낼 수 있는지조차 의문이지만 대개는 그런 색조의 작품을 써온 것이 사실이다.

그런 내가 오늘 시국강연회의 단상에 오르게 된 것은 그 자체로 중요한 의미를 가지고 있다. 소위 시국강연회라는 것이 무엇인가. 이는 조선 사람들이 일본의 운명과 관련하여 새로운 운명을 앞에 두고 있다는 의식을 폭발시키는 것을 의미한다. 즉, 지금까지 민족주의적인 작품을 써온 작가가 왜 시국강연회를 하지 않으면 안 되는가? 이를 단순히 경박하다고 보는 것은 안이한 생각이며 그만큼 조선 민족의 운명을 경솔하게 생각하는 것이다. 실은 이런 사람들에게야말로 내 이야기를 꼭 들려주고 싶다.

작가라는 것은 작품을 쓰는 것이 본분이지만 무엇을 어떻게 써야한다는 생각에 앞서 어떤 생활을 하고 있는지를 반성하지 않으면 안 되는 상황에 직면하고 있다. 그 점에서는 작가도 학생도 회사원도 노무자도 농민도, 조선의 동포라면 누구나 반성하지 않으면 안 될 것이다.

나는 조선의 오랜 역사를 통해 그 중심도 없고 통일도 없는 민족의 생활의 누적을 부끄럽게 여기는 바이다. 신라의 조각, 고려의 청자, 이조의 서화 같은 훌륭한 예술이 있기는 있다. 그러나 중심이 없는 국가, 통일이 없는 민족사회에 어쩌다 존재하는 그 문화가 과연 어떤 의미를 지니고 있을까? 위에는 정치를 하는 군주가 있긴 있었다. 그러나 백성을 진정한 중추로 존경하고 죽음으로써 백성을 받든 군주가 있던가? 동포들 서로가 굳게 맺은 연대가 있었던가? 더욱이 우리의 선조들은 대륙에 추종하고 아부하는 데 급급하지 않았던가?

3천년이라는 세월은 인간이, 민족이 시련을 견디기에는 너무나 긴 시간이었다. 오늘날 우리들은 죽는 것도 사는 것도 일본이라는 커다란 생명체의 운명 속에 있는 것이다. 이는 3천년이라는 긴 시련의 결론인 것이다. 이 엄숙한 운명의 연대성을 외면하는 자들은 태만하고 비겁하다고 말할 수밖에 없다. 이는 스스로 어두운 운명으로 추락하는 자일 것이다.

나는 이상을 가지고 싶다. 밝은 행복을 얻고 싶다. 그리고 동포 모두가 그 밝은 행복을 맛보길 원한다. 그러기 위해서는 커다란 로망을 가지자. 우리의 행복의 피안에 일본이라는 광명을 찾아 민족의 새로운 신화를 가지자. 이 신화야말로 우리의 새로운 창세기인 것이다. 그럼으로써 동포들은 영원히 구원을 받는 것이다.

그는 단상에서 조명이 밝은 장내의 무수하게 빛나는 검은 다이아몬드 눈동자를 보았다. 그 무수한 눈은 진지하게 뭔가를 추구하는 눈이었다.

그러나 그 중에는 그의 열변에 대해 콧방귀로 응수하는 자도 있었다. 뭘 지껄이고 있는 거야–라는 경멸이었다. 심약한 박태민은 그런 눈에 마주칠 때마다 많은 상처를 입었다.

마지막으로 가장 몸집이 작은 마키노가 몸 전체가 불덩이가 된 듯한 열변으로 박과는 다른 각도로 내선일체를 논하였다. 주로 조선에 있는 내지인을 상대로 호소하는 것이었지만, 박태민은 마키노의 열변도 귀에 들어오지 않을 정도로 아까 자신을 조소했던 젊은이의 뻔뻔한 얼굴을 생각하며 괴로워했다. 조소를 받은 것은 박태민 혼자만이 아니며 그보다 더한 퇴장으로 야유를 받은 정도 있으니 그렇게 신경 쓸 일이 아니라는 것은 알고 있었으나 그의 영상이 눈에 박혀 좀처럼 지울 수가 없었다. 아니 자신들 모두가 많은 젊은이들에게 대놓고 조소를 당하고 있었다.

9시 30분쯤에 폐회를 했지만 박태민이 홀을 나가려고 할 때,

"박 선생님!"

하고 부르는 높은 여자의 목소리가 사람들 사이에서 터져 나와 잠시 발걸음을 멈추었다. 퇴장하는 군중들을 헤치고 이쪽으로 다가오는 사람은 의외로 나선희였다. 그는 놀랍기도 하고 반갑기도 한 얼굴로,

"아니. 이게 누굽니까? 당신도 함흥에 오셨어요?"

라고 물었다. 그녀는 가까이 다가오자 얼굴을 빛내며,

"아니오. 박 선생님이 강연을 하신다고 해서 저녁 기차로 왔어요."

라고 대답했다. 그녀는 함흥에서 기차로 약 반시간 정도 걸리는 신상이라는 시골에 살고 있었지만 문학을 공부하던 관계로 박태민이 함흥의 회사를 다니던 때부터 알고 지내던 사이였다. 호리호리한 키, 갸름한 얼굴에 넓은 이마, 여성으로는 너무 날카롭게 보이는 눈, 북쪽 지방의 전형적인 성격이 얼굴에 나타나 있고 실제 야무진 구석이 있었다. 한 때는 이 지방을 휩쓴 좌익 사상에 물들어 여전사로 활약한 적도 있었다. 지금은 전향을 하였지만 묘하게 비뚤어진 곳이 있는 사람이었다. 박태민은

그녀와 자주 토론을 하였기 때문에 그 성격을 통감하고 있었던 것이다.

"그건 정말 고맙군요. 오랜만에 차라도 한 잔 하면서 이야기할까요?"

박태민은 다른 세 사람과 헤어져 그녀와 어깨를 나란히 하고 군영통을 지나 번화가를 향해 천천히 걸었다.

"내 이야기 어땠습니까? 졸변이어서 아무래도……."

"졸변이라뇨? 웅변이었지요. 그만큼 대중에게 끼치는 해독도 클 거라고 생각해요."

박태민은 그녀의 얼굴을 힐끗 보며,

"진심이세요?"

라고 조금 정색하고 물었다. 박은 아까의 흥분이 완전히 가시지 않았던 것이다.

"물론 진심입니다. 박선생님도 강심장이라고 생각하고 있던 참입니다."

"왜일까요? 저는 진심입니다만……."

"물론 농담도 아니고 호신술도 아니라고 생각해요. 박 선생님은 그런 호신술을 부릴 필요도 없다고 생각하지만 아무래도 납득이 가지 않아요. 박 선생님의 논조가. 정말 그렇게 생각하세요? 솔직하게 말씀해 주세요."

이 여자는 정말 뻔뻔하다는 생각을 하며 박태민은 당황했으나 분명하게 말했다.

"저는 거짓말을 못하는 성격입니다. 양심을 걸고 제가 믿는 바를 고백한 것입니다. 그거말고 뭐가 있다는 겁니까? 일본을 의식하지 않는 조선민족론이야말로 거짓말이지요. 억지소리지요."

"박 선생님도 많이 변하셨군요. 호호호……."

박태민은 점점 기분이 상했지만 화를 내는 것은 어른스럽지 못하다는 생각이 들었다.

"비웃어도 좋습니다. 누군가가 말했지요. 마지막에 웃는 사람이 진정한 승자라고."

어느 틈에 둘은 가로등과 쇼윈도우가 환한 군영통 중심부에 와 있었다. 오른 쪽 상점을 힐끗 보니 '에니세이 양복점'이라고 쓰인 유리창 너머에 백계 러시아 사람인 키르사노프가 의자에 앉아 멍하니 밖을 쳐다보고 있었다. 손님도 없고 심심한 듯 했다. 박태민은 시간만 나면 만나고 싶다는 생각을 하고 있었으므로 나선희와 함께 안으로 들어갔다. 키르사노프는 박태민을 알아보고 의자에서 일어나면서,

"아니! 이런 이런……."

하고 과장된 표정으로 손을 내밀었다. 하얗고 커다란 손에 황금색 털이 수북했다. 박태민은 손을 꼭 잡으며,

"카크 비 바짐에테?"(잘 지내셨어요?)

"스파시보. 아 카크 비?"(고마워요. 그런데 당신은 어때요?)

"오늘밤 공회당에서 강연을 했어요."

"아 그래요? 그런데 저분은 부인이세요? 아니면 연인?"

이 말은 러시아어였기 때문에 나선희는 그저 키르사노프의 창백한 얼굴을 바라보고 있을 뿐이었다.

"니에테(아니오), 친구입니다. 소개하지요."

박태민은 그렇게 말하며 두 사람을 소개했다.

키르사노프는 기분이 좋은 듯이 오랜만에 만났으니 이야기를 나누자고 안쪽으로 안내했다. 그곳은 식당 겸 응접실 겸 서재로, 아주 검소한 6첩 크기의 방이었다. 한쪽 벽에는 제정시대의 장군복을 입은 그의 화려했던 시절의 사진이 걸려 있었다. 다른 쪽 구석에는 조그만 그리스도의 십자가상이 있었다. 그 외에는 낡은 전기 축음기, 빨간 꽃무늬의 커튼 앞에 아무렇게나 쌓여있는 레코드, 차 도구, 조그만 사각 식탁이 전부였다.

키르사노프는 벽 너머 안쪽을 향해 커다란 소리로,

"가스파딘 박이 경성에서 왔어. 우유를 듬뿍 넣은 커피 좀 내와."

라고 말하자, 그의 뚱뚱한 아내가 쾌활하게 웃음을 지으며 파자마 차림

으로 나타났다.

"오! 박상. 잘 오셨어요. 1년 만이지요? 경성은 좋지요? 우리들은 언제나 외로워요. 외로워. 이번 여름에 큰 불이 났어요. 정말 무서웠어요. 그렇지요?"

"빌로 오치엔 아파스노(굉장히 위험했어요)."

키르사노프는 파란 눈을 커다랗게 뜨면서 심각하게 말했다. 상당히 놀란 모양이었다.

키르사노프는 맛있는 커피를 대접하며 레코드를 들려주었다. 러시아의 오래된 민요였다. 언젠가 부활절에 박태민도 초대를 받은 적이 있었다. 그 때 들은 "스피 모요 베도노프 세르체."(우리들의 가난한 가슴에)라는 민요를 생각해 내고 주인에게 그 노래를 신청했다. 키르사노프는 눈을 빛내며 어지럽게 쌓여져 있는 레코드 사이에서 일부러 찾아 틀어주었다. 애수를 띤 멜로디가 흘러나왔다.

"이것을 들으면 고향 생각이 나요. 어릴 때의 추억이 생각나요. 내 고향도 많이 변했을 거예요. 그렇지만 내가 소비에트 땅에 한 발자국이라도 들어가면 바로 이겁니다."

라고 말하며 검지손가락으로 목을 자르는 시늉을 하고 킥킥거리며 웃었다. 박태민은 말없이 그를 바라볼 뿐이었다. 키르사노프는 다시 심각한 얼굴을 하고,

"박상. 이건 진심입니다만 나, 일본 사람이 될 수 없을까요?"

라고 말했다. 언젠가 일본에 귀화하고 싶다고 고백한 적이 있었다. 박은 솔직하게

"꼭 일본인이 될 수 있을 겁니다. 단, 일본 내지에서 상당히 거주하지 않으면 안 되지만요."

"그거 참 큰일이군요. 난 돈이 없어 내지에서는 상점을 못 내요."

"조선에 살면서 정말 일본인이 되고 싶거든 좋은 사람이 되세요. 지금 당신이 나쁜 사람이라는 것이 아니라 더 훌륭한 사람이 되라는 뜻입

니다. 저는 당신 인격을 믿고 있으니 꼭 행복하게 될 거예요.”

“박상은 저를 이해하고 동정하니까요. 하하하……. 저도 노력할게요. 박상, 저를 잘 끌어주세요. 진짜로.”

쉰이 다 되어가는 키르사노프는 소박한 사람으로 어린아이처럼 솔직하게 애원하는 것이었다. 지금까지 키르사노프를 관찰하고 있던 나선희는 조선어로,

“고국에 돌아가는 것이 지름길일 겁니다.”

라고 비웃는 듯이 말했다. 이를 박태민이 통역하자,

“저는 나라가 없습니다. 소비에트는 적이에요. 20년 동안 큰 고통없이 살아온 일본이 내 조국입니다.”

키르사노프는 좀 흥분한 어조로 말했다. 레코드의 노래도 끝나 끼익 ─끼익─헛도는 소리만이 들렸다. 그는 놀라 일어나 레코드를 껐다. 나선희는 그걸 계기로 일어섰다. 전혀 흥미가 없다는 표정이었다. 이를 보고 주인은 웃는 얼굴로,

“가시게요? 좀 더 있다 가세요.”

라고 말했지만 박태민도 피곤하여 일어났다. 키르사노프는 박이 내일 아침 떠난다고 말하자 밖에까지 나와 배웅했다.

“안녕히 가세요. 몸조심하세요.”

“경성에서 만납시다. 안녕히 가세요.”

두 사람의 이국인은 잠시 헤어지기 서운한 듯이 사람의 발길이 끊긴 큰길가에 계속 서 있었다. 나선희는 박이 머물고 있는 여관 부근까지 왔지만 갑자기 한숨을 푹 쉬면서

“아─ 아─ 괴로워!”

라고 의미심장하게 중얼거렸다.

“자─ 그럼 여기서 헤어져요. 무엇이 옳은 것인지 더 생각해 볼게요. 자─ 바이바이.”

라고 오른 손을 흔들면서 성큼성큼 어둠 속으로 사라졌다.

"안녕히 가세요. 잘 생각해 보세요. 난 옳다고 확신하고 있어요."
라고 말했지만 어둠 속으로 사라져 가는 그녀의 뒷모습을 보고 있는 동안 박태민은 견딜 수 없을 정도로 쓸쓸해졌다.

여관에 돌아오자 12시 가까이 되어 있었다. 다른 세 사람은 목욕을 막 마친 때였다. 그들은 일제히 박태민을 놀렸지만 박은 그저 웃을 뿐이었다. 변명을 하는 것조차 귀찮을 정도로 피로와 외로움으로 지쳐있었던 것이다. 그는 이불 위에 벌렁 누웠다.

다음날 아침, 그들은 5시 반 기차로 함흥을 출발하여 성진으로 향했다. 아직 캄캄한 새벽이었다. 기차는 비교적 한산했다. 흥남까지 가는 나이든 내지인 부인의 친절로 일행 4명은 같은 곳에 마주보고 앉을 수 있었다. 신포를 지날 때쯤에 겨우 희미하게 새벽해가 밝아오기 시작했다. 양화, 강상리는 비탈길인 모양으로 기차의 속도가 유난히 느렸다. 박태민이 역의 이름과 시간표를 대조해 보니 한 시간 이상 연착이었다. 무슨 일일까―그들은 열심히 떠들어댔다.

박태민은 북쪽 여행의 가장 큰 즐거움인 일본해를 만끽하려고 열심히 창밖을 바라보았지만 진한 아침 안개 때문에 해변을 지나면서도 일본해를 전혀 구경할 수가 없었다. 꾸벅꾸벅 졸고 있다가,

"바다다!"
라고 외치는 소리에 박태민은 깜짝 놀라 눈을 떴다. 마키노였다. 박은 창에 얼굴을 붙이듯이 하고 밖을 바라보았다. 아까의 안개는 거짓말처럼 사라지고 말 그대로 구름 한 점 없이 맑은 하늘과 깊은 청색의 일본해가 눈에 가득 들어왔다. 바다에 돌출한 수목 없는 벌거벗은 산, 그 산 허리에 한촌이 조그만 덩어리처럼 외롭게 모여 있었다. 그 어촌의 앞면은 검은 암석이 드문드문 튀어나와 있는 해변으로 하얀 물거품이 이빨을 드러내고 바위와 희롱하고 있었다. 부락 한 가운데에는 굉장히 큰 노송이 한 그루 서 있고, 그 위를 독수리인지 뭔지 모를 새가 커다란 원을 그리며 유유히 날고 있었다. 박은 너무나 북국적인 황량한 풍경에 빠져

있었다. 군선을 지난 곳인 모양이었다. 그 때,

"신구의 아랑이야!"

라고 가가와가 중얼거렸다. 마키노도 감개무량한 얼굴로 눈도 돌리지 않은 채,

"음 정말 그렇군."

하고 대꾸를 했다. 박태민은 말없이 스무 살 전후에 가 본 국경 부근 서해안(북황해)의 황량하고 외로운 섬들을 떠올렸다. 겨울 서해안에 비하면 이쪽이 오히려 밝은 느낌이 들었다.

기차는 차례차례 동해안 특유의 풍경을 보이면서 북으로, 북으로 달렸다. 어떤 곳에서는 해변가의 조그만 어촌이 송림 속의 묘지와 나란히 서 있었다. 산 속의 묘지를 보자 왠지 이상한 생각이 들었다. 평생을 바다에서 보낸 어부들이 죽어서까지 아침, 저녁으로 파도 소리를 자장가 삼아 듣고 있다는 생각에 박태민은 감개무량했다. 창밖을 열심히 바라보던 마키노는 때때로 뭔가를 메모하다가 민가의 지붕이 뾰족하다는 것을 지적하고 남부 지방의 둥글고 부드러운 선과 비교하며 자신의 발견을 피력했다. 역시 지방색의 차이가 나타나고 있었다. 북쪽은 산의 모습조차도 의지적이라는 생각을 했다.

쌍암이라는 조그만 역을 지나고 기암절벽이 바다 속에 솟아있는 경치가 아름다운 곳을 지나자 이번에는 차안의 승객 중에 얼굴이 좀 이상한 사람을 화제로 여진족에 대한 이야기로 흘렀다. 그 부근은 과거에 여진족이 점령했던 곳으로 지금도 깊은 산중에는 풍속과 습관이 다른 소위 '재가승'이라고 부르는 여진의 후예가 있다고 한다. 차내의 어떤 사람의 독특한 풍격이 유난히 눈에 띤다는 것을 지적하고 그가 여진족의 후예일거라고 멋대로 떠들어댔다. 박태민은 오랜만에 말이 통하는 사람들과 낯선 지방을 여행하는 흥취에 흠뻑 빠졌다.

갑자기 차내의 공기가 차가워졌다. 기차는 여전히 해변을 달리고 있었으며 넓은 바다의 들판은 파도치고 있었다. 박이 창밖으로 시선을 돌

리자 태양이 희미하게 그늘져 들판이 안개에 싸인 것처럼 흐릿한 가운데 마른 나무들이 여기저기 흔들리며 몸부림치고 있는 것이 보였다. 이를 통해 바람이 얼마나 강하게 불고 있는가를 알 수 있었다. 기차는 속도를 줄이고 들판 한가운데에 멈춰 버렸다. 30분도 넘게 그러고 있었다. 박이 시계를 보니 벌써 3시간이나 늦어지고 있었다. 박은 점점 짜증이 났다.

드디어 열차가 천천히 달리기 시작하고 신개척지답게 반짝이는 양철의 지붕이 많은 단천을 지나 성진에 도착한 것은 예정보다 무려 4시간이나 늦은 시간이었다. 읍장과 신문기자들이 환영을 나와 있었다. 바로 역 부근의 여관으로 안내를 받으며 박태민은 거리를 자세하게 살피고는 내지의 조그만 항구를 연상했다. 오후 3시인데도 벌써 황혼이 거리에 그늘을 드리우고 있었다. 역시 위도가 높은 북국이라는 것을 실감하지 않을 수 없었다.

박태민이 어두컴컴한 여관의 스산한 방에서 화로에 불을 쬐며 졸고 있는데 멀리서 기적소리가 들리며 창호지 창문이 미세하게 떨렸다. 처량한 듯한 애수를 느끼며 박태민은 오늘 밤 강연이 무거운 짐처럼 느껴졌다.

저녁이 되자 기온이 갑자기 내려갔다. 어제 함흥의 따뜻함이 거짓말처럼 느껴질 정도로 날씨가 표변했다. 박은 추위로 움츠리며 벽장에서 이불을 꺼내 이불 속으로 들어갔다.

7시가 넘어 읍사무소 2층에서 강연이 시작되었다. 갑작스러운 추위에도 불구하고 좌석을 전부 메운 대성황이었다. 그러나 시작한지 1시간도 되지 않아 젊은 사람들이 발소리도 거칠게,

"에이 재미없어!"

라고 떠들면서 퇴장했다. 박태민은 반발하면서도 왠지 겁이 났다. 눈에 보이지 않는 강한 힘에 협박당하는 느낌이었던 것이다. 그러는 중에 차례가 돌아와 박은 용기를 내어 연단에 올라갔다. 어제의 홀보다 훨씬 좁

은데도 불구하고 조명이 밝아 제일 뒤에 있는 사람들의 표정까지 한 눈에 보였다. 어제보다 막연하고 복잡한 눈이었다. 중학생은 거의 보이지 않고 대신 20대, 30대의 청장년이 많은 때문이었다. 어떤 사람은 냉정하고 비판적인 태도로, 또 어떤 사람은 별로 흥미도 없이 그저 애국반과 관공서 관계로 얼굴을 내밀었다는 얼굴을 하고 있었다. 너희들의 시국 강연이라는 것도 속이 다 들여다보인다―형식적인 수신을 위한 연설이거나 아부가 전부겠지. 라는 식으로 벌써 콧방귀를 뀌며 조롱하는 것이었다. 그러나 이런 사람들이 전부는 아니었다. 그 중에는 해결책을 찾으려고 몸부림치며 진지하게 고민하는 얼굴도 있었다.

박태민은 그런 사람들을 위해 자신을 채찍질하며 한 마디 한 마디에 힘을 주어 이야기했다. 그러나 이야기의 내용이 어제 저녁과 똑같아서 흥미를 잃은 탓인지 컨디션이 나빠서인지 매끄럽게 이어지지 않아 답답했다.

마지막으로 마키노가 열변을 토하고 박수를 받으며 단상에서 내려오자, 쉰 정도로 이마가 의지적으로 튀어나온 읍장이라는 사람이 연단에 올라 격정적인 어조로 오늘밤의 감격을 피력하고 중도에서 퇴장한 젊은 이들을 비난하면서 읍장이 엄청나게 분개해 있다는 사실을 그들에게 전해달라고 큰소리로 질타했다. 이에 대해 박태민은 역시 심상치 않은 시국에 대한 포즈라는 인상을 받았다.

폐회한 것은 10시쯤이었다. 읍장은 기분이 좋아 그들을 음식점으로 초대했다. 그들 이외에도 지방 신문기자들과 경찰의 고등계, 경찰부장의 명령으로 청진의 도청 고등과에서 나왔다는 법학전문학교 출신의 젊은 경부보 등의 얼굴들이 시멘트로 지은 어두침침한 홀의 원탁을 둘러싸고 앉았다. 카키색의 검소한 사무복을 입은 여종업원이 그 지방 출신 사람들과 시끄럽게 떠들며 서비스를 했다. 읍장은 호걸풍의 사람으로 장황하게 시국의 중대성에 대해 큰소리로 이야기했다. 촌스럽고 어눌한 부분도 있었지만 박태민은 사람이 소박하고 호인 같아 보여 호감을 가졌다.

 "지금까지 문사라는 사람들은 젊은 여자들의 뒤꽁무니나 쫓아다니는 불량으로 생각했었는데 오늘 보니 다르군요. 오늘 저녁, 여러분들의 강연을 듣고 문사들에 대해 달리 보게 되었습니다."

 읍장은 이런 소리를 했다. 모두 웃음을 터트렸다. 술기운이 돌자 읍장은 더욱 기세를 올렸다.

 박태민은 술을 하지 않는 사람으로 그런 술좌석에 별로 흥미도 없어서 안주로 나온 콩을 소년처럼 씹으면서 읍장이 기함하는 것을 바라보고 있었다. 때때로 모두에게 맞추어 웃기도 했다. 그 때 얼굴을 벌겋게 물들인 젊은 조선인 신문기자가 박태민 쪽으로 다가와 조그만 소리로,

 "박 선생님, 좀 실례되는 질문일지도 모르지만, 당신도 작가이니까 비양심적인 거짓말은 하지 않으리라 생각합니다. 아까 하신 말씀은 정말 박 선생님 마음에서 우러나온 것이었습니까?"

 뭔가를 탐색하려는 듯이 빨간 눈을 로이드 안경 저편에서 반짝이며 물었다. 예전에 용맹한 사상의 폭풍이 불었던 지역이라서 그런지 젊은 신문기자의 얼굴에도 뭔가 강인한 기색이 보여 박태민은 멱살을 잡힌 듯한 긴박감을 느꼈다.

 "물론 진심입니다. 제 말에 다소의 오류가 있을지 모르겠지만 제 양심을 걸고 믿고 있는 바입니다. 그 이외에는 길이 없잖습니까?"

 박태민은 차분하게 설명했다.

 "그러나 당신이 하는 말은 너무 관념적이고 정치적이라는 생각이 들어요. 작가의 강연답지 않다는 소리지요. 너무 논리가 비약하는 것 같아서요."

 "예, 저 자신도 그 점은 동감합니다. 저는 작가이지만 지금은 순문학가로 상아탑에만 숨어 있을 수는 없습니다. 민중을 격려하기 위해서는 비약적 논리가 필요하고 정치성을 띠는 건 당연한 과정입니다."

 "그러나 말이 지나칠지도 모르겠습니다만 당신은 뭔가를 두려워하고 시대에 너무 아부하는 것처럼 보여요."

젊은 신문기자는 뚫어지게 쳐다보며 신중하게 말했다. 박태민은 본능적으로 반발하며,

"시대에 아부하는 것도 괜찮죠. 그게 조선민족을 위한 진실인 다음에는요. 눈을 감고 외면하는 것만이 과연 진실일까요?"

두 사람은 묘한 적의를 느끼며 잠시 동안 노려보았다. 젊은 신문기자가 천천히 입을 열고,

"장소를 바꿀까요? 밖으로 나가시지요."

라고 말했다. 박태민은 주저하지 않고 바로 일어섰다. 다른 사람들은 열변가인 읍장과 여종업원을 상대하느라 박태민에게는 주의를 하지 않았다. 박은 억지로 먹은 술 때문에 머리가 지끈거리고 심장의 고동이 빨라지는 것을 느끼며 좀 흥분했다.

밖으로 나오자 뼈가 시릴 정도로 밤바람이 매서웠다. 끊임없이 바람이 불어 전선이 윙윙거리고 있었다. 박은 외투 깃을 세우고 거북이처럼 목을 움츠리며 두 손을 호주머니에 집어넣고 무작정 신문기자의 뒤를 따라갔다.

드디어 뒷골목의 조그만 술집으로 들어갔다. 들어가 보니 겉모습과는 달리 의외로 넓고 아늑했다. 화장을 진하게 한 뚱뚱한 작부가 신문기자와 잘 아는 사이인 모양으로 웃으며 나타났다. 신문기자는 상당히 취한 얼굴로 여자를 올려다보며,

"나중에 부르면 와 줘. 중요한 이야기를 해야 하니까."

라고 말하자 여자는 기분이 상한 듯이 말없이 나가버렸다. 신문기자는 여기라면 아무리 떠들어도 된다는 식으로,

"아까 말씀입니다만 실은 이제까지 박 선생님을 전도가 유망한 양심적 작가라고 존경하고 있었습니다. 당신의 첫 창작집인 『새벽의 합창』 이후, 당신이 쓴 것은 전부 애독하고 있었지요. 그래서 아무리 시국강연이라지만 뭔가 있을 것 같아 기대하고 회장으로 달려간 것입니다. 그런데 당신은 일본주의를 주장하는 겁니다. 양심적 작가의 추락입니다!"

　　젊은 신문기자는 주먹을 휘두르며 박에게 퍼부어대는 것이었다. 박태민은 뭐가 뭔지 모를 억울함을 느끼며,
　　"자네가 애독하지 않아도 돼. 자네가 애독하는 박태민은 쇼와 15년 11월에 죽어버리고 새로운 박태민이 태어난 거야. 자네 정도의 양심은 나도 있어! 작가가 아니라도 상관없어. 나는 진실을 살아가는 평범한 인간으로 충분해. 자네야말로 위선자잖아. 동포의 운명에 눈을 가리는 교활한 에고이스트잖아. 그런 주제에 명예도, 지위도, 돈도 원하지. 부자나 관헌들에게 아부를 하고 전전긍긍하는 건 바로 자네야. 난 양심이 명하는 대로 행동할 뿐이다. 난 자네와 더 이상 이야기하지 않겠어. 난 가겠네."
　　박태민은 그렇게 퍼부어대고 일어나 방에서 나가려고 일어났다. 그 순간 맹렬하게 덮쳐오는 젊은 신문기자에게 옆구리를 강하게 걷어차이고 박은 그 자리에 쓰러져 버렸다.

제 3 부

　　함경선의 강연 여행에서 돌아온 뒤, 박태민은 강연에 가기 전과는 전혀 다른 자신을 의식했다. 날짜로는 겨우 1주일 정도의 짧은 여행이었지만 그의 정신적 체험은 지금까지는 볼 수 없었던 격렬한 것이었다. 그건 바로 낡은 것에서 새로운 것으로 전환하려는 이 시대의 소용돌이의 한가운데로 박태민이 뛰어든 결과였다. 신념이 있었다거나 자기 나름대로의 세계관이 있었다면 그런 소용돌이에 삼켜졌을 지도 모른다. 그러나 박태민은 강연회 일로 조롱을 당하고 걷어차이는 등의 견디기 힘든 시련을 겪는 동안 점차 자신의 신념 때문에 고문을 당해도 좋다라고 할 정도로 반발하며 강한 정열이 불타오르는 것을 느꼈다. ―그건 성진의

왕대포집에서 신문기자에게 발로 차이는 순간의 반발적인 용맹심이었지만 여행이 끝나고 돌아오는 동안 이미 몸에 붙은 사상이 되어 버렸다. 지금은 오히려 즐거운 기억으로 그 때를 회상할 수 있을 정도로 자신이 생겼다.

그날 밤, 만약 청진의 도청에서 왔다는 젊은 경부보가 없었더라면 박태민은 청진행 기차에 타지 못했을지도 모른다. 술에 약한 그는 억지로 먹은 술로 상당히 취해 있었고, 넘어지면서 허리를 다쳐 좀처럼 일어날 수 없어 그 대로 잠에 빠질 뻔했던 것이다. 전날 밤, 함흥에서 늦게 자고 일찍 일어나 새벽에 함흥을 출발하였고 기차 안에서도 좀처럼 잠을 자지 못했기 때문에 갑자기 피로가 몰려왔던 것이다. 그 경부보는 연회석에서 빠져나가는 신문기자와 박태민의 거동을 이상하게 생각하고 몰래 뒤를 밟았던 모양이었다. 덕분에 박은 경부보의 부축으로 출발 바로 직전에 역으로 뛰어갈 수 있었던 것이다.

다음날, 청진에서 맹렬한 한파로 추위에 떨면서 부의 관리에게 안내를 받아 항구의 멸치공장을 견학하고 해가 진 다음에 부공회당에서 강연회를 했다. 그러지 않아도 재미없는 시국강연회에 너무 추운 탓으로 청중은 겨우 백 명 내외 뿐, 텅 빈 강당의 앞좌석 일부만 찬 처량한 모습이었다. 두 개의 스토브 석탄이 빨갛게 타오르고 있었지만 깨진 창문으로 밤바람이 들어와 연단에 서서 이야기를 하는 동안에도 전신이 오들오들 떨릴 정도였다. 그래도 박태민은 혹한에도 불구하고 모여 준 청중이 고마워서 열변을 토하고 연단에서 내려왔다. 이런 추위에도 와 줄 만큼 열렬한 청중이어서인지 모두 진지하고 심각한 태도였으며 그 중에는 열심히 필기하는 청년들도 꽤 있었다. 박태민은 감동하여 다시 한번 이곳에 온 보람을 느끼는 것이었다. 주최측 관리도 감동하여 폐회식에서는,

"백만의 어설픈 청중보다 백명 내외의 소수이지만 여러분처럼 진지한 사람들이 모여준 걸 진심으로 감사드린다. 앞으로 열릴 새로운 시대는

여기에 모인 여러분들이 지도하지 않으면 안 된다.”
라고 외쳤다. 그 때 터져 나온 박수소리에 박태민은 눈시울이 뜨거워져
“그렇다 나는 더 노력하지 않으면 안 된다”라고 마음속으로 다짐을 하
는 것이었다.

그 다음날 밤, 나남에서도 비교적 기분 좋은 모임을 갖고 경성으로
돌아오는 도중, 원산 강연회 때문에 원산 역에 내렸다.

그날은 태양이 올라올 시각인데도 회색의 구름만 잔뜩 덮인 흐린 날
씨였다. 그 대신, 어제의 추위는 사라지고 너무 따뜻하여 초봄을 연상케
했다. 박태민 일행은 관계 부처에 인사를 하고나자 그 동안의 피로를 보
상하려는 듯이, 또 얼마간은 문인 취미로, 부청에서 내준 자동차를 타고
송도원의 해변으로 갔다. 겨울의 피서지는 유난히 황량하고 적막하여
해변으로 밀려오는 파도 소리조차 쓸쓸했다.

박은 비릿한 파도 내음을 가슴 가득히 마시며 다른 세 사람과 떨어져
바다에 튀어나온 기다란 선창 위를 걸었다. 흐릿한 겨울 하늘 밑에서 바
다는 창백하고 조용하게 흔들거리고 있었다. 그는 뭔가 큰일을 해낸 듯
한 즐거운 마음으로 이탈리아의 민요인 「돌아오라 소렌토로」를 불렀다.
모래사장을 걷고 있던 다른 세 사람은 박의 아마추어 같지 않은 노래
소리에 발을 멈추고 잠시 듣고 있다가,

“와― 잘하네!”
라고 한 사람이 박에게 소리쳤다. 박은 노래를 그치고 누군가하고 돌아
보았다. 정이었다. 그러자 이번에는 마키노가 웃으면서 큰소리로 말했다.

“더 불러 봐. 겨울 피서지에서 이탈리아 민요를 듣는 것도 나름대로
맛이 나는 걸. 이번에는 오솔레미오를 부탁해.”

“하하하……. 이번에는 여러분 모두에게 익숙한 「해변의 노래」를 하
겠습니다. 에헴!”

박은 장난을 하며 천천히 노래를 부르기 시작했다. 부드러운 바리톤
이 해변에 퍼졌다.

"정말 잘 부르네."

가가와가 감탄하여 말했다. 그 때 박은 그런 소리에 상관없이 옛 기억을 더듬으며 달콤하고 씁쓸한 애수에 잠겨있었다.

벌써 10년 전 일이었다. 박의 아버지는 고향인 섬에서 어업에 실패하고 가산을 정리하여 재기할 목적으로 원산항에 왔지만 당시는 심각한 불황으로 어떤 것을 해도 잘 되지 않았다. 박은 강원도 춘천에서 내지의 모 신문사 통신원을 하고 있었는데 그해 여름, 휴가를 받아 원산으로 아버지를 찾아간 적이 있었다. 그 때 박의 나이 스물 넷, 아버지의 나이는 마흔 아홉으로 한창 때였다. 부자가 고향에서 헤어진 후 거의 2년 만에 만난 것이었지만 박태민은 아버지가 실의에 빠진 걸 보고 실망했다. 박은 아버지를 위로하고 격려하기 위해,

"아버지, 송도원에라도 갈까요?"

라고 말하며 매일처럼 떠들썩한 송도원으로 아버지를 모시고 나갔다. 아버지는 처음에는 나이 먹어 창피하다고 하면서 해변에 가더라도 송도원의 송림 의자에 앉아 멍하니 젊은 남녀의 수영복 차림이나 바다의 경치를 바라볼 뿐이었다. 박은 멀리서 젊은 사람들 틈에 숨어서 아버지의 모습을 훔쳐보고 아버지의 실의에 젖은 모습에 한숨을 쉬곤 했다. 그는 어떻게 해서든지 아버지의 기운을 북돋우고 싶어 아버지를 억지로 바다에 모시고 가서,

"아버지 등을 밀어드릴게요. 뒤로 돌아보세요."

라고 말하며 바닷물을 아버지의 어깨 위로 끼얹고 등을 밀었다. 탄력 없이 마른 피부가 늘어져 세게 밀면 튀어나온 뼈에 부딪치곤 했다. 박은 말로 표현할 수 없는 슬픔에 가슴이 저리고 눈시울이 붉어지는 것을 어쩔 수 없었다. 인생 50이라고 하지만 반생을 앞만 보고 달려온 아버지에게 아무런 도움이 되지 못하는 자신의 무능함을 생각하면 아버지 앞에 엎드려 빌고 싶은 생각에 눈물이 터져 나왔다.

"왜 그래?"

아버지가 뒤돌아보며 물었다.

"죄송해요."

그렇게 한 마디하고 정신없이 물속으로 들어가 겨우 해변으로 헤엄쳐 도망치는 것이었다. 그리고 그 해 가을이 끝날 무렵 병에 걸려 실의에 찬 짧은 인생을 마친 아버지를 묻었다.

지금 박태민은 그 선창 앞에서 10년 전의 자신의 모습을 떠올리고 눈앞에 그려보는 것이었다. 그리고 2년 전 여름, 처자식과 함께 즐겁게 놀고 있는 자신의 모습을 떠올렸다. 그해 여름에 박태민은 근무하고 있던 회사의 함흥지점으로 전근을 가게 되어 아내와 세 아이를 데리고 부임하는 도중 원산에 내린 것은 잊을 수 없는 8월 24일 아침이었다. 그런 기회가 없었다면 가족들을 데리고 해변에 간다는 것은 박봉에 시달리는 그로서는 생각할 수도 없는 것이었다. 그는 결혼하고 10년 동안, 그 자신의 성격상 가족들과 놀러 간 적이 없었기 때문에 모처럼의 기회에 말로만 듣던 유명한 송도원의 해변을 조강지처에게 보여주고 싶다는 감상적인 생각에서 역 앞의 여관에 들어가 바로 아침식사를 끝내고 택시를 달린 것이다.

계절은 벌써 8월이 끝나가는 때였으나 그해 여름 북부지방 일대는 냉해, 수해 등으로 기후가 불순해서 구름 한 점 없는 맑은 날씨에도 불구하고 송도원은 사람들에게 버림받아 전혀 인기척이 없었다. 파도소리가 몰아치는 해변에는 낚시줄을 드리운 어부 한 명뿐으로 송도원의 해변을 그들 가족 5명이 독점하는 호사를 누릴 수 있었다. 태어나서 처음으로 바다를 구경하는 아이들은 타고르의 "세계의 해변에 어린아이가 뛰어 논다"라는 시처럼 웃고, 떠들고, 뛰고, 뒹굴며 너무 행복해 하여 박도 기뻤다.

그는 아이들과 마찬가지로 알몸이 되고 아내에게도 그러기를 권했다. 아내는 마치 초야의 신부처럼 부끄러워하며 누군가가 오지 않나 사방을 돌아보며 망설였다. 멀리 어부가 한 사람 있을 뿐, 사람 그림자는 전혀 보이지 않고, 송림 저편에 서 있는 쓸쓸한 탈의장이 호기심 어린 시선을 무수히 던질 뿐이었다. 바다로 나가는 하얀 돛단배 그늘에서 뱃사람이 보고 있을지도 모른다는 생각이 들긴 했지만……

"아무도 없으니까 괜찮아."

박이 그렇게 말했지만 아내는 아무리 남편이라도 벌건 대낮에 알몸을 보이는 게 부끄러운 모양이었다.

"전 이대로가 좋아요."

"뭐가 좋아. 모처럼 여기까지 와서 바다에도 들어가지 않겠단 말이야? 이게 처음이자 마지막 해수욕이 될지도 모른다고!"

"평생 해수욕 안 해도 괜찮아요. 송도원이 이렇게 생겼다는 걸 본 것만으로도 충분해요."

"그렇게 겁을 먹지 않아도 되잖아. 정말 바보네."

유복한 집안의 장녀로 아무 걱정없이 자란 아내가 이렇게 겁이 많아진 것은 가난한 결혼 생활을 10년을 하게 한 자신의 탓이라는 생각이 들었지만 날씨가 너무 좋고 아이들이 너무 즐거워했다. 아내나 아이들의 즐거움에 행복을 느꼈다. 이걸로 좋아. 과거는 과거다. 앞으로도 가난하겠지만 즐거운 생활을 해야지―박은 그런 생각을 하기도 했다.

"자, 아빠를 봐라. 서커스의 공중제비다."

박은 아이들과 아내를 불러 놓고 바다 쪽을 향해 모래사장을 뒹굴어 파도 속으로 풍덩 하고 들어갔다.

"와― 아빠 잘 한다!"

뒤에서 아이들이 흥분하여 소리치며 박수를 쳤다.

"박상, 뭘 그렇게 생각하세요?"

어느 틈에 왔는지 마키노가 선창에 와서 박태민에게 말을 걸어, 박태민은 생각에서 빠져나왔다.

"이 송도원에 얽힌 추억에 빠져있었어요."

"피서지에 있기 마련인 로망스라도 있나요?"

"아뇨, 제1장은 실의에 빠진 아버지와 그 아들, 제2장은 샐러리맨과 겁 많은 아내, 그리고 제3장은 지금 바로 이 순간입니다. 이는 제 자신의 역사인데 지난 10년 동안 많은 변천이 있었고 저는 지금도 폭풍을 뚫고 향상 발전하고 있다고 생각합니다. 과거에는 좋은 일도 있었지만 어두운 기억이 더 많았습니다. 앞으로는 밝고 빛나는 행복한 생활이 올 것만 같습니다. 우리들도 조그맣지만 그 빛의 종자를 뿌리는 선택받은 사람일지도 모르겠군요. 저는 그런 자부심과 미래에 대한 꿈을 가지고 있어요. 하하하……."

"동감입니다. 힘냅시다."

"그럽시다. 자 그럼 여관으로 돌아가 잠시 쉬기로 하지요."

"그럽시다."

4명이 송도원의 산책에서 여관으로 돌아온 것은 오후 3시가 넘어서였다. 화로로 따뜻해진 조용한 방에서 일부러 찾아온 그 지방의 문학청년들과 잡담을 하고 있는 사이에 저녁이 되어 부윤의 초대로 저녁을 먹고 바로 강연회장인 소학교로 갔다. 남녀노소 전부 3, 4백 명이 모여 성황을 이루었지만 청중의 태도는 거의 무표정이어서 박태민은 어쩔 줄 몰랐다. 바로 이게 항구도시의 특징일까? 그는 연단에 서 있는 동안에도 정신적 고통을 상당히 느꼈다.

밤 9시쯤에 강연회가 끝나자 안도의 한숨을 내쉴 정도였다. 강연회에 온 정의 친구라는 조선인 청년들이 그들을 조선식당으로 초대를 했다. 마키노는 따로 방문한 시인들과 같이 행동을 하기로 했다. 박을 포함한 세 명은 자리에 앉아 인사를 했지만 화제가 끊겨 썰렁했다. 난 이의가 있다. 그러나 이 자리에서는 말하지 않겠다. 라는 싸늘한 표정이 청년들의 얼굴에 나타나 있었다. 그런 속에서 누구에게나 웃음을 보이며 애교를 떠는 빈틈없는 호남자 풍의 청년이 아름다운 기생들을 그들 세 명에게 붙여주었다. 주연이 시작되자 청년들은 벌컥벌컥 술을 마셨다. 술에 취하자 그들은 세 명의 손님은 거들떠보지도 않고 아메리카 노래를 합창하기 시작했다. 박은 그들이 항상 친하게 지내는 기독교 신자가 아닐까 생각했다. 박은 상상할 수 있었다. 기독교 신자가 아니면 기독교 계통의 사립학교 출신들일테지. 그들은 「롱롱어고우」를 부르고, 다음으로 「그리운 켄터키 나의 집」을 부르고, 「스와니강」과 「미네톤가 호반」, 「양키 두들」을 불렀다. 그 다음에는 박의 짧은 음악지식으로는 무슨 노래인지도 모르는 명상적이고 조용한 합창으로 변했다. 이들 노래는 누가 먼저 시작하는 것이 아니라 합창을 리드하는 테너에게 호흡을 맞추는 식으로 노래하는 동안은 옆에 아무도 없는 듯이 자기들 노래에 빠져 있었다.

노래가 끝나자 한 사람이 잔을 들고

"체리오!"

라고 외쳤다. 그러자 다른 청년들도

"오라이.", "오케이." 혹은

"아이엠 소리."

등, 마치 외국인 같은 느끼한 발음으로 영어 한 마디씩을 외치는 것이었다. 박은 그들에게 바보취급을 받는 것 같아 점점 불쾌해졌다. 그들의 방약무인한 광경을 말없이 바라보면서 그들도 자신과 마찬가지 조선인, 같은 동포인데도 이렇게 다를 수가 있냐고 생각하고 있었다. 사상도, 생활태도도 다르고 같은 세대이면서도 조화할 수 없는 감정의 괴리를 느끼는 것이었다. 한 마디로 말해서 그들은 자신들의 서양 취향을 겁도 없이 자랑하는 것만 같았다. 그들이 이번 강연회를 어떻게 들었을지 충분히 상상이 갔다. 그들의 일부가 동행한 정의 친구라서 어찌어찌해서 따라 나왔을 뿐이다. 당연히 화제가 되어야 할 현 시국과 이번 강연에 대해서는 전혀 언급도 하지 않고 칼을 품고 노래로 얼버무리는 것에 지나지 않는다. 그런 생각이 들자 박은 더 이상 그 자리에 있고 싶지 않아 일어섰다.

"저 먼저 가겠습니다."

박이 자리에서 일어나자 가가와도 일어나려고 했다. 빈틈없는 호남자

가 당황하여 말리며

"조금만 더 앉아 계세요. 저희들의 성의를 봐서라도 같이 있어주세요."

라고 말하며 박과 가가와의 모자를 빼앗았다. 할 수 없이 다시 앉기로 했다.

그러고 있는 사이에 벌써 11시가 되었다. 사변이 한참이어서 더 이상 요리집에 있을 수도 없었다. 박은 안도의 한숨을 내쉬며 먼저 어두컴컴한 밖으로 나왔지만 빈틈없는 청년과 다른 한 사람이 양쪽에서 박의 팔을 움켜쥐며,

"박선생님. 모처럼 시내에 나오셨으니까 오늘은 같이 묵고 내일 가세요."

라고 말했다. 다른 두 사람도 박과 마찬가지로 양팔을 잡혀 있었다. 박은 당황하여,

"아뇨. 오늘 밤 기차로 경성에 가지 않으면 안 됩니다. 이삼일 뒤에 춘천에서 마지막 강연이 있어 좀 쉬고 싶어요."

라고 대답하고 빠른 걸음으로 빠져나가려고 했다. 그러자 그들은 당황하며 박의 양 팔을 꼭 잡고,

"박 선생님. 실은 벌써 기생들과 약속을 했어요. 박 선생님 옆에 앉았던 젊은 기생 있죠? 그 아이가 박 선생님이 좋다고 해서요. 정말 박 선생님은 여복도 많으세요. 바로 이 뒤예요. 이쪽으로 오세요."

라고 말하며 억지로 어두운 뒷골목으로 잡아끄는 것이었다. 박은 그들의 태도에 참을 수 없게 화가 났다. 그는 신경질적으로 외쳤다.

"자네들, 선생님 선생님하면서 사람 병신 취급하는 거야?"

"병신 취급이라뇨? 박 선생님 그건 오해입니다. 박 선생님을 조선 일류의 문사로 존경하니까 오늘 접대를 한 것 아닙니까."

"정말 그렇다면 이런 짓은 하지 않을 거야. 날 놓게. 우물쭈물하면 오늘 돌아가지 못하니까."

"괜찮잖아요. 저희들 하나도 취하지 않았어요. 그런 생각을 하셨다니 더욱 우리들 입장이 곤란하지 않습니까."

마침 자동차 한 대가 헤드라이트를 환하게 빛내며 박이 있는 곳으로 다가와 멈췄다. 그리고 그 안에서 시인들과 동행했던 마키노가 나와 그들을 불렀다.

"마키노상이세요? 마침 잘 오셨군요."

박은 안도하며 말했다.

"무슨 일입니까? 발차 시간이 20분밖에 남지 않았어요. 빨리 차에 타세요."

마키노는 소리를 지르듯이 말했다. 청년들도 마키노의 갑작스러운 출현에 멍하고 있었다. 그 틈에 박은 자동차 안으로 뛰어들었다. 마키노는 그 모양새로 짐작을 한 듯 부탁하다시피 하여 다른 두 사람도 차에 태웠다. 네 명이 역에 도착한 것은 발차 시간이 10분밖에 남지 않았을 때였다. 마키노가 여관에서 다른 사람들 짐을 미리 가져다 놓았다.

"정말 집요한 환영이었어요."

가가와가 그렇게 말해 다른 사람들도 웃음을 터트렸다.

다음날 아침 일찍 경성에 도착하자 눈송이가 흩날리고 있었다.

박태민과 일행은 춘천 강연회를 예정대로 끝냈다. 다른 일행들도 강연회를 마치고 돌아와 순회강연의 보고 좌담회가 조선호텔에서 열렸다. 그 자리에서 각지의 상황이 보고된 걸 보면 대체적으로 성공적이었다는 걸 알 수 있었다. 그리고 이번 행사는 단순한 문화강연회가 아니라 조선의 지식인이 대중 앞에서 하나의 역사적 방향 전환을 선언한 것이며 그럼으로써 자신들이 껍질을 벗었다는 중대한 의의가 있었다. 적어도 박태민 자신은 새로운 출발을 하겠다는 각오가 생겼던 것이다. 문단이 새롭게 출발함과 동시에 조선의 문화도 새로 출발하지 않으면 안 된다. 그 선두에 내가 서 있는 것이다. 물론 어느 정도의 고통과 곤란도 있을 것이다. 그러나 마지막까지 한눈팔지 않고 전진하자. 박태민은 뜨거운 가습으로 그렇게 맹세하는 것이었다.

좌담회가 끝나고 헤어질 때, 경의선 반의 일원으로 참가한 기타하라 여사가 박에게 다가와 정중하게 인사를 하고는,

"저희 잡지에 단편소설을 하나 써주시겠어요?"

라고 말했다. 기타하라 여사는 오늘도 조선옷 차림으로, 자주색 저고리에 검은 치마의 자태가 마치 조선의 상류 가정에서 자란 지식인 여성 같았다. '저희 잡지'라는 것은 여사도 중요한 일원으로 있는 황도주의(皇道主義) 교화사업단체에서 내고 있는 『생활의 깃발』이라는 잡지였다. 이 『생활의 깃발』이라는 단체는 10년 전부터 혈기왕성한 대학생들이 동맹을 만들어 당시 국내에 만연하고 있던 공산주의 사상과 싸워 온 것으로 굉장한 세력을 형성하고 있었다. 박은 일반 조선 지식인과 마찬가지로 지금까지 그런 방면에 관심도 없었고 거의 모르고 있었다. 그러나 이번 강연회를 계기로 새롭게 출발하기 위해서는 이 단체와 어떤 형태로든 연락을 취해야겠다고 막연히 생각하고 있었던 터라 기타하라 여사의 권유가 굉장히 기뻤다. 혼자 고립되어 버린다면 주위의 침체된 파도 속에 묻혀버릴 것 같았기 때문이었다. 그러나 내성적인 성격상 부끄러워하며,

"전 국어가 서툴러서 기대에 부응하는 작품을 쓸 수 있을지⋯⋯."

라고 겸손하게 말했다.

"S상이랑 Y상에게 물었더니 박상을 제일 먼저 추천해 주시더군요."

"그러세요? 10년 전에는 동경의 문단에 나갈 작정으로 국어로 습작을 많이 했습니다만 그 후에는 자신이 없어 그만 두었지요."

"그래요? 지금부터라도 국어로 틈틈이 써 보세요. 그 쪽이 더 많이 읽히니까요. 좁은 조선어 틀에 묶일 필요가 뭐 있겠어요?"

"예, 이걸 계기로 자신은 없지만 진지하게 방향을 바꿔 볼 작정입니다. 첫 번째 작품을 쓰기로 하지요."

"부탁합니다."

기타하라 여사는 기한을 말하고 박과 헤어졌다.

얼마 후, 박은 창동의 시골 초가집에서 신년을 맞이했다. "생활의 깃발."에는 "망향."이라는 습작을 50장 정도로 정리하여 보냈다. 『국민』이라는 잡지에도 「제1장」이라는 국어 단편을 썼다. 서툰 문장으로 세련되지 않은 작품이었지만 의욕만은 새로운 의지를 분명히 한 것이었다. 지금부터 새로 출발할 각오로 쓴 것으로 작품성에 대해서는 전혀 구애받지 않았다. 우선 어둡고 비틀린 데카당한 민족의 비원을 노래한 지금까지의 조선 문학에서 벗어나 밝고 건강하고 여유로운 작품을 쓰겠다는 열의가 박태민의 의욕 속에서 불붙은 것이다. 신년의 벽두답게 희망에 넘친 낭만적인 생각이 솟아올랐다.

지난해부터 지원병 제도가 실시되어 변화하는 시대의 조짐을 보였지만 올해부터는 창씨제도가 발표되어 또 다른 시대로 돌입하게 되었다. 이런 조그만 시골에서도 창씨 문제를 둘러싸고 유언비어가 나돌았다. 어느 날 박의 옆집에 사는 최서방이라는 농부가 찾아와,

"성을 내지식으로 바꾸라니 무슨 소리입니까?"
라고 판결을 기다리듯이 말했다.

"일본 국민이니까 성도 일본인처럼 만들라는 거지요."

"갑자기 일본 국민이 된 겁니까?"

"예? 일한 합병 때 이미 일본 국민이 되었지만, 예를 들어 아기도 10개월 동안 엄마 태내에 있다가 나오는 것처럼 모든 일에는 순서와 절차가 있는 거지요. 즉 몇 년 동안 기다렸다가 조금씩 나아가는 동안 하나하나 낡은 조선의 껍질을 벗어버리는 겁니다."

"그래요. 그럼 내년에는 어떻게 되는 겁니까?"

"앞으로 의무교육이 실시되고 모두가 일본 국민으로서 필요한 교육을 받습니다. 그리고 다음으로는 징병제도가 실시되어 국민 된 자는 하나도 빠짐없이 군인이 되지요. 그리고 그 다음에는 다른 일이 일어나고…… 이렇게 조금씩 진짜 일본인이 되는 겁니다."

"호! 그럼 우리들도 학교에 가고 군인이 될 수 있다는 말이에요?"

"유감스럽게도 최서방은 늦었어요. 쉰에 가까운 초로이니까 소학교에 들어가거나 병대에 들어가는 것은 안 될 지도 몰라요."

"군인의 아버지지요. 이름 없는 백성보다는 군인의 아버지가 더 좋아요. 그런데 성은 어떻게 만들지요? 박 선생님 부탁합니다."

"좋고말고요. 최씨니까 야마모토가 좋겠군요."

"야마모토?"

"예. 최서방보다는 야마모토가 더 품격이 있어요."

"야마모토는 무슨 뜻인가요? 될 수 있으면 복이 있는 성으로 해 주세요."

"최라는 성에 아무 뜻이 없는 것처럼 야마모토라는 것도 별로 뜻은 없어요. 산을 야마라고 하고 강을 가와라고 하는 것과 마찬가지지요. 복은 근면하고 정직하게 살면 저절로 복이 찾아오지요. 성에 복이 붙는다면 복이 너무 많아서 가치가 폭락합니다."

"헤헤헤…… 그렇구나. 박선생님은 정말 말씀을 잘 하시네요. 고맙습니다. 그럼 안녕히 계세요."

최서방은 대문을 나서자 코를 팽하고 풀었다.

어느 날인가는 경성에 갔다 온다는 한약방 배노인과 만났다. 화제는 당연히 창씨개명이었다.

"박상은 어떻게 하실 생각이세요?"

"저는 기한까지 창씨했어요."

그렇게 대답하자 노인은 잠시 말없이 걷고 있다가,

"내 생각이 낡았는지는 모르지만 앞으로 살 날이 별로 안 남았으니까 배씨로 무덤에 들어가고 싶습니다."

라고 말했다.

"강제가 아니니까 싫다면 원래대로 놓아두어도 상관없겠지요. 배선생님은 살 날이 얼마 안 남았다고 하시지만 선생님의 자손들은 어떻게 하실 작정이세요? 낡을 것에 집착하는 것은 어둡고 좋지 않아요. 그런 어두운 마음이 과거의 조선을 만든 것이니까요.”

배노인은 박의 말이 이해가 되지 않는다는 표정으로 묵묵히 걸었다.

그 후에, 박을 만나도 창씨 문제는 한마디도 하지 않았지만 어느 날, 우연히 배노인의 집 앞을 지나가다가 새로운 문패에 시선을 빼앗겼다. “도쿠야마(德山).”라고 쓰여 있는 창씨 문패였다. 박은 씩하고 웃었다. 박은 “모리(森).”라고 창씨를 하고 이름도 “도오루(徹).”리고 개명하였지만 아직 문패는 만들지 못했던 것이다.

사변이 길어지자 일상생활에도 점점 물자가 핍박해졌다. 시골 초가집에 틀어박혀 유유하게 작가생활을 할 수는 없다는 초조감을 느꼈다. 동시에 그가 『생활의 깃발』이라는 단체에 관심이 있으면서도 소심한 성격상 교섭을 하겠다는 적극성도 없었고 그렇다면 급박해지는 생활난을 어떻게 타개할 것인가가 가장 큰 문제였던 것이다.

그는 아는 친구의 도움으로 오오사카에 본사를 둔 공업관계의 신문지국에 일자리를 얻어 그 해 여름 끝 무렵에 경성의 K가로 이사를 했다. 마침 그 지국의 2층이 비어 있어 거기에 살 수 있게 되었다. 주택난이 심각한 것을 생각하면 그것도 고마웠다. 그러나 하필이면 전차 길목에 면해 있어 새벽부터 밤중까지 끊임없이 전차의 마찰음 때문에 방이 울렸고 병대까지 있어 군마와 장갑차, 때로는 탱크가 지나가는 소리, 짐차의 덜컹거리는 소리가 끊이지 않아 시끄러웠다. 처음에는 신경이 곤두서서 노이로제에 걸릴 정도였지만 익숙해지자 그다지 신경도 쓰이지 않고 그렇게 시끄러워도 숙면할 수가 있었다.

생활은 안정되었지만 정신적으로는 남모르는 고통이 있었다. 그것은 그가 소설가로 공업 방면에는 거의 무지하다는 것과 그 직업에 충실하기 위해서는 지금까지 반생에 걸쳐 쌓아왔던 작가수업을 방기하지는 않더라도 그런 일에서 점점 멀어져야만 한다는 것이었다. 그 뿐만이 아니었다. 그는 공업신문 기자로서 처음 출발할 때부터 자존심이 상했다. 총독부 출입기자가 되어 처음으로 총독부의 신문기자실에 갔을 때였다.

거기에는 턱이 뾰족하고 머리가 긴 기자들이 웅성대고 있었는데 그 중에 체격이 좋고 눈이 둥글둥글한 호남자 풍의 송이라는 기자가 있었다. 그는 박과 오래 전부터 아는 사이로 그가 부내의 사립전문학교의 문과 학생이던 시절에 이미 박은 작가로 활약하고 있었으므로 사회 경력으로 보면 박이 훨씬 선배였다.

그런데 박이 그 방에 들어가 시선이 부딪쳤을 때 송은 이게 누군가라는 쌀쌀맞은 태도로 그를 맞았던 것이다. 총독부 출입은 송이 선배라는 생각에 박이 송 앞으로 나가 머리를 숙이고 '모리 도오루'라는 창씨개명의 명함을 그에게 내밀었다. 송은 힐끗 명함을 바라보고는 냉정한 어투로

"공업신문 기자라고요?"

라고 했을 뿐이었다. 박태민은 굴욕을 느끼고 화가 났지만 말없이 송 앞을 물러나왔다. 그리고 다음 날, 출입기자실에서 만나도 송은 여전히 "선배"로 박을 내려다보는 것이었다. 박은 그런 오만한 남자와는 상대하지 않으면 된다고 냉정하게 자신을 무장했다. 송은 기자실에서 자신의 위엄을 보이려는 듯이, 그렇게 못된 놈이라는 것을 몰랐지만, 커다란 기자실이 울릴 정도로 큰 목소리로

"어이—급사. 뭘 그렇게 꾸물거리는 거야. 빨리 우리 사를 불러."

라거나,

"어이—급사. 배가 고프다. 점심을 시켜."

라고 소리를 지르고 어떤 때에는 검게 빛나는 기다란 탁자 위에 큰 대자로 누워 낮잠을 자기도 했다. 박처럼 조심스럽고 섬세한 신경으로는 생각할 수도 없는 태도였다.

그런 불유쾌한 곳에 이번에는 송과 같은 회사의 경제 관계 기자로 있는 조그맣고 뚱뚱한 노라는 사람까지가 박을 바보취급 하였다. 어느 비 오는 날, 박이 곤색의 버버리 코트를 입고 가 기자실 구석에 있는 옷장에 거는 걸 보고,

"저 곤색 여학생용 코트는 누구 거지? 꽤 귀엽군."

이라고 놀렸다. 박은 멀리 떨어진 자리에서 신문 자료를 베끼고 있다가 노의 조롱을 들었지만 반박할 기회도 없이 억울하게 침묵할 수밖에 없었다. 그 후로 박은 노를 골탕 먹일 기회를 찾고 있었지만 좀처럼 그런 기회가 오지 않았다.

이것만으로도 박이 총독부 출입에 흥미를 잃기에 충분했다. 기자실이라는 간판을 쳐다만 보아도 벌써 혐오스러웠다. 그 뿐이라면 침묵을 무기로 견딜 수 있는 박이었지만 문제는 회사의 중역과 무슨무슨 과장이라는 사람들을 거의 매일 방문하지 않으면 안 되는데, 대부분 손님이 오셨다거나 출장이라는 구실로 면회를 거절하거나, 만나 이야기를 해도 공업을 전혀 모르는 박이 아무리 요령 좋게 대응을 해도 전문가인 그들에게는 당해낼 수가 없다는 것에 있었다. 박은 노력하면 어떻게 되겠지라는 생각과 나한테 전혀 맞지 않는 일이라는 체념 사이에서 날마다 고민하였다. 직업 봉공이라는 것이 어디를 가도 주제가 되고 강조되었지만 그는 봉공은커녕 직업 모독이 아닐까 라고 자성할 뿐이었다. 동시에 뒤가 켕기면서도 문학세계를 동경하는 것이었다. 문단은 거의 가수상태로 전혀 활기가 없었다. 그렇기 때문에 더욱 자신에게는 그곳이 바로 마음의 고향이며 새롭게 이에 정진하는 것이 자신의 '봉공'하는 길이 아닐까 생각하기 시작했다.

그러는 동안에도 일미관계는 지나 사변의 장기화로 점점 악화 일로를 걷고 있었다. 네덜란드에서 특파된 사절의 필사적인 노력도 헛되이, 영국이 싱가포르의 무장을 강화하고, 아메리카가 경제적 압력을 점점 노골적으로 행사하여 결국 자산 동결을 하기에 이르렀다.

박은 자산동결이라는 경제적 핍박을 피부로 느끼지 못하고 신문지상의 위협으로만 알고 있었으나 어느 날 인천 공항의 목재 회사에 취재를 하러 갔을 때 그것이 어떤 것인지 처음으로 알고 심상치 않은 양국 관계를 이해하게 되어 우울해졌다. 그 목재 회사에서는 목재 원료의 거의 대부분을 남양의 보르네오라는 곳에서 가지고 왔다. 베니어라거나 티크 목재 등, 특수 공작에는 섬유에 탄성이 있는 남양재가 아니면 안 되었고 그렇게 먼 곳에서 오는 운임을 빼고도 충분히 채산이 맞았다. 그런데 하루아침에 미국과 영국이 일본의 자산동결을 단행하게 되어 보르네오에서 오는 목재 수입도 끊어진 것이었다.

"가지고 있는 목재도 2개월밖에 쓸 수가 없어요. 조선 목재로 대용하려고 해도 운수관계로 갑작스럽게는 조달할 수도 없고 코스트도 비싼데다 특수 공작에는 맞지 않아서 용도에 한계가 있습니다. 우리 회사는 지금 사활의 기로에 있어 수뇌부에서는 어떻게 이 난국을 타개해야 할지 머리를 싸매고 있습니다."

그 회사의 중년 전무가 심각한 얼굴로 설명했다.

박은 경성으로 돌아오는 차안에서 멍하니 창 밖을 바라보며 자산을 동결하고 고철을 팔지 않는 등 수단과 방법을 가리지 않고 압박해 오는 미국과 영국의 압력이 일본을 분연히 일으키는 원인이 된 건 아닐까 라고 추측해 보는 것이었다. 그러자 갑자기 그의 전신에 긴장감이 흘렀다. "이건 보통 일이 아니야"라고 마음속으로 중얼거리지 않을 수 없었다.

그는 점점 초조해졌다. 거리에서는 방공훈련이 시도 때도 없이 행해지고 있었다. 모든 곳에 방공호와 방공용 우물을 팠다. 거리를 달리는 트럭이나 택시 등도 아세틸렌이나 목탄차로 바뀔 것이다. 금속은 점점 귀해졌다. 이런 속에서 순문학이 어쩌고저쩌고 하는 무리들의 한심한 얼굴들이 점점 우스워졌다. 이래도 되는 걸까? 문단 전체, 지식인 전체를 포함해서 자기반성으로 박의 가슴속이 움츠려드는 것이었다.

그가 혼자 고민하고 있을 때, 『생활의 깃발』에 「귀향」을 쓴 것을 계기로 지위를 얻게 되었다. 주재자인 기타하라 씨가 아침, 저녁으로 쌀쌀함을 느끼는 초가을의 어느 맑은 날 오후, 갑자기 전화를 걸어 꼭 만나고 싶으니 집으로 와 주지 않겠느냐고 물었다. 곧바로 기타하라 씨를 찾아가 2층의 햇빛이 잘 드는 응접실로 안내되어 둥근 등나무 테이블을 사이에 두고 마주 앉았다.

"어떠세요? 공업신문은 재미있어요?"

기타하라 씨는 웃으며 박의 얼굴을 빤히 쳐다보았다.

"아뇨. 좀 더 생활에 관련된 일을 하고 싶지만 지금은 방법이 없어요."

"그러세요. 제가 봐도 소설가와 공업신문의 기자는 맞지 않는다는 생각이 드네요. 하하하……."

"정말 그렇습니다. 생활이 궁핍하다보니 어쩔 수 없이 뛰어든 것이지만……."

"당신은 역시 문단 일을 하셔야 하는데……."

"저도 문단으로 돌아가 문학에 전념하고 싶습니다. 어떻게 길 좀 터 주세요."

"그러죠. 뭔가 좋은 방법을 생각해 봅시다."

"고맙습니다."

그는 집에 돌아오면서 역시 텔레파시라는 것이 있어 마음과 마음은 말을 하지 않고도 무선 전신처럼 통하는 것이라는 생각을 했다. 기타하라 씨는 박이 망설이고 있는 것을 알고 도움의 손을 내민 것이다. 앞으로 나는 내 길로 돌아가 일을 해야지. 박는 뛰는 가슴으로 그렇게 중얼거렸다. 그리고 가을이 끝날 무렵, 공업신문을 그만둔 박은 어느 성지 참배단에 참가하여 내지로 여행을 떠났다. 자신의 생각을 정리하고 확실하게 함과 동시에 신념을 높일 절호의 기회라고 생각했기 때문이었다.

먼저 오사카에서 가을비가 내리는 호류지(法隆寺)를 참배하고 신궁에 들러, 저녁 무렵에는 고도 나라에 도착하여 사루자와(猿澤)호반에서 일박을 했다. 다음 날은 이세(伊勢) 신궁에 참배하고 니노미(二見) 포구의 여관에서 파도 소리를 들으며 잠이 들었다. 그리고 나고야를 거쳐, 가을비 속에, 10여 년 만에 학창시절의 만세바시(萬世橋)를 거쳐간다(神田)의 여관에 묵었다. 미야기(宮城), 메이지(明治) 신궁, 야스쿠니(靖國) 신사에 참배했지만 박은 동경에 와서 일미관계의 험악함을 더욱 피부로 느꼈다. 비에 젖어 가며 미야기에 참배를 하고 메이지 신궁에 참배하는 끊이지 않는 시민들의 발길, 그들의 미간에 떠오른 조국의 위기를 앞에 둔 결의, 굳게 다문 입, 눈동자의 형형함, 묵묵한 태도에 감동하지 않을 수 없었다. 거리거리마다 '태평양의 파도 높게!', '일미 전쟁 일촉즉발의 위기!', '적성 미국을 타도!'라는 제목의 강연회 포스터가 붙어있어 수도 동경의 공기는 조선에서 들은 소문에 비할 바가 못 되었다. 박은 바로 눈앞에 커다란 위기가 닥쳐왔다는 절박감에 숨도 제대로 쉴 수 없었다.

신문들은 일면 톱으로 N대사와 비행기로 응원을 위해 달려온 K대사의 필사적인 외교 교섭 상황을 보도하고 있었다. 마치 최후의 결승을 마른침을 삼키며, 응시라도 하듯이 국민들 모두 멀고 먼 워싱턴에 긴장의 시선을 보내고 있었다.

"도대체 어떻게 될까?"

그러나 날이 갈수록 아메리카의 태도는 노골적으로 일미관계는 악화될 뿐이었다.

그런 속에서 박은 동경에서 사흘을 머물고 교토의 모모야마(逃山) 능을 참배한 후에 산음(山陰) 쪽으로 코스를 바꿔 이즈모(出雲) 신사를 마지막으로 참배하고, 귀로에 가와다나(川棚) 온천에 일박하며 여행의 피곤함을 말끔하게 씻고 조선으로 돌아왔다. 돌아오는 기차 속에서 박은 눈을 감고 빠듯한 여로를 회상해 보았다. 10여 년 전의 외래사상이 폭위를 떨치던 당시의 동경에서의 학창시절과 비교하여 이번의 성지 순례는 수십 배는 더 '일본'에서 귀중한 무엇인가를 얻은 것만 같았다. 울창한 삼림에 묻힌 수려하고 아름다운 산야, 수년간의 전쟁에도 불구하고 조금도 피로한 기색이 없이 안정되고 정돈된 농촌, 숲이 있는 곳마다 반드시 신사가 있는 경건한 신앙생활, 신궁의 숭엄한 분위기, 겸손하고 과묵한 주민들, 아름답고 정숙한 여자들, 이들 모두가 그의 마음에 깊이 새겨져 존경과 동경을 품게 하는 것이었다. 이번에 일본에 오길 정말 잘했다는 생각이 들었다. 즉, 자신이 강연회를 통해 대중 앞에서 외친 말들이 절대로 허위나 아부가 아닌 진실이라는 확신에 도달한 것이었다.

박은 새로운 자신감과 열의를 가지고 경성으로 돌아왔다. 그게 벌써 11월 하순이었다. 북악을 넘어 불어오는 북풍이 쌀쌀했다. 그 해 연말, 일미관계는 풍전등화와 같이 절망적으로 보였다.

갑자기 12월 8일의 일이었다!

박은 이날 아침의 일을 영원히 잊을 수 없을 것이다. 그날 아침해는 이상하게 유난히 빛나고 겨울 날씨로는 너무나 조용하고 밝은 아침이었다. 거리는 하얀 눈으로 연한 화장을 한 정말 아름다운 날씨였다. 광화문을 지나 태평로를 걸어가는 박태민에게는 이 아침의 아름다움이 신비스럽게 생각되었다. 경성일보 부근에 왔을 때였다. 사람들이 모여 있었는데 조용하고 정숙하게 군중들이 웅성거리지도 않고 간판을 열심히 보고 있는 것이 아닌가! 박태민은 달려가 보았다. 아아! 그랬구나.

7일 아침 태평양에서 일미 양군 전투태세에 돌입!

이라고 하는 것이 아닌가. "드디어!" 박태민은 그렇게 생각하고 그 옆으로 눈을 돌렸다.

하와이 진주만 공격!

적에게 막대한 손해를 입힘!

놀라운 보도였다. 박의 가슴이 심상치 않게 뛰었다.

"그 먼 하와이까지 가서 물리쳤구나."

박은 믿을 수 없는 기적 같다는 어조로 중얼거렸다. 전신에 이상하게 피가 몰리는 것을 느꼈다. 그 때 박의 기분을 뭐라고 형용해야 할까—뭐라 말할 수 없는 강한 감동에 가슴이 두근거렸다. 밝고 찬란한 아침거리는 차분했다. 그는 너무나도 신기했다.

그는 『생활의 깃발』 편집부로 들어갔다. 편집장은 보통 때와 다름없는 태도로 조용히 원고를 쓰고 있었다.

"축하합니다!"

박은 커다랗게 말했다. 편집장은 펜을 놓고,

"축하합니다!"

라고 대답했다.

"드디어 해냈군요!"

"정말 잘 했어요!"

박은 평상시보다 말이 많아졌다.

그리고 잠시 후에 선전 칙령이 내렸다.

본격적인 대전쟁이었다. 영미를 타도하자—라는 소리가 거리에 가득 찼다. 문인협회에서도 13일 점심 때 부민관에서 강연회를 열 정도였다. 박도 거기에 선발되어 '영미를 타도하자!'라고 외쳤다. 그 날은 부민관이 생긴 이래 가장 많은 청중이 쇄도했다. 박은 자신의 중학교 1학년 때의 일을 생각했다. 평양 서쪽 일각에 이국적인 색채가 농후한 '양촌'이라는 선교사 마을이 있었다. 그 남쪽 언덕에 미션 스쿨과 칼리지라는 빨간 벽돌로 지은 3층 교사가 그들의 번영을 과시하기라도 하는 듯이 서 있었다. 넓은 운동장에는 학생들이 축구경기에 여념이 없었다. 운동장 북쪽 일면은 파란 잔디였다. 그 위에 로버트라는 교장의 젖소가 유유히 풀을 뜯고 있었다. 박은 운동장 주위에 친 철책 바깥에 서서 축구 경기를 멍하니 보곤 했다. 학교에서 돌아오는 길의 석양 무렵이었다. 그 때, 꾀죄죄한 조선 아이가 하나 잔디 위에 있는 소의 고삐를 쥐고 놀고 있었다. 그러자 어디에서 나타났는지 로버트 교장이 한 손에 채찍을 휘두르며 장신의 빨간 머리를 흔들면서 다가왔다. 그는 바로 아이에게 갔다. 박은 순간 그 광경이 무엇을 의미하는지 깨달았다. 잠시 후에 로버트의 채찍이 어린아이에게 내려쳐질 것이 분명했다. "애야—소를 내버려두고 도망쳐!" 박은 정신없이 소리쳤다. 아이는 박의 고함소리에 고삐를 내던지고 토끼처럼 내달렸다. 로버트도 달렸다. 키가 큰 로버트와 어린아이의 달리기가 계속되었다. 그러나 철책에서 아이는 잡히고 말았다. 그와 박의 거리는 겨우 서너 발자국밖에 떨어지지 않았다. 박은 가슴을 졸이며 보고 있었다. 로버트는 한 손으로 아이를 붙잡고 다른 한 손으로는 미친 듯이 채찍을 휘두르고 있었다. 아이의 비명이 저녁 하늘에 메아리 쳤다. 박은 그 때 14살의 소년이었지만 분개를 느끼며 돌을 집어들고 막 배운 영어로,

"유 배드 맨!"

하고 외치면서 로버트를 향해 돌을 던졌다.

돌은 로버트의 무릎에 적중하여 "앗!"하는 비명이 들렸다. 로버트는 채찍질을 그만두고 절뚝거리며 박 쪽으로 왔다. 박은 재빨리 도망쳤다.

박은 그 날 이후로 선교사들에게 묘한 적개심을 품게 되었다. 사람의 길을 부르짖으며 신의 복음을 전한다는, 그것도 교장이라는 사람이 그럴 수가 있는가! 비인간적이고 잔학한 그들의 본성을 안 것만 같았다. 그 인상이 오랫동안 뇌리에서 사라지지 않았다. 박은 20년도 더 넘은 '양촌'에서의 사건을 떠올리며 개인적인 원한까지가 풀리는 것 같아 후련함을 느꼈다.

그 5월이었다!

드디어 조선에 징병제도가 2년 후에 실시된다는 취지의 발표문이 나온 것이다! 조선의 갈 길은 분명해졌다. 박은 거리를 걷고 있다가 라디오에서 이 사실을 들었다. 아아! 드디어 조선은 여기까지 왔구나. 자신이 소리 높여 외친 사실이 현실로 나타난 것이다. 나는 옳았다. 내 행동에 전혀 부끄러운 소지는 없다. 2천 7백만 조선의 동포여! 너희들은 저 물어가는 황혼의 은자에서 질 줄 모르는 일본의 민초로 영원히 구원을 받을 것이다. 한 점의 회의도 필요 없다. 한 순간의 망설임도 금물이다. 앞으로 나아가자! 태양을 향해 똑바로 전진하라! 박태민은 가슴 가득한 감격 속에서 그렇게 외치며 거리를 걸어갔다.

그리고 며칠 후였다.

함남의 나성희와 성진의 신문기자들에게서 앞서거니 뒤서거니 편지가 도착했다. 박은 먼저 신문기자 쪽을 읽었다. 이는 우선 자신들의 폭거를

사과하고 역사가 움직이는 방향을 보니 당신의 강연회의 내용은 진실이 었다는 의미의 간단한 문면이었다. 마지막으로 성진에 오시면 한번 찾아뵙고 간담을 하고 싶다는 내용이 쓰여 있었다.

나성희는 마치 남자 같은 글씨체로 그 날 밤 이후 많이 생각하다가 이 편지를 보내기 직전, 조선이 갈 길이 분명한걸 보고 더 이상의 회의는 자기를 망칠 뿐이라는 것을 깨달았다고 했다. 그리고 가까운 시일 내에 상경을 할 작정이니 일자리를 소개해 달라고 했다. 마지막으로

"최후의 목표를 향해 전진하는 동안 여러 가지 정치 현상이나 무지한 사람들의 편견에 휘둘려 진실한 정수까지 잃어버릴 수 있는 경우도 있지만 우리들은 지식인으로서의 확고한 정견으로 대중을 지도하지 않으면 안 된다는 것을 통감하고 있습니다. 저희 지식인은 실생활에서 너무 유리되어 추상적인 관념 세계에 안주하는 경향이 있습니다만 앞으로는 대지에 발을 붙인 생활을 건설함과 동시에 구상적인 사고를 하고 이를 실천해야 한다는 생각이 듭니다."
라고 맺고 있었다.

박이 찬란한 행복으로 가득 찬 5월이라는 생각을 하며 창을 열자 건너편 지붕 위에 고이노보리(어린이 날에 장식하는 잉어)가 5월의 바람을 머금고 춤추고 있었다. 그 때, 옆의 여학교에서

"만세!"

"만세!"
라는 외침소리가 터져 나왔다. 5월의 태양은 밝고 나뭇잎은 신록으로 반짝이고 있었다. 박은 그걸 바라보면서 나성희가 오는 날을 기대해 보는 것이었다.

(원제 : 靜かな嵐, 발표지 : 1부―『국민문학』 1941년 11월,
2부―『국민문학』 1942년 6월, 3부―『녹기』 1942년 11월)

북으로의 여행

　아침 일찍 목단강(牧丹江)에서 빈수선(濱綏線)으로 갈아타고 러시아의 거리를 떠올리게 하는 이국색이 농후한 H역을 지나서, 하얀 눈으로 덮인 상록수와 자작나무 숲이 이루어내는 아름다운 산악지대의 풍경에 감탄하면서 드디어 열차가 L역에 미끄러져 들어가자 철은 가슴이 두근거려 안절부절 어쩔 줄 몰랐다. 1월 상순의 정오로 겨울 햇볕이 따뜻해 보이는 바람이 잠잠한 날씨였다. 철은 지금 20년 전, 고향을 떠나 한 번도 만나지 못했던 숙부를 찾아가는 길이었다. 다행히 방문하기 좋을 날씨로 하늘에 감사를 하고 싶을 정도로 행복한 기분이었다. 역에는 숙부와 숙모 사촌동생들이 자신의 도착을 이제나저제나 기다리고 있을 것이다. 20년 만에 만나는 숙부에게 뭐라고 인사를 해야 할까? "잘 지내셨습니까?"라는 말 이외에는 떠오르지 않았지만 이 인사말은 너무 바보 같아 지금 자신의 부푼 감정을 적절하게 나타내는 말은 아니라는 생각이 들었다.

　그러고 있는 사이, 기차는 조용히 멈추었다. 이등실에서 내리는 사람은 철 혼자뿐이었다. 일제히 쏟아지는 차안의 시선에 멋쩍어 하며 철은 짐을 들고 홈으로 내려섰다. 거기에는 아무도 없었다. 젊은 러시아 여자가 아이를 데리고 누군가를 전송하는 모양으로 가만히 서 있을 뿐이었다. 삼등칸에서도 타고 내리는 사람이 별로 없어 역구내는 쓸쓸했다.

　철은 기대가 얼마간 빗나가 실망을 하면서 천천히 선로를 가로질러 출구 쪽으로 나갔다. 그 때 방한모를 깊게 눌러쓰고 모피칼라의 긴 외투를 입은 중키의 젊은 남자가 다리를 절며 다가오는 것이 보였다. 철이 차표를 역원에게 건네주고 나무울타리 밖으로 나오자 젊은 남자는 철에게 가까이 다가오며,

"형님 아니세요?"

라고 말하며 모자를 벗고 고개를 숙였다. 철은 그가 누구인지 바로 생각나지 않았다. 그는 철이 당황하는 모양을 보자,

"저 태봉입니다."

라고 말했다. 그를 뚫어지게 바라보고 있던 철은 그 말과 동시에 그의 동글동글한 쌍꺼풀 눈이 어렸을 적 모습을 담고 있다는 것을 기억해내고

"아— 태봉이. 많이 변했다."

라고 감개무량하게 말하며 사촌의 손을 굳게 잡았다.

"이런 북만(北滿)의 산골까지 잘 오셨습니다. 집에서 모두 형을 기다리고 있어요."

"고맙다. 다리가 더 안 좋아진 거야? 다리를 절고 있어서 못 알아보았어."

철은 사촌 태봉이가 어렸을 때 류마티스인지 뭔지 병을 앓아 오른쪽 다리를 살짝 절고 있었다는 것을 생각하며 물었다.

"저는 더 나빠졌다고 못 느끼는데 남들이 점점 더 심하게 전다고 합니다."

태봉이는 씩 웃었다. 철은 안쓰럽게 생각했지만 종제의 얼굴에 불구자에게 있을 법한 어두운 그늘이 없는 걸 보고 믿음직스럽게 생각했다.

"집은 시내에 있는 게 아냐?"

철은 숙모와 숙부가 마중 나오지 못한 걸 보고 집이 멀 것이라고 짐작했다.

"예. 시내에서 1리 정도 떨어진 곳에 있는 이민 부락에 있어요. 거기까지는 마차가 가지 않으니까 죄송하지만 걸어야 해요. 트렁크는 제가

들게요.”

“응. 괜찮아. 트렁크는 교대로 들자.”

철은 듣고 싶은 말도, 하고 싶은 말도 많았는데도 불구하고 이런 말을 주고받으며 눈으로 덮인 길을 나란히 걸어갔다. 그 주변은 러시아식의 오래 된 붉은 벽돌과 목조로 지은 집들이 버드나무가 심어진 쓸쓸한 정원과 하얀 나무 울타리로 나뉘어져 있어, 문득 체홉의 소설에 나오는 러시아의 촌락을 연상케 했다. 그걸 보자 새삼스레 멀리 여행을 떠나온 감개가 새로워지는 것이었다. 한참 걸어 지나인의 상점가를 지나 시내 서쪽 변두리로 나오자 넓은 회색 황야가 눈 앞에 펼쳐졌다.

“저기 보이는 하얀 건물이 있는 곳이 S촌입니다.”

태봉이 황야 저편을 가리켰다.

“그리 멀지 않은 것 같군.”

“그렇게 보여도 5킬로미터 정도 가야 해요.”

“호- 가까이 보이는데……. 저 하얀 건물은 뭐지?”

“국민학교입니다. 꽤 커요. 부락은 빈약하지만요. 내년에는 더 증축한답니다.”

“만주에 건너온 사람들은 교육에 열심이군. 간도에서도 가난한 부락 어디에도 학교만은 당당한 곳이 많아.”

철은 간도 지방의 시찰을 끝내고 어젯밤 도문(圖們)을 출발한 것이었다.

“만주 산골까지 왔지만 아이들만은 학문을 할 수 있도록 하고 싶은 거지요.”

“기개가 가상하다. 간도에서도 교육 미담을 많이 들었어.”

거리를 뒤로하고 들판에 나가자 차가운 북서풍이 매섭게 몰아쳤다. 오늘은 북만 날씨치고 드물게 따뜻한 날씨였지만 철에게는 뺨이 아릴 정도로 춥게 느껴졌다. 길은 넓은 3간 도로로 양측에는 마른 풀이 자라 미간지와 개간지가 섞여 있는 황야에 끝없이 이어지고 있었다. 험한 산

악이 들판 끝을 둘러싼 웅대한 뭔가로 덮칠 것 같은 위압적인 풍경이었다.

드디어 하얀 벽돌의 커다란 교사가 제방 건너편으로부터 다가오며 부락이 보이기 시작했다. 철과 태봉은 철도선로가 있는 제방을 넘어 목책과 흙담, 이중으로 둘러싸인 살풍경한 S촌에 도착하자 먼저 주재 사무소에 갔다. 부락 중앙의 이민의 집을 사무소 분소로 사용하고 있었다. 안으로 들어가자 스토브가 활활 타오르는 작은 방에 테이블이 꽉 들어차 있고, 열 명 정도의 직원이 사무로 바쁘게 움직이고 있었다. 그러나 철이 들어가자 일제히 철 쪽을 바라보았다. 숙부는 촌장으로 상석에 자리 잡고 있었다. 철과 시선이 마주치자 촌장은 순간 위엄을 잊고 눈시울을 적셨다. 철도 목이 메는 것을 느끼며 숙부의 책상 앞으로 성큼성큼 걸어갔다.

"이제 도착했습니다."

라고 말하며 정중하게 허리를 굽혔다.

"오— 잘 왔다. 못 알아보겠다."

그리고 두 사람은 뒷말을 잇지 못하고 말없이 바라보았다. 숙부는 살집이 좋고 건장한 체격으로 쉰이 넘은 사람으로는 보이지 않을 정도로 활달한 구석이 있었다. 붉은 기가 도는 커다란 눈은 10년 전에 돌아가신 아버지와 꼭 닮아, 어렸을 때 업어주고 안아주던 숙부가 철은 마치 아버지를 보는 듯하여 반가웠다.

"숙모가 굉장히 기다리고 있다. 나도 바로 갈 테니까."

"예."

철은 사무소를 나와 태봉이 이끄는 대로 숙부의 집으로 갔다. 숙부의 집도 이민 가옥을 주거로 하고 있었다. 보잘 것 없는 나무문을 들어서 땔감을 높게 쌓아올린 마당에 이르기도 전에 벌써 숙모는 방에서 발걸음 소리를 듣고 밖으로 뛰쳐나왔다.

"작은 어머니!"

"태호야!"

태호는 철의 어렸을 때 이름이었다. 그녀는 철의 손을 두 손으로 감싸 쥐고 그저 눈물을 뚝뚝 떨어트릴 뿐이었다. 철은 뭐라 말할 수 없는 감동으로 전신을 떨면서 숙모에게 손을 잡힌 채 눈물을 글썽였다. 태봉이도 옆에서 눈을 깜빡이며 눈물을 훔치고 있었다.

그들은 방으로 들어가서도 잠시 말없이 만감에 젖어있었다. 철은 먼저 뭔가를 말하지 않으면 안 된다는 생각에,

"만주에 오셔서 고생 많으셨죠?"

라고 말했다. 방금 전 숙모를 만난 순간, 눈만이 이상하게 빛나는 그녀의 야윈 얼굴을 보고,

"아직 50도 되지 않았는데 나이보다 많이 늙으셨구나."

라고 안타깝게 생각했던 것이었다.

"말로는 다 할 수 없을 정도로 힘들었다."

숙모는 조용히 대답했다. 그리고 다시 침묵이었다. 그 때 태봉은 어느 틈엔가 북만의 이민부락에 있는 사람이라고는 여겨지지 않을 정도로 젊고 예쁜 여자를 데리고 들어왔다.

"형님. 제 아내입니다."

라며 철에게 소개를 했다. 그녀는 조선의 오랜 습관에 따라 사뿐히 앉으며 철에게 절을 했다. 철도 당황하며 같이 절을 했다. 그녀는 표정을 구기지 않고 그대로 부엌으로 나갔다.

"어떠냐? 이 부락 이민의 딸이야."

숙모는 입가에 자조적인 미소를 띠며 말했다.

"정말 예쁜 색시군요."

철은 솔직하게 말했다.

"고향에 있었으면 턱도 없을 상놈 딸이야. 우리도 몰락했지. 전부 네 숙부 탓이다. 이런 만주 산골까지 오지 않고 고향에 있었으면 지금은 백만장자가 되었을 텐데……."

"어머니 또 시작하셨네. 그런 말을 한다고 해서 지구가 거꾸로 돌아요? 운명이라고 생각하고 포기하는 게…….'

태봉이 화난 어조로 말했다.

"난 포기할 수가 없어. 내일 죽을지, 모레 죽을지 모르니까. 평생 고생만 하잖아."

"저희 세대에 다 갚을게요. 걱정하지 마세요. 형님 그렇지요?"

"그럼. 조부 시대에 오만하게 굴어 아버지 세대가 그 벌을 받는 겁니다. 이번에는 저희들이 번성할 차례예요. 게으름을 피우면 안 되겠지만요…….'

"게으름 안 피워요. 형님, 제 손을 보세요. 이렇게 거칠어졌어요. 작년에도 정말 일 많이 했어요. 저도 할 수만 있었으면 학문을 하고 싶었지만요."

태봉은 그렇게 말하며 양손을 철에게 내밀어 보였다. 마디마다 굳은 살이 박인 튼튼한 손이었다. 무슨 일을 했는지 말해주는, 흙냄새가 나는 손이었다. 그들의 선조는 소위 말하는 선비의 혈통으로 장사치와는 연이 먼 전통이 있었다. 철도 그 전통을 이어받아 작가의 길을 택했고 태봉도 원래는 '하얀 손'의 주인공으로 남을 사람이었다. 위세가 좋던 그들 일족이 고향에서 몰락하자 철의 숙부인 기성은 신생 만주로 떠났던 것이었다. 그래서 어린 태봉이도 고난에 찬 생활을 시작한 것이다.

"어머니. 옛 이야기는 나중에 하고 빨리 식사를 준비하세요. 형님 배가 많이 고프실 거예요."

"응. 그래그래. 태호는 떡하고 옥수수하고 냉면을 좋아했지? 나중에 많이 먹어. 열흘은 있을 거지?"

숙모는 그렇게 말하며 일어섰다.

"고맙습니다만 전 모레 떠나지 않으면 안 돼요. 집을 떠난 지가 오래 되었거든요."

"그런 박정한 소리하지 마라. 20년 만에 숙부 집에 와서 이틀 있다가

가다니. 오히려 안 온 것만 못하지. 이번에 헤어지면 내가 죽기 전에 언제 또 만날지도 모르는데.”

“그래요. 형, 천천히 가세요. 작년에 2단 정도의 밭은 저 혼자서 만들었어요. 흉작이라서 수확은 별로 없었지만 옥수수와 메밀은 있어요. 많이 드시고 가세요. 그리고 농한기에는 산에서 목재를 벌목하여 부수입도 있어요. 이런 생활도 그리 나쁘지는 않아요.”

태봉은 사람 좋은 얼굴로 환하게 웃으며 말을 하는 것이었다.

“나쁘지 않은 정도가 아니다, 내가 보기에는 네 생활이 부러울 정도야. 거기에다 예쁜 아내도 있고. 북만의 땅이 될 각오로 열심히 해.”

“예. 고향에 돌아가고 싶다니 뭐니 하는 생각은 없습니다만 어머니가 고향에 가서 죽고 싶다고 입버릇처럼 말해 때로는 고민이 될 때가 있어요.”

“나이가 드셔서 그래. 고향에서 유복한 생활을 하셔서 더 그러실 거야.”

그 사이, 철의 숙부가 사무소에서 돌아왔다. 다른 사촌들도 학교에서 돌아왔다. 열 두어 살로 보이는 얼굴이 하얗고 코가 높은 소년이 들어오자마자 웃는 얼굴로,

“경성에 사는 형님이지요?”

라고 말하며 거침없이 숙부 옆에 책상다리를 하고 앉았다. 철의 숙부는 웃으면 여성적이 되는 얼굴로 웃음을 띠고,

“이 놈이 소련 만주 국경에 있는 포그라니치냐에서 태어난 애다. 풍토 때문인지 로스케를 닮았어. 이놈이 태어날 때 우리들은 고생의 절정에 있었지. 만주 건국 직전으로 혼란스러운 시대였거든. 그 때 깜빡 잘못했으면 가족 모두 떼죽음을 당할 뻔했지.”

라고 심각한 목소리로 말을 시작했다. 그러나 시종 여성적인 웃음이 그의 눈 끝에 매달려 있었다. 바로 여기에 숙부의 성격적 특징이 나타나고 있었다. 그 어떤 고난 속에서도 이런 웃는 얼굴을 만들 수 있는 사람이

바로 숙부였다.

"그때, 우리 동지가 12명 있었지만 지금 살아남은 사람은 겨우 4명이다. 이 사람들은 지금도 그렇지만 그 혼란 속에서도 우리는 일본 편에 서지 않으면 안 된다는 것을 굳게 믿고 있었어. 그 때문에 한 사람, 두 사람 저 세상으로 가 버렸지. 공산당이 된 사람들 짓이지. 내 신변에도 위험이 닥쳤어. 그러던 어느 날 저녁이었지. 하얼빈에서 헤어져 몇 년이나 만나지 못 했던 사람이 갑자기 우리 집에 찾아온 거야. 이(李)라는 공산당원으로 하얼빈에 있을 때 내 덕에 목숨을 건진 사람이었다. 처음에는 협박을 하러 왔나 해서 깜짝 놀랐지. 그런데 예전의 은혜를 갚으려고 왔다는 거야. 말인 즉, 모레 밤에 우리 집을 습격한다고 하니까 빨리 도망가라는 거야. 거짓말을 해서 자기 체면을 세우려는 거 아니면 협박이라고 생각하고 적당히 대하고 있는데 이가 하도 심각하게 몇 번이나 말을 하기에 그날 밤 막차를 타고 포그라니치냐로 도망갔지. 그게 이 녀석이 태어나고 얼마 안 된 때였다. 그 후에 소문을 들으니 유감스럽게도 나와 같은 집에 살고 있던 아편 밀매자가 내 대신 당했다는 거야. 이하고는 그 후로 전혀 만나지 못 했지만 기개가 있는 남자다운 사람이었던 거지."

"은혜를 갚은 거라고 생각하면 당연한 일이지만 이라는 사람 정말 괜찮은 남자군요."

철은 숙부가 고생고생하며 살아온 이야기를 듣고 가볍게 한숨을 몰아쉬었다. 숙부는 이마가 넓은 여덟 살 정도의 소년의 볼을 쓰다듬으며 계속해서 말을 이었다.

"이 녀석은 하얼빈에서 태어난 셋째 아들이지. 이놈이 태어났을 때에도 굉장히 힘들었지만 장사가 잘 되어서 아이들 중에 제일 편하게 큰 아이야. 좀 섬세한 부분이 있는 것도 그 때문일 거야. 장사라는 것은 아무리 살기 위한 수단이라고 해도 부끄러운 범법 행위지. 당시의 만주 동포 중에서 이런 일을 하지 않은 사람은 한 사람도 없다고 해도 과언이 아닐 거다. 돈은 모았지만 말이야. 그러나 의롭지 못한 재물은 오래 가지 못하는 것이 하늘의 이치인 모양이더라. 나도 마찬가지로 보다시피 무일푼이 되어 만주 촌구석의 촌장이 되어 있잖아. 몰락했다고 하면 어폐가 있어. 난 잘 되었다고 생각하니까. 올해 내 나이 쉰 넷이 되지만 쉰이 되어 처음으로 깨달았다. 의롭지 못하게 억만장자가 되느니보다 가난하더라도 양심에 부끄럽지 않은 깨끗한 인생을 보내기로 말이야. 그리고 과거 50년 동안 범했던 죄과를 씻기 위해서 반도 이민과 동고동락을 하면서 그들이 조금이라도 나은 생활을 할 수 있도록 남은 여생을 북만의 벽지에서 보낼 작정이다. 어떠냐?”

“동감입니다. 저는 원기 왕성하고 혈기로는 청년보다 젊은 숙부를 20년 만에 만나 정말 기쁩니다. 만주에 와서 좋은 공부를 합니다.”

“형, 아빠는 입으로는 저렇게 말하지만 그렇지 않아요.”

포크라니챠에서 태어났다는 태훈이가 이의를 제기했다. 철의 숙부가 씩 웃으며,

“무슨 소리냐? 로스케 장난꾸러기.”

하고 농담했다.

“봐! 나한테 언제나 로스케, 로스케라고 말하는 것도 그렇고 술고래이지, 때로는 엄마도 때리잖아.”

그 말에 모두 웃음을 터트렸다. 숙부는 심성이 곱고 처자식에 대한 사랑이 깊은 반면에 술이 들어가면 언제나 이성을 잃고 거칠어지는 결점이 있었다.

“말도 안 되는 소리하지 마라. 공부도 못하면서 싸움만 하고. 그러니까 친구들이 마점산이라는 별명으로 부르잖아.”

태봉이가 동생을 견제하면서 말했다. 그러자 태훈 소년은 기분이 상한 듯 벌떡 일어나,

“난 진짜 병사가 될 거야. 그게 뭐 어째서?”

라고 소리를 치며 밖으로 뛰어 나갔다.

"저놈, 장래가 걱정이다."

철의 숙부는 말과는 다르게 기분 좋은 듯이 웃었다. 철은 황량한 자연과 혼돈스러운 사회 사이에서 태어난 '만주의 아이'답게 벌떡 일어나 뛰어나가는 사촌동생의 뒷모습을 눈으로 쫓았다.

북만의 겨울 해는 짧았다. 석양이 빨리 찾아왔다. 미닫이문 입구에 바닥을 돋워 거기에서 신발을 벗도록 되어있는 넓지 않은 방에 흐릿하게 조그만 램프가 켜졌다. 가족들은 램프를 중심으로 둥글게 둘러앉아 저녁을 먹었다. 철을 위해 북만의 산골이라고는 생각하지 못할 정도로 산해진미가 준비되어 있었다.

"소고기처럼 생긴 검은 것은 곰 고기야. 약이 되니까 먹어 봐."

숙부가 철에게 권했다.

"진귀한 것이군요. 이 부근에 곰이 있나요?"

"곰도 있고, 호랑이도 있고, 너구리도 있고, 사슴도 있고, 온갖 동물들이 여기에서 이, 삼리 떨어진 산 속에 들끓고 있지. 로마노프가 마을의 러시아 사람들이 사냥하러 와. 어제도 부락 청년이 산에 나무하러 갔다가 커다란 곰을 만났대. 청년이 목이 말라 계곡에 있는 샘에 엎드려 물을 마시고 있는데 곰이 물을 마시러 왔다는군. 청년이 발자국 소리에 고개를 들어보니 바로 몇 발자국 앞에 곰이 유유하게 다가오고 있었다는 거야. 청년은 깜짝 놀라 반대편으로 도망갔지. 이 때문에 곰이 더 놀라 오른 쪽으로 돌아 청년과는 반대편으로 도망쳤다는 거야. 청년은 언덕 위까지 올라와 괜찮을까 하고 고개를 돌렸는데 곰도 건너편 언덕에 올라가 고개를 돌리는 통에 눈이 마주쳐 둘 다 쏜살같이 도망쳤대. 하하하……."

방안에 폭소가 터졌다. 모두 웃고 있는데 구석에 앉아 커다란 조선 수저를 움직이고 있던 태봉의 아내와 그 옆에 앉아있는 사촌 동생 정숙이는 굳은 표정으로 딱딱하게 앉아있었다. 그 표정 속에 뭔가 모르지만 어두운 그늘이 보였다. 태봉의 아내는 열아홉이라고 하는데 충분히 크지 않은 가냘픈 몸매였다. 정숙은 올해 열세 살이 되는 코가 오똑하고 흑요석 같은 눈을 가진 미모의 소녀였지만 어딘가 상처받은 것 같은 애처로운 구석이 있어 철은 자꾸 신경이 쓰였다. 짧은 동안 인생의 온갖 고난을 겪은 때문인 것 같았다.

철은 그런 생각을 하며 정숙을 힐끗 바라보며,

"정숙이는 하얼빈에서 죽었다는 정희하고 꼭 닮았네요."

라고 숙모에게 말했다. 정희는 그녀의 언니로 역시 철에게는 사촌이었다. 태봉이보다 위였으니까 고향을 떠날 때 여덟 살이나 아홉 살쯤 되었을 것이다. 스무 살 때 하얼빈에서 회사원에게 시집을 갔는데 사오 년 전에 전염병으로 젊은 목숨을 잃었던 것이다.

"정희가 더 풍만한 미인이었지. 재주가 많아 바느질도 참 잘 했다. 그 애가 양장을 하고 하얼빈 키타스카 거리를 걸으면 남자들이 모두 걸음을 멈추고 바라보곤 했지."

숙모는 눈물을 글썽이며 말했다.

"어머니, 키타스카가 아니라 키다이스카야예요."

'로스케 장난꾸러기'가 커다랗게 말했다.

"참 안 되었어요."

철이 말했다. 방안에 침묵이 가득했다. 자연히 분위기가 어두워져 식사가 끝날 때까지 그런 침울한 분위기는 떠나지 않았다.

"태식이만 오면 전부 모이는 건데."

철의 숙부가 말했다. 태식이는 태봉이 바로 밑의 동생이었다. 숙모는 남편에게 눈을 흘기며 원망스럽다는 듯이 말했다.

"양자로 줬는데 태식이가 어떻게 와요?"

"난 태식이의 의견에 동의한 것뿐이야. 태식이가 원한 거야."

숙부가 변명을 했다.

"나한테는 한 마디도 하지 않고 도장을 찍었잖아요. 마음까지 저쪽으로 간 거예요. 신경(新京)에 있으면서도 일 년에 한 번도 집에 오지 않으니."

"엄마라는 것, 여자라는 것은 결국 하찮은 거야. 내가 낳고 내가 키운 아이가 남에게 가는 것도 모르니까."

"부모라는 것은 아이들의 희생이 되는 거야. 태식이가 양자로 들어간 것은 행운이야. 힘들지만 사랑하니까 감수해야지."

철의 숙모는 고개를 숙이고 입을 다물어 버렸다.

"처음 듣는 소리네요. 태식이가 어디 양자로 들어갔어요?"

철이 물었다.

"신경에서 재목상을 하고 있는 사람이 잘 봐서 그 집에 데릴사위로 들어갔거든."

"이번 기회에 꼭 만나고 싶군요."

"그래서 태식이에게 어제 전보를 쳤어요. 형하고도 만날 겸 일 년만에 모두 얼굴을 보면 좋을 것 같아서요. 내일 올지도 몰라요."

태봉이가 말했다.

그 때, 밖에서 발소리가 들리며,

"안녕하세요?"

라고 말하며 두 청년이 한 손에 기관총을 들고 들어왔다.

"여— 잘 있었어? 다 준비된 거야?"

숙부가 두 청년에게 말했다.

"예. 다 준비되었어요. 늦기 전에 C까지 가지 않으면 내일 중으로 돌아오지 못하니까요."

연상의 청년이 숙부에게 말했다.

"그럼 슬슬 출발하지. 태호에게는 미안하지만 빠질 수 없는 공무라서 어쩔 수 없네. 요즘 산에 도적 사건이 빈번해서 말이야. 경찰관하고 같이 현장 조사를 하러 가지 않으면 안 돼. 이 청년들은 마을 자위대 분대원들이야. 어때? 조선에 있는 흐물흐물한 청년들보다 훨씬 우수하지?"

"예. 자위단도 같이 갑니까?"

"응. 우리들만으로는 좀 겁이 나서. 도적은 없지만 말이야."

"촌장이 여러 가지 하네요."

"그래. 자위단의 단장도 겸하고 있지. 내 명령 하나로 체코 기총 조작에 능한 자위단의 정예가 생명을 던지고 싸우는 거야. 굉장하지? 하하하……."

"그런 단장 하나도 안 무서워."

장난꾸러기 소년이 구석에서 외쳤다. 모두 웃음을 터트렸다.

"로스케 장난꾸러기는 총이 무섭지?"

숙부가 일어나 옷을 입으며 농담을 했다.

"내가 왜?"

장난꾸러기가 화가 나 물었다.

"겁에 질려 똥 싸고 있잖아."

"뭐야?"

다시 폭소가 일어났다.

숙부는 방한복으로 무장을 하고 자위단을 데리고 나갔다.

"그럼 다녀올게. 태호야, 부락에 있는 야학이라도 구경할래?"

"예. 보고 싶군요. 태봉아 같이 갈래?"

"예. 갑시다. 바로 이 뒤예요."

밖으로 나오자 깜깜한 밤하늘에 별이 떨어질 듯이 하늘 가득 떨고 있었다. 동북쪽에 유난히 큰 별이 반짝이고 있어 더욱 지상에 가깝게 보였다. 별빛이 희미하게 떨어져 황량한 이민 부락의 밤을 더욱 쓸쓸하게 보이게 했다.

부락 중앙에 조그만 집회소가 있어 징병을 앞둔 청년들을 중심으로 국어 야학이 행해지고 있었다. 어두컴컴한 입구에 한 청년이 총을 가지고 왔다갔다하며 경비를 서고 있었다. 철은 그 모습에 처음으로 긴장을 했다. 안으로 들어가자 20첩 정도의 황량한 땅바닥 안쪽 일부가 높게 다지고 그 위에 교사와 청년들이 둘러앉아 국어 공부에 여념이 없었다.

교사는 마을 사무소의 직원으로 이민 보도원이었다. 중년의 성실해 보이는 사람으로 낮에는 사무소에 근무하고 밤에는 야학교사로 쉴 틈이 없는 바쁜 생활을 하고 있었다. 마찬가지로 청년들도 농한기인데도 한가하게 지내는 것 같지 않았다. 부업으로 생활의 양식을 벌지 않으면 안 되었고 국어공부도 초미의 급무였기 때문이었다. 거기에 마을 치안도 하지 않으면 안 되었다. 스토브가 기분 좋게 타고 있고, 램프의 흐릿한 불빛이 벽 한쪽의 칠판을 비추고 있었다. 칠판에는 명필은 아니지만 또박또박한 글씨로 다음과 같이 쓰여 있었다.

1월 10일 흐림
야경원
김창희 6시부터 10시
정길주 10시부터 12시
박승현 10시부터 2시
오봉찬 2시부터 4시
정기수 4시부터 7시
1월 11일
일직 정기수

그걸 보니 여기가 야경원의 주둔소인 모양으로 하루 24시간 무장한 자위단 덕에 부락이 보호되고 있다는 것을 알 수 있었다. 철은 이곳의 절실한 생활을 온몸으로 느낄 수 있었다.

철은 칠판 앞에서 좀 떨어진 입구 왼쪽에 검게 빛나는 것을 발견하고 가 보았다. 그것은 열 몇 개나 되는 체코 기총이었다.

"이걸 사용할 기회가 있을까?"

철이 혼잣말처럼 말하자 옆에 있던 청년이

"지금은 비적이 전혀 없어 이걸 사용할 기회는 거의 없지만 이게 있으면 정말 든든하죠."

라고 소박하게 말했다.

"훈련도 합니까?"

"예. 덕분에 부락 청년들은 사격을 잘하고 겁이 없어서 만약의 경우에는 비적 열 명이나 스무 명 정도는 문제없이 물리칠 수 있어요."

철은 젊은이의 마음과 영혼에서 '개척 정신'을 느끼고 마음이 든든했다.

다음 날 해질 무렵, 숙부는 무사히 공무를 마치고 돌아왔다. 그러나 데릴사위로 간 차남 태식이는 나타나지 않고, '일이 생겨 못 감'이라는 전보로 숙모를 실망시켰다.

"그 놈은 정말 저쪽으로 간 모양이야. 이번 봄에도 돌아오지 않고."

숙모는 눈물을 글썽이며 쓸쓸하게 말했다.

철이 와서 모처럼 밝아진 집에 차남이 오지 않아 일말의 서글픔이 감돌았다. 철도 서둘러 떠나지 않으면 안 되었기 때문에 눈이 내리는 사흘째 아침에 그들이 말리는 것을 뿌리치고 출발했다. 절름발이 태봉이가 철의 트렁크를 들었다. 이별이라는 것은 어떤 경우에도 정이 따르는 것이다. 더욱이 이번에 철이 떠나면 숙모가 죽기 전에 다시 올 수 있을지 어떨지 모르는 일이어서 숙모를 슬프게 했다. 철이 가는 곳은 20년 동안 한시도 잊지 못한, 진달래와 개나리가 꽃피는 남쪽 고향이어서 북국의 눈 내리는 아침의 이별이 숙모의 늙은 마음을 아프게 했다.

그녀는 아이들이 쓰는 커다란 모자를 쓰고 부락 끝까지 철을 배웅했다.

"숙모, 추우니까 들어가세요."

철은 계속 돌아보며 말했지만 그녀는 눈물을 가득 담은 눈으로 말없이 서 있었다. 눈이 내려 그녀의 머리 위로 쌓였다.

"숙모, 안녕히 계세요."

철은 뒤로 돌아서서 큰 소리로 외치고 터벅터벅 발걸음을 빨리 했다. 한참 걷다가 제방을 넘을 때 뒤를 돌아보자 숙모는 눈 속에 조그맣게

서서 언제까지나 이쪽을 바라보고 있는 것이었다.

"숙모, 안녕히 계세요."

철은 다시 한번 크게 외치고 손을 들어 흔들었다.

(원제 : 北の旅, 발표지 :『국민문학』1943년 6월)

정인택

- 청량리 교외
- 껍 질

▌정인택(1909 – ?)

1930년 「나그네 두사람」으로 활동 시작하여 심리주의적 경향의 작품을 선보였다. 일제 말 '신체제' 이후 식민주의에 협력하는 작품을 발표하였으며 『청량리계외』라는 작품집 도 발간한다. 해방 이후 별다른 활동을 않다가 한국전쟁 때 월북하였다.

청량리 교외

입으로는 한적해서 좋다고 했지만 청량리로 이사를 왔을 당시에는 마치 귀양을 온 듯해 내심 상당히 불안했다. 있지도 않은 경성 교외선을 그려보기도 하고 이사를 가자는 아내에게 괜한 화풀이를 하기도 했다.

그러나 살다보니 정이 들어, 어느 틈인지 거름 냄새에도 익숙해져 손바닥만한 빈터에 화초를 심기도 하고 요양소처럼 밝은 방이 좋기만 했다.

뿐만 아니라 나는 이 교외의 악취에서조차 이상하게 마음이 편해져 번잡한 풍경을 따뜻하게 바라볼 수 있게 되었다.

1

일과로 삼고 있던 정원 손질도 끝나 마당에 등나무 의자를 내놓고 석간을 훑어보고 있는데 아이들이 우르르 마당으로 뛰어 들어왔다.

"아저씨, 안녕하세요?"

아이들이 입을 모아 인사를 하며 일제히 모자를 벗고 고개를 숙이는 통에 조금 쑥스러워졌다.

"어어-."

나는 당황하였으나 느긋하게 고개를 끄덕이며 답례를 했다. 그러자 바로 대장인 듯한 아이가,

"아저씨, 죄송하지만 물 좀 먹을게요."

라고 말하며 일제히 다시 한번 머리를 숙이는 것이었다.

"그래. 모두 인문학원 학생들이지?"

내가 그렇게 묻자,

"예. 저희들이 목이 말라서요. 세수도 하고 싶은데……."

대장이 모두를 대표해서 당당하게 대답했다.

"늦게까지 학교 운동장에서 시끄럽게 한 게 너희들이구나?"

"풋볼을 했어요. 시끄럽게 해서 죄송합니다."

"무슨 소리야. 시끌벅적한 것이 오히려 패기가 있어 좋지. 그럼 뒤뜰 우물에 아줌마가 있으니까 맘대로 퍼서 써라."

"고맙습니다."

아이들은 환성을 지르며 순식간에 뒤뜰로 몰려갔다.

그 천진함에 마음이 훈훈해져 나는 조용히 의자에서 일어나 즐거운 기분으로 마당을 거닐었다.

구름처럼 피어있던 개나리도 벌써 초록의 관목이 되어 나팔꽃 줄기로 덮여있었다. 이사 오던 당시에는 파밭이었던 곳이 지금은 호박밭으로 바뀌어 그 일대에 벌써 노란 꽃을 피우고 있었다. 조그만 우리 집 화단 도 공들인 보람이 있어 꽃봉오리를 맺고 있었다. 해를 바라보고 서 있으 면 땀이 날 정도였다.

갑자기 뒤쪽이 시끄러워져 나도 가슴을 두근거리며 그 쪽으로 갔다. 아이들의 들뜬 목소리에 섞여 아내의 커다란 웃음소리가 들려왔다.

"무슨 일이야?"

내가 얼굴을 내밀자 그들은 잠시 소리를 멈췄다. 서로 얼굴을 마주보 는가 싶더니 다시 튀는 듯한 웃음소리가 울려 퍼졌다. 이유도 없이 나도 한참을 웃었다.

아이들은 셔츠까지 벗어 던지고 머리에서부터 물을 뒤집어쓰고 있었다. 바지를 허벅지까지 걷어 올리고 발을 씻는 아이도 있었다. 타월로 등을 밀고 있는 아이도 있었다. 아내는 저녁 준비하는 것도 잊고 열심히 아이들을 돌보고 있었다.

"차갑지 않니?"

내가 묻자,

"차갑다니요? 땀을 많이 흘려서 오히려 기분 좋아요."

하고 제일 어린 꼬마가 얼굴을 닦으며 거만하게 말했다.

아이들은 타월도, 비누도, 세면기도 우물가에 내버려둔 채 서로 시끄럽게 떠들면서 학교 쪽으로 달려갔다.

순식간에 조용해진 우물가에서 아내는 허리를 구부리고, 나는 선 채로 잠시 말없이 바라보았다. 마음이 따뜻해지는 순간이었다.

드디어 아내가 불만스럽다는 듯이 불쑥 말했다.

"저 학교는 수도도 우물도 없어요."

처음 듣는 소리였다.

"그래? 그럼 먹는 물은 어떻게 하고 있을까?"

"소사가 우리 집으로 물을 길러 와요."

"몰랐네."

"아이들도 오늘 처음 온 게 아니에요. 앞으로 더워질 텐데 어쩌려는 건지…… 아마 날마다 오늘 같을 거예요."

"그것 참 큰일이군."

그렇게 말했지만 나도 아내도 아이들이 싫어서 하는 소리가 아니었다. 입으로는 불평을 했지만 정말은 즐거웠다. 싫기는커녕 오히려 내심으로는 사람 사는 집 같아 좋았다.

이런 일이 있어 나는 인문학원 아이들과 친해졌다. 아이들도 "아저씨, 아저씨." 하고 나를 따랐다. 서쪽에 있는 6첩 방에서는 아이들이 노는 모습이 환하게 보였다. 나는 테이블을 그 쪽 창가로 옮겼다. 책을 읽거나 글을 쓰다가 피곤하면 테이블 위에 멍하니 턱을 괴고 고무통처럼 좁은 학교 운동장에서 뛰어 노는 아이들을 바라보았다. 아이들은 아내와 둘밖에 살지 않는 쓸쓸함을 얼마간 달래주었다.

낮은 담을 사이에 두고 있었지만 우리 집 마당은 점점 인문학원의 일부처럼 되어 갔다. 아이들이나 소사도 그렇게 생각하는 모양이었고 나도 그러지 않을 수 없었다. 왜냐하면 아이들은 물만 얻으러 오는 것이 아니었다. 친해지자 아이들은 연필을 잊었다고 연필을 빌리러 왔고, 노트가 없다고 종이를 달라고 하기도 했다. 그 중에는 용감하게 월사금을 빌려달라는 녀석도 있었다. 아무 때나 집안으로 들어와 내가 돌아가라고 할 때까지 떠들어대기도 하고 레코드를 듣기도 하면서 놀았다. 이건 아내가 과자를 나누어주었을 때부터이지만…….

나는 원래 아이들을 좋아했고 아내는 내가 없는 동안 외로우니까 아무 때나 이야기를 들어주기도 하고 돌봐주기도 하며, 웬만해서는 그들의 천진함을 방해하지 않았다. 그러나 이러한 방임주의는 그들의 버릇만 나빠지게 하였다. 아이들의 방약무인함은 날이 갈수록 심해졌다. 그래도 내게는 그들을 혼내거나 오지 말라고 할 용기가 없었다. 아내가 가끔씩 불만을 호소해도,

"괜찮아."

라고 웃으며 상대를 하지 않았다.

그러나 언제까지나 "괜찮아"로 통할 수는 없었다. 나까지도 얼굴을 찌푸릴 정도로 장난이 심해졌던 것이다.

"당신이 너무 귀여워해 주니까 그래요."

아내의 항의에 할 말이 없었다. 어떻게 해야 할지 난감했다.

청량사 기슭의 완만한 경사 중간의 파밭에 둘러싸인 조그만 분지에 폐옥처럼 인문학원의 처량한 모습이 드러나 있었다. 항상 초라하게 서 있어 창고로 생각할 정도로 쓸쓸한 모양새였다. 처음 이사 왔을 때에는 창고치고는 마당이 너무 넓다고 생각하고 이상하게 생각했을 정도였다.

전혀 손보지 않은 마당은 산길처럼 자갈투성이다. 교사도 그렇게 오래되지 않았는데도 비가 새는 모양으로 제대로 유리가 끼워져 있는 것은 교원실뿐이고 나무판자는 여기저기 뜯어지고 벽은 군데군데 무너져 있었으며 녹이 슨 양철 지붕에는 당장이라도 잡초가 올라올 것만 같았다. 교원실 옆에 높이 매달려 있는 종이 이런 모습과 더더욱 어울리지 않았다.

그곳이 이 부근에 유일한 초등교육기관인 인문학원이라는 것을 알았을 때 나는 한심하고 씁쓰레한 기분을 금할 수 없었다. 다 허물어져 가는 인문학원은 보고 있는 사람의 마음을 우수에 잠기게 했다.

먼지투성이, 상처투성이의 교사를 볼 때마다 그래도 주변이 널찍한 청량리라서 차라리 잘 되었다고 생각한다. 바로 정면 아래 있는 청량리역도 뒤에 서 있는 청량사 부근의 나무들도 지나칠 정도로 밝아서 만신창이 인문학원이지만 어찌 보면 하나의 절경이 될 수 있었던 것이다. 만약 이 부근에 빽빽이 판잣집이 들어서 있었다면 마음 약한 나는 벌써 비명을 지르며 도망쳤을 것이다.

주간과 야간의 이부제로 나뉘어져 있어 인문학원에는 백 명 정도의 아이들이 다니고 있었다. 봄에는 파, 여름에는 호박, 가을에는 배추를 심어 생계를 꾸리고 있는 근처 주민들의 아이들이었다. 그러나 국민학교에 갈 수 없는 가난한 아이들에게는 인문학원은 더할 나위없이 고마운 존재였다. 오히려 실용적이라서 호감을 갖게 하는지도 몰랐다.

이를 생각하면 서당보다 조금 나은 설비라니, 조직일 뿐이라니 하는 말도 할 수 없는 것이었다. 더욱이 주변의 아이들에게 놀이터가 된다는 것만으로도 잿물도 빠지지 않은 이 부근에서는 고마운 존재였다.

신을 신고 다녀 낡아빠진 판자 교실에는 자리가 깔려 있을 뿐 책상 하나, 의자 하나 없었다. 아이들은 그 자리 위에 쭈그리고 앉아 연필에 침을 묻히기도 하고 소리를 높여 교과서를 읽기도 하였다.

더러운 커튼이 교실을 둘로 나누고 있을 뿐이었다. 상급용과 하급용으로 나뉘어져 있는 모양이었다. 칠이 벗겨진 칠판이 한 쪽 벽에 걸려 있을 뿐 선생님의 모습은 보이지 않았다.

어두침침한 교실에 누가 강요하지도 않았는데도 열심히 교과서에 매달려 있는 아이들의 모습은 눈물겹도록 사랑스러웠다. 나는 당황하여 발길을 돌리면서 아이들의 행복을 필사적으로 빌고 싶은 생각뿐이었다.

그 때의 기억이 언제까지나 내 머리 속에 박혀 있어 아이들이 좀 장난을 쳐도 대개는 용서를 했던 것이다.

정말로 "버릇을 버렸다."고 아내가 항의를 해도 할 말이 없는 나였다.

아내는 아무리 말해도 내가 듣지 않자 정말 화가 난 모양으로 얼굴을 붉히며 말했다.

"당신이 싫다면 내가 해야죠. 저 학교 선생님도 선생님이죠. 그렇게 아이들을 보살펴 주는데도 인사 한번 오지 않는 거 보세요."

"그런 거 상관없잖아."

"아뇨. 이제 절대 안 돼요. 뒤쪽 지붕이 완전히 망가져 지독해요."

나는 쓴웃음을 지을 수밖에 없었다.

아내가 화를 내는 것도 당연했다. 그러나 그렇다고 사랑스러운 아이들을 혼내거나 헌신적인 선생님들에게 심려를 끼치고 싶지는 않았다.

일의 발단은 아내가 금이야 옥이야 소중하게 키우고 있던 병아리를 아이들이 장난감으로 가지고 놀다가 두 마리를 죽인 것이었다. 가을의 내 생일까지는 커서 살도 찔 거라며 마치 가족이라도 되는 양 애지중지하던 아내는 얼굴색이 파랗게 변할 정도로 화를 냈다.

그러자 지금까지 아이들의 모든 행동거지가 악의로 가득 찬 것으로 여겨지는 모양이었다. 재미있고 순진하다는 말로 넘어갈 문제가 아니었다.

지붕을 무너트렸다. 화초를 뽑았다. 벽에 낙서를 했다. 우물가에서 오줌을 쌌다. 등등, 그 동안 참고 있던 아내의 불만이 한꺼번에 쏟아져 나온 것이다.

그러나 아이들을 상대로 싸울 수도 없는 노릇이라 그 화살은 선생님들에게로 향했다.

선생님들이라고는 하지만 젊은 남자와 중년 여자의 둘 뿐이었다. 두 사람 모두 주간, 야간을 겸하고 있는 모양으로 아침 8시에 와서 저녁 10시가 넘어 돌아갔다.

항상 엇갈려 말 한마디 나눈 적은 없지만 두 사람 모두 선량하고 따뜻한 사람인 듯했다. 무슨 인연으로 인문학원이라는 가난을 짊어지게 되었는지는 모르지만 걱정거리도 많고 바쁘리라는 것은 충분히 짐작할 수 있었다. 아이들이 신세를 지고 있다는 인사도 없는 것은 얼굴을 많이 가리는 순수함 때문일 거라고 선의로 해석하여 한 번도 염두에 두지 않았다. 직접적인 관계는 없었지만 이 동네에서 살고 있는 이상, 그런 선생님들의 노력에 대해 경의를 표하고 존경할 의무가 있다고 생각했다.

그러나 선생님들을 적으로 돌리며 화를 내는 아내의 말에도 일리가 있었다. 그것도 무시할 수는 없었다.

난감하다는 생각을 하며 좀 더 두고 보자고 아내를 달랬다.

"내가 말할게."

"당신 말은 믿을 수가 없어요."

아내는 퉁퉁 부어 벌떡 일어나 옆방으로 가 버렸다. 나는 마당으로 내려가 자포자기한 심정으로 모기향을 피웠다.

병아리가 죽고 이, 삼일 지난 아침이었다.

아내의 불만스러운 외침에 놀라 일어나 보니,

"더 이상은 못 참아!"

아내는 어린아이처럼 발을 구르며 머리맡의 내 방 창문을 두드리고 있었다.

"무슨 일이야?"

"일어나 보세요. 지긋지긋해."

"도대체 무슨 일인데?"

또 아이들이 장난을 한 모양이라는 것을 짐작하고 눈을 비비며 선잠을 깬 얼굴을 창밖으로 내밀자,

"우물 펌프가 엉망이에요. 아침도 지을 수가 없고 얼굴도 못 씻어요."

아내는 무섭게 화를 내고 있었다.

"고칠게, 고칠게."

떨떠름하게 게다를 신고 뒤뜰로 가는 내 뒤에 대고 아내는,

"당신이 고칠 수 있는 게 아니에요. 이게 전부 당신 때문이니까 당신이 어떻게 해 봐요."

라고 투덜거리며 어슬렁어슬렁 내 뒤를 따라왔다.

"이거 참. 엉망이군."

우물가에 와 보니 아무리 낙천가인 나도 비명을 지르지 않을 수 없었다. 아무래도 나까지 아내 편을 들지 않으면 안 될 상황이었다. 좀 과장해서 말해 우물의 급수 펌프가 산산조각이 되어 있었던 것이다. 쓸 수 있고, 없고가 아니었다. 일부러 해체한 것처럼 구부러진 곳은 전부 뭔가로 찔러 나사는 다 풀려 있거나 없었다. 더욱이 온갖 곳이 진흙투성이로 두꺼운 판자 덮개까지가 어디론가 사라지고 없었다. 내 손으로 "고칠 수 있는." 정도가 아니었다.

"어때요?"

아내가 내 얼굴을 바라보았다.

"음."

나는 신음하지 않을 수 없었다. 어떻게 해 볼 도리가 없었다.

토요일 밤이라고 집을 비운 것이 잘못이었다. 야학에 다니는 아이들 중에는 중학생 정도의 녀석들이 집에 사람이 없는 틈을 타서 지독한 장난을 한 것이 분명했다. 얼굴을 씻는 정도는 집 뒤로 흐르는 물로 어떻게 해 본다지만 밥을 짓거나 물을 끓일 수는 없었다.

나는 다시 한번,

"음."

하고 신음을 하고 유쾌하다는 듯이 하하하 하고 웃었다.

"어디서 두레박이라도 빌려와."

아내를 돌아보며 말했다.

"뭘 하게요?"

"두레박으로 길어 먹어야지."

"모래랑 흙이 잔뜩 있는데? 더러워서 못 먹어요."

"그럼 어떻게 하자는 거야?"

"그러니까 당신이 어떻게 해 보세요. 당신 때문이니까요."

"그렇게 내 탓만 하면 어쩌겠다는 거야? 할 수 없군. 물을 얻으러 가야지."

"어디로 물을 얻으러 가겠다는 거예요?"

"우물이 있는 집 알고 있지? 물을 얻으러 가는 것도 풍류지. 물긷는 소녀도 물을 얻으러 다니잖아."

"풍류라니 당신이 얻어오세요. 다섯 통은 필요하네."

아내는 상당히 화가 난 모양으로 꼼짝도 하지 않았다. 난감해 하고 있는데 뒤에서 기척이 나 돌아보니 갑돌이가 서 있었다. 언제나 놀러오는 아이들 중 제일 나이가 어리고 영리한 맞은편 집 아이였다.

"잘 왔다."

나는 너무 기뻐 갑돌이의 머리를 쓰다듬었다.

"너희 집에 우물 있지?"

"있어요. ……이 펌프 누가 이렇게 부셨어요?"

"너네 학교 아이들이야. 이번에는 선생님한테 이를 테니까 그런 줄 알아."

옆에서 아내가 잔소리를 했다.

"야학 아이들이잖아요."

"야학이라고 해도 너네 학교잖아."

"우리 친구 아니에요."

아내가 어른스럽지 못하게 갑돌이하고 똑같이 말다툼을 하고 있는 동안, 나는 통을 가지고 와서 갑돌이의 등을 밀었다.

"물 좀 길어줘."

"아저씨가 가시게요?"

"응, 도와줄 거지?"

갑돌이는 갑자기 큰 소리로 웃었다.

"제가 길어 올게요. 어른이 물 길러 가는 거 이상해요."

"정말? 이 통 들 수 있어?"

"그럼요. 들 수 있어요."

갑돌이는 자신 만만하게 가슴을 내밀며 내 손에서 통을 빼앗아,

"에게— 이 정도는."

하고 말하며 벌써 뛰어가고 있었다.

"부탁한다— 나중에 상을 줄게."

다람쥐 같은 갑돌이의 뒷모습에 대고 소리를 치고는 웃음을 띠며 아내를 뒤돌아보자 아내는 외면하고 안으로 들어가 버렸다.

내일은 무슨 일이 있어도 선생님한테 찾아갈 거라고 하루 종일 큰소리를 치던 아내는 그 다음날 실망하지 않으면 안 되었다.

그 날부터 인문학원은 여름방학으로 들어가 앞문도 뒷문도 잠겨있었기 때문이었다. 선생님들 사정으로 5일 정도 먼저 방학을 했다는 것이었다. 나는 한시름 놓고 가슴을 쓸어 내렸다.

2

호박 밭 건너편에 있는 갑돌이의 집과 우리 집은 백 미터쯤 떨어져 있어 좀처럼 얼굴을 마주칠 기회가 없었다. 그러나 물을 길러 다니면서

부터는 급속하게 가까워졌다.

우리 집은 병자를 위해 만든 집인 모양으로 밭 한가운데 세워진 단독 주택으로 좁지만 양식과 일본식을 절충하여 만든 깨끗한 문화주택이었다. 그것만으로도 초가집뿐인 이 근처에서는 눈에 띠는데 고지대에 서 있어 우리 집의 파란 기와는 멀리서도 알아볼 수 있는 모양이었다.

집이 눈에 띤다고 해서 그렇게 문제가 될 것은 없었으나 이 집에 사는 우리 부부까지가 그들에게는 이상한 인종으로 보인 모양으로 그들은 우리들을 좋게 말해서 경원, 나쁘게 말해서 이단시하고 있었다. 이런 사실은 나중에 알았지만 학교 아이들이 우리들을 유난히 따라 더욱 소원하게 여긴 모양이었다. 사방이 밭으로 둘러싸여 고립되어 있다고는 하지만 우리 부부가 이웃 사람들과 겉돈 데에는 이런 이유가 있었던 것이다.

물을 길러 다닌 인연으로 갑돌이네와 친하게 지내게 되자 우리들도 자기들과 같은 사람이라는 것이 갑돌이네 식구들 입을 통해 퍼지게 되어 우리들에게 대한 그들의 태도도 일변해서 허물없이 친하게 대했다. 우리 부부도 물론 기쁘게 그들과 함께 거칠게 말하기도 하고 거리낌없이 농담을 주고받기도 했다.

이것으로 드디어 우리 부부도 이 곳 주민 자격을 얻은 것이었다.

우리들이 그들과 더욱 친하게 된 계기가 있었다. 아내가 청량리 애국반 제X구 제X반 반장이 된 것이었다.

아내는 지나치게 과분한 자리라고 사양을 한 모양이지만 중등교육을 받았고, 시간이 있으며, 딸린 식구도 없고, 젊다는 이유로 받아들이지 않을 수 없었던 모양이었다. 지금까지 반장을 하던 남자가 갑작스레 시내로 이사를 가버려 급하게 뒤를 이었다는 것은 나만 알고 있는 사실이었지만……

아내는 그 자리를 자랑스럽게 생각하고 설레면서 받아들인 모양이지만 책임이 많아 아무렇게나 할 자리가 아니었다. 아내는 당황하여 부지런히 집회에 나가기도 하고, 호별 방문을 하기도 하고, "국민총력."과 "정보." 등의 잡지를 열심히 읽기 시작했다. 다른 사람 눈에도 기특하게 보일 정도여서 나는 아내에게 이런 면도 있었나 하며 부드럽게 그 성장을 지켜보고 있었다.

청량리 사람들과 자주 접하다보니 그 사람들도 우리 집에 찾아오는 발걸음이 잦아졌다. 그 중에서도 거리상으로 우리 집과 가깝기도 한 갑돌이네와 가장 친해져서 집안의 조그만 일도 감추지 않고 의논하는 사이가 되었다. 대개는 아내가 갑돌이 어머니의 상담역이었지만…….

다 쓰러져 가는 집만 봐도 갑돌이네가 유복하다는 생각은 들지 않았지만 그렇게까지 빈궁하리라고는 생각하지 못했다. 몸이 약해 일도 못하면서 밥만 축내는 걸 미안하게 생각하는 갑돌이 어머니는 언제나 봉투에 풀을 붙이거나 백화점 상표를 빨간 실로 잇거나 하는 내직으로 생활을 돕고 있다는 것도 놀랄 일이었다. 그걸로 갑돌이의 월사금이나 잡기장을 살 수 있으면 다행으로 아버지 혼자 밭에서 일해 나오는 수입으로는 겨우 입에 풀칠을 하는 정도라는 것이다.

"그런 학교 나와도 소용없다고 남편은 다음 학기부터는 보내지 않는대요."

나는 읽고 있던 책을 조용히 덮고 옆방에서 들려오는 소리에 귀를 기울였다. 갑돌이의 어머니는 풀이 죽어 불만스러운 목소리였다. 시간이 날 때면 아내가 도와주기도 하니까 갑돌이 어머니는 밤이 되면 내직 재료를 앞치마에 잔뜩 싸들고 우리 집에 와서는 늦게까지 이야기를 하고 돌아가곤 했다.

"지금부터 밭일을 가르치지 않으면 안 된다고……."

"그러네요."

"저는 우리 아이들만큼은 무슨 일이 있어도 공부를 시키고 싶어요. 제 아버지 대를 잇는 것은 우리만으로도 지긋지긋하니까요."

목이 메이는지 갑돌이 어머니는 말을 끊자 거의 들리지 않을 정도로 목소리를 낮추었다.

"갑돌이만은 그런 꼴을 당하게 하고 싶지 않아요. ……아주머니, 저는 어떤 일을 해서라도 갑돌이만은 학교를 꼭 졸업시키고 싶어요."

아내는 할 말이 없는지 묵묵히 듣고만 있었다.

"갑돌이 형 녀석만이라도 일을 좀 도와주면 갑돌이 혼자쯤은……."

"그래요. 갑돌이는 영리해서 학교를 그만두게 하기는 아까워요."

"제가 이렇게 말하는 것은 우습지만 갑돌이는 부모도 형도 안 닮았어요. 정말 똑똑해요. 그리고 부모 생각을 어찌 하는지……. 제가 조금이라도 아프면 밤새도록 안 자고 돌봐줘요. 너무 안쓰러워 눈물이 날 때도 있어요. 어렸을 때부터 정말 말을 잘 듣는 아이였어요. 이 몸을 해서는 갑돌이가 다 클 때까지……."

갑돌이 어머니의 코를 훌쩍이는 소리가 들려와 나는 일부러 책을 거칠게 테이블 위에 던지고,

"이봐! 차 좀 가지고 와."

라고 옆방을 향해 소리를 질렀다.

"네."

아내는 내 소리에 살았다는 듯이 반갑게 대답하고 급하게 일어나는 모양이었다.

전깃불을 끄자 창으로 스며드는 달빛이 마치 깊은 물 속처럼 방안을 창백하게 물들여 아내의 얼굴을 기분이 나쁠 정도로 하얗게 비춰주고 있었다. 아내는 똑바로 누워 조그맣게 코를 골고 있는 것 같았다.

"여보."

그러나 아내는 자지 않고 있었다. 내가 자리에 누우며 기지개를 펴자 아내는 기다렸다는 듯이 말을 걸어왔던 것이다.

"안 자고 있었어?"

"여보. 저 인문학원 어떻게 안 될까요?"

"뜬금없이 그게 무슨 소리야?"

"아까 갑돌이 어머니 이야기. 당신도 들었지요?"

"들었어."

"이 부근 사람들 모두 저렇게 공부하고 싶어하는데 지금의 인문학원으로는 너무 불쌍하잖아요."

"……."

"저 학교는 4학년까지밖에 없대요. 그래서 졸업을 해도 뭐가 없대요. 가난한 사람들뿐이지만 저대로 두면 정말 안 되겠다는 생각이 들어요."

내가 가만히 있자 아내도 잠시 입을 다물고 뭔가를 생각하는 모양이었다.

"어떻게 안 될까요? 지혜를 좀 빌려주세요."

아이들이 조를 때 모양으로 소리를 높이며 얼굴을 내 쪽으로 돌렸다.

"글쎄…… 저 학교 경영자가 누구지?"

"동네 일하는 누군가라고 하던데……."

"먼저 그거 좀 알아봐. 그리고 왜 저렇게 학교가 형편없어졌는지, 왜 저렇게 방치를 하는지를 알아봐야지. 그것도 모르면서 어떻게 해보겠다는 건 말이 안 돼."

"내일 알아볼게요."

"그리고 다음 달 정례회에서 이야기를 꺼내 보는 거야."

"그렇네요. 그게 좋겠어요. 당신도 도와주세요. 부탁이니까……."

"음."

문득 커튼 사이를 바라보니 밤하늘에 몇 개의 탐조등 불빛이 만나기도 하고 헤어지기도 하며 반짝반짝 명멸하고 있었다. 돌발에 대비한 방공훈련이 다가오고 있었다.

아내는 거의 매일 녹초가 되어 돌아왔다. 어떤 때에는 귀가가 늦은 나보다 더 늦는 경우도 있었다. 청량리에서는 회람판이 전혀 도움이 되지 않았다. 글을 읽을 수 없는 집이 많았기 때문이었다. 동네 회의의 지시사항은 물론 모든 것을 아내가 입으로 설명하여 전달하였다. 가정의 소방훈련을 주로 하는 방공훈련이 다가와 지시사항도 많아졌으며 방공 자재의 준비 하나만도 일일이 지도하지 않으면 안 되었으므로 아내 혼자 힘으로는 벅찬 일이었다.

상대가 가난한 사람들이어서 물질적으로도 문제가 있었다. 국민방공에 대한 이해가 부족한 것도 일의 진행을 어렵게 했다. 아내는 가는 곳마다 불평을 들어야 했다.

시국을 설명하기도 하고 국민방공의 필요성을 가르치기도 하고 실제로 지도를 하기도 하고……. 한 집 한 집 이를 되풀이하며 몇 십 호를 돌아다니다 보면, 아내의 표현대로 '녹초'가 되는 것이었다.

저녁에는 녹초가 되어 돌아와도 다음날 아침의 아내는 놀랄 정도로 기운이 펄펄 났다. 그리고 서둘러 귀찮은 동네의 잡일을 처리하는 것이었다.

"요즘 굉장하네."

내가 야유를 하면,

"정말 보람있는 일이거든요."

라고 말하면서 피곤에도 굴복하지 않는 아내였다.

"처음에는 모르는 사람뿐이라서 정말 힘들었어요. 정말로 비행기가 날아와요? 날아와도 이런 시골에 폭탄을 떨어트리지는 않겠지요? 등등 이상한 소리만 물어요. 사정을 좀 알게 되면 이번에는 저를 붙잡고 집안일을 상담해요. 그게 제일 무섭지만…… 호호호."

그리고는 아내는 그날 있었던 동네일을 전부 내게 들려주는 것이었다. 그 중에는 자기 자랑도 들어있지만 선량한 남편이 되기 위해 나는 흥미롭다는 듯이 그 이야기를 들어야 했다.

내심으로는 불안했던 나는 안도했다.

"지면 안 돼."

내일부터 훈련이 시작되는 날 밤에 나는 아내를 격려했다.

"절대로 지지 않을 거예요. 보람이 있으니까. 진짜는 지금부터예요."

아내는 가슴을 내밀며 자신 있게 대답했다.

바빠서, 아니 그보다는 여름방학으로 아이들의 장난이 없어지자 갑돌이나 인문학원의 문제는 아내의 뇌리에서 사라진 것 같았다. 그러나 아내의 노력은 언젠가 반드시 그 문제로 옮겨질 거라 생각하며 나는 끈기 있게 때가 되길 기다렸다.

나는 나대로 각오도 있고 자신도 있었지만 아내를 성장시키기 위해서 아내의 손으로 그 문제를 해결하게 하고 싶었다.

3

마지막 방공훈련 날이었다. 나는 아내의 일이 걱정되어 일찍 집에 돌아왔다. 아내는 아직 몸뻬도 벗지 않고 마루에 앉아있었다.

"어땠어?"

옆에 앉으며 내가 웃자 아내는 좀 상기된 얼굴을 들어,

"내 명령 하나로 모두 규율 정연했어요. 칭찬 받았답니다."

큰소리치면서 억지로 웃음을 보였지만 짙은 피로가 아내의 온 몸을 덮고 있는 것을 알 수 있었다. 적당한 위로의 말이 떠오르지 않아 우리들은 말하지 않아도 통하는 따뜻한 마음으로 오랫동안 말없이 앉아있었다.

"요즘에는 갑돌이가 안 놀러 오네."

아내의 기분을 바꾸려고 내가 말을 꺼냈다.

"그러네요. 그러고 보니 요즘에는 전혀 오지 않네. 무슨 일이 있나?"

"그리고 요즘에는 갑돌이 집이 너무 조용하지 않아?"

사라지려는 석양빛이 갑돌이네의 낡은 초가지붕을 비스듬히 비추어 허물어져 가는 토담과 찢어진 방문, 연기로 그을린 굴뚝이 더욱 초라하게 보였다. 정말, 갑돌이네 집은 빈집처럼 조용했고 밭에서 부지런히 일하던 갑돌이 아버지의 모습도 보이지 않았다.

"어머?"

아내는 내 말로 갑자기 뭔가를 생각해낸 것처럼 벌떡 일어나며,

"잊어버리고 있었네. 갑돌이 어머니가 아프대요. 꽤 되었어요."

"어제 훈련에 나왔잖아."

"무리해서 나온 거거든요. 몸이 약하니까 그만 두라고 몇 번이나 말해도 내가 일하고 있는데 자기가 누워 있으면 천벌을 받는다고 고집을 부렸어요. 아— 그러고 보니 오늘은 안 보였네. 아파서 누워있을 거예요."

"무리해서 더 아픈 걸 거야."

"걱정이네……. 여보 저녁 아직 괜찮겠죠?"

아내는 밭을 가로질러 가려는지 담 쪽으로 걸어가며,

"잠깐 가보고 올게요."

"그래. 다녀와."

마침 그 때 석간신문이 와서 나는 양복도 벗지 않고 온돌에 엎드려 신문을 펼쳤다.

두 장의 석간신문을 꼼꼼히 다 읽었지만 아내는 갑돌이네에서 돌아오지 않았다.

오늘 아침 갑돌이 어머니가 다량의 각혈을 했다는 것이다. 역시 무리해서 몸을 움직여 악화된 것이었다. 가난한 사람들의 깊은 의리는 때때로 불행을 낳는다.

아내는 내게 간단한 저녁을 차려주고 다시 갑돌이네로 갔다.

그러나 바로 당황하여 돌아왔다.

"의사를 불러올게요."

불덩이처럼 열이 나고 호흡조차 곤란하여 혼수상태에 빠졌다며 아내는 큰일났다는 소리만 연발하며 정신이 없었다.

이 근방은 구석이어서 해가 빨리 졌다. 어느 틈엔가 회색을 띠고 있던 연기까지가 완전히 어둠 속에 묻혀 버렸다. 밭이랑도 전혀 보이지 않고 청량리역 구내의 전등불만이 별처럼 반짝이고 있었다.

긴 호박밭을 가로질러 가면 바로 갑돌이네 뒷마당이었다. 나는 거기에서 담벼락에 웅크리고 있는 이상한 모습을 발견하고 깜짝 놀랐으나 비명을 삼키고 조용히 귀를 기울였다.

그 조그만 모습은 몸을 떨면서 조그맣게 오열을 하고 있었다. 가까이 있는 내 귀에 들리지 않을 정도의, 세상에서 가장 서글픈 오열이었다. 그 슬픔이 어느 틈에 내 가슴에 스며들어 공포처럼 내 전신을 감싸기 시작했다.

나는 그걸 이기기 위해 이를 악물고 버티고 서서 눈을 깜빡였다. 그 이상한 모습은 갑돌이였다.

어머니가 누워있는 방 창문 밑에 쪼그리고 앉아 갑돌이는 터져 나오는 울음을 필사적으로 참고 있었다.

나는 나도 모르게 가까이 다가갔다.

내 기척에 놀란 갑돌이는 벌떡 일어나 증오하는 듯한 타는 눈빛으로 나를 응시하였지만 다음 순간 몸을 돌려 앞마당 쪽으로 뛰어갔다.

"갑돌아, 갑돌아!"

나는 튕기듯이 갑돌이의 이름을 부르며 뒤를 따라갔다.

왜 도망가는지, 왜 쫓아가는지, 생각할 여유조차 없었다.

"갑돌아, 갑돌아!"

이름을 부르다가 나는 가슴이 철렁하여 발걸음을 더욱 빨리 했다. 갑돌이가 다리 부근에서 돌에 걸려 넘어져 일어나지 않았기 때문이었다.

"갑돌아 왜 그래? 아저씨야. 왜 도망가니?"

숨을 헐떡이며 내가 어깨에 손을 얹으려고 하자 갑돌이는 깜짝 놀랄 정도로 나를 뿌리치며,

"싫어, 싫어."

갑자기 비명같이 외치면서 큰소리로 통곡을 하기 시작했다.

"왜 그래? 침착해야지. 자 일어나, 일어나자."

그러나 갑돌이는 두 손을 가슴 밑에 꼭 쥐고 몸부림을 치며,

"싫어, 싫어. 내버려 둬. 저리 가."

라고 말하며 울기만 했다.

아이가 이 무슨 짓인가―. 나는 이상한 갑돌이의 태도에 망연자실하여 그 자리에 서 있을 뿐이었다. 그러다 문득 갑돌이의 가슴을 본 나는 다시 한번 비명을 지르며 튀어 올랐다. 웃옷이 온통 피투성이였다.

나는 갑돌이의 몸을 억지로 일으켰다. 그러자 갑돌이는 엄청난 힘으로 내 가슴에 매달리며 더 크게 울었다.

"어디를 다쳤냐. 보여 봐."

나는 일부러 거칠게 말하고 갑돌이의 몸을 밀쳤다. 그러나 갑돌이는 필사적으로 나를 껴안는 것이었다.

다리 저편의 2층 창문에서 희미하게 불빛이 새어나오고 있었다. 나는 갑돌이를 그 쪽으로 끌고 갔다. 그리고는 서둘러 몸을 살펴보았다.

상처는 없었다. 이상하다고 생각하는 순간, 나는 갑돌이가 왼 손을 꼭 감추고 있다는 것을 깨달았다.

"이 녀석, 빨리 보여 봐!"

나는 다시 한 번 거칠게 소리치며 갑돌이의 몸을 다리 난간으로 밀어 붙이고 왼 손을 들어 빛 속에 비추어 보았다.

하마터면 앗―하고 소리를 지르며 그 손을 밀쳤을 것이다. 부들부들 손발이 떨리고 소름이 끼쳤다. 온 몸의 피가 빠져나가는 것만 같았다.

갑돌이 왼 손 약지의 첫 번째 관절이 잘려져 있었다. 예리한 칼로 순식간에 잘라낸 자국이었다. 상처에는 검은 핏덩이가 막 지려는 장미꽃

처럼 응고되어 있었다.

나는 갑돌이를 온 몸으로 꼭 껴안았다.

수혈을 하지 않으면 안 될 정도로 위험했던 갑돌이 어머니의 병은 그 다음날 기적처럼 좋아져 아주 조금씩이지만 나아져 갔다. 마을 사람들은 그 병이 불치병이라 단지 소강상태일 뿐이라는 것을 알고 있었지만 정말 기적이 일어날지도 모른다고 좋아했다. 갸륵한 갑돌이의 "단지(斷指)." 사건은 마을 사람들의 심금을 울려 갑돌이 어머니의 병에 회오리 같은 동정과 관심을 불러일으킨 것이었다.

손가락을 잘라 피를 먹이면 죽은 사람도 소생한다는 것은 자식 된 도리를 가르치다보니 언제부터인지 하나의 속설로 이어져 내려온 미신일 것이다. 요즘에는 거의 사라진 것이었다. 그런데 갑돌이는 어디서 들었을까? 모두가 그걸 이상하게 생각했다. 갑돌이는 그런 말도 모를 나이였기 때문이었다.

어머니를 살리겠다는 일심으로 손가락을 잘랐지만 어린 마음에 잘린 손을 사람들에게 보이는 것은 부끄러웠던 모양이었다. 갑돌이는 뼛속까지 파고드는 아픔에 부끄러움까지 겹쳐 몸부림치며 통곡을 했던 것이다.

만일 어머니 혼자 누워있었다면 갑돌이는 자른 약지를 고열로 진땀을 흘리는 어머니의 입에 넣어 어머니가 소생할 때까지 온 몸에 피가 다 빠져나가도록 먹였을 것이다. 사람들은 그 소문을 듣고 얼굴을 숙이며 눈시울을 붉혔다.

갑돌이는 손가락에서 떨어지는 피를 어머니에게 먹이지는 못했으나 손가락을 자를 정도로 어머니의 회복을 기원했다……. 갑돌의 마음은 통했다. 마을 사람들은 진보된 현대 의학보다 이를 더 믿었고 믿고 싶어했다.

보기 드문 "단지" 사건은 갑돌이 사진과 함께 대대적으로 신문에 보도되었다.

평판이 자자해지자 마을 사람들의 갑돌이에 대한 태도도 일변했다. 모두가 멋대로 갑돌이를 마을의 보물로 삼아버린 것이다. 그 마음은 경의였는지도 모른다. 그러나 그건 순진한 소년에게 할 짓은 아니라고 생각한다. 왜냐하면 어른들의 그러한 태도를 아이들도 배워 친구들이 갑돌이를 경원하게 되어버린 것이다. 갑돌이와 노는 아이는 하나도 없었고 소외받은 외로움에 갑돌이는 예전의 밝은 성격을 잃고 우울한 아이로 변했다. 어머니가 자리에서 일어난 뒤에도 갑돌이는 거의 밖에 나오지 않았다. 우리 집에도 거의 오지 않았다. 나와 아내는 안타깝게 지켜보고 있을 뿐이었다.

마른 호박 넝쿨들이 뽑혀져 나갈 때쯤이었다. 깨끗하게 갈아 놓은 밭을 지나는 바람이 가차없이 거름의 냄새를 실어와,

"문 좀 닫아 줘."

그렇게 말하며 뭘 쓰고 있던 손을 멈추고 돌아보니 아내는 계산에 열중하고 있었다. 밤이 꽤 깊은 때였다.

나는 말없이 일어나 방문을 닫고 아내의 책상 쪽으로 다가갔다.

"뭘 해?"

"예?"

아내는 당황한 것처럼 웃는 얼굴을 돌리며 연필 끝으로 머리를 콕콕 두드렸다.

"큰일났어요."

라고 말하며 책상 위에 펼쳐진 책과 종이를 내 앞으로 밀었다. 『방공호 만드는 법』이라는 책과 자잘한 숫자가 적힌 종이였다.

"뭐야? 방공호가 문제야?"

"재목 비용만 적게 잡아도 하나에 3원이나 되는 걸요. 이 근방에서 3원이나 낼 집 거의 없잖아요. 그 이하로는 안 돼요. 그래서 큰일났다는 거예요."

"장소는 어디로 할 건데?"

"학교 운동장으로 할 작정인데……."

"학교 운동장? 인문학원?"

"달리 적당한 장소가 없잖아요."

"운동장에 방공호까지 판다고?"

아내는 대답하지 않았다. 나는 잠시 아내의 얼굴을 바라보고 있다가,

"방공호보다 더 중요한 걸 잊고 있는 거 아냐?"

한 마디 한 마디 힘을 주어 말했다. 아내는 역시 대답하지 않았다.

"방공호 같은 건 150원만 있으면 서른 명을 수용할 수 있는 걸 만들 수 있어. 그런 건 기부를 받으면 되잖아. 갑돌이 같은 아이들에게 3원을 부담하게 하는 것보다는 그게 더 빠르고 좋은 일이야. 먼저 인문학원을 충실하게 하자고 했던 사람이 누구지?"

"……."

"그건 당신이 먼저 꺼낸 말이라고 생각하는데. 요즘 당신은 까맣게 잊고 있는 것 같아. 바빠서 그렇다는 건 알지만……. 언젠가 이야기한 거 좀 알아봤어?"

"아뇨. 미안해요. 깜빡 잊고……."

"한심하군. 그래서 뭘 어떻게 하겠다는 거야? 당신이 모범적인 애국반 반장이라는 것은 인정해. 그러나 지금 우리들은 한쪽으로만 치우쳐서는 안 돼. 적도 그렇지만 우리들의 일에는 앞과 뒤가 있어. 아니 옆도 있어. 수도 없이 많단 말이야."

그렇게 말하다가 나는 하하하 하고 웃으며,

"설교는 그만 두지. 그보다도 내가 도와줄 테니까 학교를 어떻게 해 보는 게 어때?"

"하겠어요."

아내는 처음으로 명료하게 대답했다. 나는 일어나 상의 주머니에서 명함을 한 장 꺼내 아내 앞에 놓았다.

"인문학원 경영자에게 동네 의회에서 써준 소개장이야. 한번 만나

봐.”

“어머…… 경영자가 동네 사람이 아니었네요.”

“응, 이번 봄에 원남동으로 이사를 갔대. 말이 통하는 사람이라고 하니까 한번 담판을 지어 보는 것이 좋을 거야. 학교 선생님들에게는 내가 말해 두었으니까 걱정할 것 없고…….”

“정말 놀랍군요. 벌써 손을 다 써 놓고. 호호호. 당신 정말 얄밉네요. 그러면서도 아무 소리 안 하고…….”

아내는 원망하는 듯한 눈빛으로, 그러나 기쁨을 감추지 못하고 내게 눈을 흘겼다. 나는 좀 우쭐해졌다.

“서로 돕지 않으면 안 될 때니까 아마 잘 될 거야. 우리들이 방공호를 위해 150원을 기부하는 건 어려워도 그 사람이라면 가볍게 15,000원을 던질 수 있어. 그러면 모두에게 좋지. 누구보다도 갑돌이에게 좋을 거야. 갑돌이를 원래의 밝은 아이로 돌아가게 하기 위해서는 좋은 학교, 좋은 선생님, 좋은 친구들이 필요해. 그 아이를 위해서라도 당신은 이 일을 성공시키지 않으면 안 돼. 그 아이가 손가락을 잘랐을 때…….”

“말하지 말아요. 그건…….”

아내는 당황하여 내 입을 막고 얼굴을 외면했다. 아내의 눈에 눈물이 맺혀있었다.

추기 : 이제 아내는 우물 펌프가 망가진 것쯤에는 끄덕도 하지 않을 것이다. 담 구석에서 귀뚜라미가 울고 있다.

(원제 : 淸凉里界隈, 발표지 :『국민문학』 1941년 11월)

껍 질

1

연세가 연세라 아버지도 이번에는 정말 돌아가실 지도 몰라요, 잠깐이라도 좋으니까 제발 한번 다녀가세요. 같은 문면의 똑같은 편지가 두 번째 날아왔다. 이런 남동생의 편지에도 학주는 놀라지도, 당황하지도 않았고 경성에서 1시간이면 가는 고향에 2년이 넘도록 가지 않고 있었다. 나를 부르기 위한 구실이다, 그런 수에는 안 속아. 학주는 그렇게 생각하며 연필을 빨아가며 1시간도 넘게 고생하며 썼을 동생의 편지를 버려버렸다. 그러나 다음날 아침 "아버지 위독"이라는 전보가 2시간 간격으로 두 통이나 날아들었을 때에는 그게 거짓말이라고 해도 자식 된 도리를 해야겠다는 생각이 들기 시작했다. 바로 숨을 거두려는 아버지의 모습이 떠올라 갑자기 가슴이 덜컹했다. 장롱 구석에 처박아 둔 트렁크를 꺼내고 있는데 뒤에서 기척이 나 돌아보았다. 아내 시즈에가 젖은 손을 닦으려 하지도 않고 멍한 눈으로 방 한 구석에 서 있었다.

학주는 이유도 없이 자신의 행동이 무안해져,

"당신도……."

하고 말을 건넸지만 아내의 눈빛이 자신을 질책하는 것 같아 자기도 모르게 눈을 깔았다. 도저히 같이 가자는 말을 할 수 없었다.

"당신도 같이 가지 않으면 안 되겠지만……."

쓸쓸하게 그 말을 하고 나니 새삼스레 아버지에 대한 가벼운 분노가 끓어올랐다. 불쌍한 여자다, 아내를 바라볼 수 없을 정도로 수치심이 느껴졌다.

"그렇지만……."

시즈에는 망설이는 말투로

"그렇지만 임종은 지켜봐야죠. 부탁이니까……."

"……."

학주는 말없이 트렁크의 먼지를 털어 구석에 내동댕이쳤다. 그리고는 필사적인 아내의 얼굴을 온화하게 바라보며 조용히 어깨를 감쌌다.

"당신이 가도 아버지는 좋아하지 않을 거야."

"……."

이번에는 시즈에가 말을 잃고 고개를 숙였다. 어깨가 가늘게 떨리는 것은 눈물을 참기 때문일 거라 생각하며 학주는 아내의 어깨를 쥔 손에 힘을 주어 흔들었다.

"고집불통이라서……. 오랜 병으로 마음도 약해지셨겠지만 우리 사이를―숨을 거둘 때까지 인정하지 않을 거야. 아버지가 살아있는 동안은 당신을 집에 들이지 않을 거야."

"그래도…… 나도 같이 가고 싶어요. 아버님은 아버님이고 저는 저예요. 다시 쫓겨나더라도 같이 가고 싶어요. 부탁이니까 데려가 주세요."

눈물로 가득한 절실한 얼굴이 너무 안쓰러워 학주는 하마터면 고개를 끄덕일 뻔했다. 그러나 아무리 생각해도 임종을 앞둔 아버지 앞에 시즈에를 데려갈 수는 없다는 생각이 거부할 수 없는 철칙처럼 느껴져,

"당신 생각은 알지만…… 당신이 가도 소용이 없을 거야. 아버지의 말을 거역하면서까지…… 그게 효도라고는 할 수 없을 테니……. 상황을 봐서 당신이 와도 좋을 것 같으면 내가 전보를 칠 테니까……."

혹시 모르니까 준비는 하고 있어, 정말인지 어떤지 모르니까 우선 나

혼자 갈게. 그렇게 시즈에를 달래고 기차 시간에 늦는다는 구실로 학주는 허겁지겁 집을 나왔지만 풀이 죽은 아내의 모습이 언제까지나 눈에 아른거려 눈시울이 뜨거워졌다.

2

왜 아버지는 시즈에의 인간적인 면을 보려고 하지 않을까? 한 달 정도만 옆에 두고 보면 학주 녀석 눈이 높다, 조선에서 제일가는 며느리다, 고 아버지도 자랑스러워하실 텐데……. 학주는 기차에 타고나서도 그런 생각에 안타까웠다. 생각하면 생각할수록 시즈에가 불쌍해서 가슴이 미어졌다. 학주는 갑자기 깜빡 잊고 있던 일을 생각해내고 비명을 지를 뻔했다.

결국 아버지한테 말려들었구나.

그런 생각이 들자 의자에서 일어나 반항이라도 하는 듯한 몸짓을 했다.

그러나 바로 그런 자신이 한심해졌다. 아버지도 벌써 60을 넘었으니 해마다 쇠약해져 언제 쓰러질지도 모르는 여생이다. 결국 나중 생각이 이겨 불쌍한 아내의 모습 대신 늙은 아버지의 손발이 눈에 아른거렸다. 난 정말 불효자다, 속은 거라고 해도 괜찮지 않은가, 오랜만에 고향에 내려가는 것도 나쁘지 않아. 이런 저런 생각으로 자신을 독려하며 멍하니 바깥 풍경을 바라보고 있으면 어느 틈에 다시 두고 온 집과 마음이 여려 울고 있을 시즈에의 뾰족한 턱과 기다란 눈을 떠올리는 것이었다.

태생도 모르는 여자라는 이유만으로 남편이라 부르는 사람의 집에 받아들여지지 않는다는 사실은 여자에게 너무 가혹하고 슬픈 일임에 틀림없었다. 그래도 시즈에는 그 슬픔을 혼자 가슴에 묻고 원망하지 않았다.

원망은커녕 오히려 신분이 낮은 자신에게는 과분하다면서 학주에게 온 갖 애정을 쏟으며 이를 악물고 참았다.

그런 인종의 세월이 벌써 2년이 넘었다. 학주와 알게 된 때부터 치자 면 벌써 4년 가까이 된다. 그러나 고집불통인 아버지는 그 4년 동안 양 반 가문을 더럽혔다는 그 하나만으로 시즈에를 집안으로 들이지 않았다.

2년 전 봄, 학주 부부는 막 태어난 아들을 안고 의기양양하게 지금 학주가 타고 있는 기차를 탔다. 죄 없는 손자의 얼굴을 보면 고집스러운 아버지의 마음도 풀리겠지. 그 것은 학주의 바람이었다기보다는 한시라 도 빨리 남편 집사람이 되고 싶어 한 시즈에의 바람이었다.

그러나 아버지의 태도는 1년 전 그들이 결혼을 허락해 달라고 찾아왔 을 때와 조금도 달라지지 않았다. 아버지는 뒷짐을 지고 마당으로 내려 가 내지인과는 풍속도 습관도 다르고, 집안도 천하고 조상도 모르는 여 자와는 같이 앉지 못하겠으니 집에 들일 수 없다, 가문의 수치다, 라며 문턱도 넘지 못하게 했다. 학주가 소리를 지르기도 하고 눈물을 흘리며 애원을 해도 아버지는 시즈에를 보려하지 않았다. 학주가 집에서 뛰쳐 나와 보니, 시즈에는 아이를 품에 꼭 안은 채, 구르듯이 강 쪽으로 달려 가고 있었다. 순간 학주의 머릿속에는 시즈에가 그대로 파란 강물 속으 로 뛰어들 것만 같아 큰 소리로 시즈에, 시즈에 하고 부르며 뒤를 쫓아 갔다.

아이는 시골에서 올라온 그 날부터 아프기 시작하여 폐렴으로 허망하 게 죽어버렸다. 학주 부부는 겹치는 불행한 운명을 저주하지도 않고 1 년 동안 그저 멍하니 살았다. 아버지도, 고향도, 모든 인연을 끊어버렸 다. 물론 고향에서도 엽서 한 장 없었다. 학주도 의식적으로 소식을 전 하지 않았다. 그러나 마음속으로는 아버지에게 허락한다는 편지가 날아 오기를 매일같이 기다렸고 또 그러리라 믿었다. 그런데 2년째가 되던 해, 그들에게 날아온 편지는 아버지의 위독을 알리는 동생의 서툰 글이 었고 그 다음 것도 마찬가지 전보였다.

3

기차가 R강 철교를 지날 무렵에는 짧은 해가 벌써 기울고 있었다.

창 너머 멀리 자신이 태어나고 오랫동안 자란 고향의 조그만 마을이 산기슭에 아담하게 보이기 시작했다. 마을 입구에 서 있는 느티나무는 을씨년스러운 그림자를 R강에 떨어트리고 있었고 안개 같은 저녁연기가 하얗게 둘러싸 아름다운 대조를 이루고 있었다.

학주는 흥분했을 때 버릇대로 입을 꼭 다물고 아름답고 고즈넉한 고향에 한가롭게 돌아올 수 없었던 자신을 책했다. 그리고 억지로 그런 생각을 떨치려고 가볍게 머리를 흔들며 눈을 감았다. 잠시 후에 쿵하는 반동을 느끼고 창밖을 보니 역구내의 희미한 불빛이 별처럼 깜빡이고 있었다. 2년 만에 찾아온 고향 역이었다.

역 출구에는 몰라볼 정도로 키가 큰 동생 용주가 웃음을 띠며 여기저기 둘러보고 있다가 기차에서 내리는 학주의 모습을 발견하고 급히 머리를 숙이며 아무 말 없이 손을 내밀었다.

"용주 많이 컸구나."

"응."

못 본 사이에 목소리까지 변했다. 그러자 노쇠한 아버지의 모습이 보이는 것 같아 학주는 거리에 부는 북풍을 정면으로 맞으며 발을 멈추었다.

"아버지는 어떠시냐?"

그러나 용주는 얼굴을 숙이고 바로 대답하려 하지 않았다.

"아버지 정말 위독하시냐?"

다그치는 형의 말에 용주는 더듬거리며,

"응? 그게…… 잘 몰라……."

그 뿐 입을 다물고 도망치듯이 앞으로 나갔다. 학주는 쫓아가려 하지도 않고 번개처럼 머리를 스치는 생각을 꼭 붙잡았다. 실패다. 기차에서 그랬던 것처럼 다시 한번 소리를 내어 비명을 지르며 당했다고 중얼거렸다. 아버지는 살아 계신다. 그런 안도보다는 가벼운 분노가 앞서 학주는 묵묵히 걷기만 했다.

"여기예요-."

갑자기 동생이 날카로운 소리를 지르며 뛰기 시작했다. 학주가 눈을 들어보니 마을 입구의 느티나무 아래 식구들과 마을 사람들이 한 덩어리가 되어 나오고 있었다.

학주는 자기도 모르게 눈물을 흘리며 눈물 너머 어슴푸레한 어둠 속의 하얀 덩어리를 바라보다가, 당황하여 얼굴을 돌리고 눈물을 닦았다. 모자를 벗어 고개를 숙인 다음 침착한 걸음걸이로, 그러나 돌격하는 심정으로 성큼성큼 가족들 앞으로 나아갔다.

응접할 겨를도 없이 인사말을 쏟아 붓는 가족들과 친척들, 마을 사람들을 대하고 학주는 처음으로 고향에 돌아왔다는 것을 실감할 수 있었다. 가슴에 절실하게 와 닿는, 꾸임 없는 소박함으로 젖어 가는 자신이 오히려 기특했다. 바로 전까지 머리를 가득 채웠던 불쾌감과 반감을 잊고 여유롭게 사람들과 이야기를 하고 아버지 방문을 열었다.

신문지를 덕지덕지 붙인 벽을 비추는 램프, 흙 냄새나는 온돌 위에 깐 장판도 그대로였다. 지독한 엽초 냄새와 입 냄새, 낮은 천장에 눌리듯이 학주는 병상에 있는 아버지를 향해 양손을 짚고 절을 하였다.

4

잠깐이었지만 속았다, 당했다, 등등의 생각에 이런 비상수단을 쓰는 데에는 무슨 이유가 있겠지 라고 의심도 하지 않은 자신이 큰 죄를 지은 것만 같아 혁주는 얼굴이 달아올라 고개를 들 수가 없었다.

─그 잠깐사이에 저렇게……. 병 때문이라고는 하지만 저렇게 늙으시
리라고는 생각도 못 했다.

눈시울이 뜨거워져 혁주는 오기 잘했다는 생각을 했다. 위독하지 않
을 지는 모르지만 몸이 아픈 것은 분명했다. 오랜만에 도회지에 나간 아
들이 돌아왔다고 아버지는 불편한 몸에 부축까지 받으며 일어나 아들을
맞이했다. 어두컴컴한 등불 밑에서 일부러 정면으로 아버지의 얼굴을
바라보던 혁주는 은색으로 빛나는 백발과, 가느다랗게 떨리는 힘줄 투
성이의 마른 손, 눈물이 가득한 퀭한 눈, 지도처럼 잘게 패인 주름 등이
모두 자신의 불효 때문인 것만 같아 어떤 말이라도 따르겠습니다 라는
소리가 나올 뻔했다.

일어나서 아들을 맞이해 준 아버지의 얼굴에는 화난 기색도 불쾌한
기색도 없었다.

"잘 왔다……. 무사해서…… 다행이다."

아버지가 힘이 하나도 없는 어조로 그렇게 말하자 혁주는 더 이상 참
지 못하고 땀 냄새가 나는 아버지의 이불 위로 무너져 버렸다.

십여 년 전까지만 해도 굴지의 부호였던 일가는 몰락하여 다른 사람
의 땅을 소작하지 않으면 먹고 살길이 없을 정도가 되었다. 그래서 형은
소작인이 되었고 혁주는 고학으로 중학교를 졸업하지 않으면 안 되었다.
쌓이는 고통보다도 그나마 가진 것을 잃지 않으려고 엄청 마음고생을
했다. 지금도 그 생각만 해도 쓴 물이 넘어올 정도였다. 혁주도 당연히
고향에 돌아가 아버지를 돕지 않으면 안 되었지만 맛을 보아버린 학문
의 매력에 혁주는 다시 고향을 떠나버렸던 것이다……. 그 때부터 아버
지의 흰머리가 갑자기 늘어나기 시작했다.

그러나 시즈에와 부부가 되기 전까지는 혁주도 효자였다. 쥐꼬리만한
월급에서 다달이 5원, 10원을 떼어내는 것은 힘들었지만 시골에 내려가
면 몇 배의 가치가 있으리라는 생각에 한 번도 빠짐없이 돈을 보냈다.

그게 마을에서는 대단한 평판이 되었다.

그러나 집에서 선을 보라고 해도 듣는 시늉도 하지 않았던 혁주가 시즈에와 알게 되어 아버지를 거역하면서부터 집과 사이가 멀어지게 되었다. 아니 그보다는 자신의 생활에 쫓기다 보니 집에 돈을 못 보내는 경우가 많아지고 아버지의 고집은 언제부터인지 그들 사이를 의절 상태로 몰아가 오늘에 이르렀던 것이다.

그런 불효를 생각하니 아버지의 병만큼은 어떻게든 자신의 손으로 고치고 싶었다. 그렇게 결심하고 혁주는 자기 방으로 돌아와 형에게 다음 날 기차로 아버지를 경성으로 모시고 가서 아는 의사에게 보이겠다고 말했다.

착하기만 한 형이 반대할 이유가 없었다. 그게 좋겠다. 그렇게 하면 아버지도 좋아지실 거야. 내가 못나서 너까지 고생을 시킨다. 형은 박눌하게 그런 소리를 했다. 그러다가 잠시 입을 다물고 뭔가를 생각하다가,

"시즈에상은…… 잘 있냐?"

형은 진지한 얼굴로 아버지 방에 들리지 않도록 소리를 죽여 물었다.

5

그 말에 혁주는 이제까지 잊고 있던 시즈에를 생각하였다. 잠자리에 들어서도 불안이 쉽게 가시지 않아 뒤척이다 보니 어느새 날이 밝아 있었다.

제일 걱정인 것은 시즈에가 있는 곳에 아버지가 쉽게 갈까하는 문제였다. 전에 비해 아버지의 마음도 많이 누그러진 것 같았고, 어제의 태도로 보아 묵인하는 분위기가 없지 않아 있었지만 아버지의 성격상 쉽게 단언할 수 없는 사안이었다. 성격이 저러니 말을 잘 못 꺼내 기분을

상하게 할 수 있었고, 그렇다고 병든 아버지를 시골에 방치하는 것도 괴로웠다.

그러나 아무리 고민해도 해결이 되는 건 아니었다. 닥치면 어떻게 되겠지. 성심성의를 다해 권해보는 것이 먼저라는 생각에 아침을 먹고 혁주는 아버지 앞에 무릎을 꿇고 앉아 경성으로 가세요, 부탁입니다—라고 애원하면서 단죄를 기다리기라도 하는 것처럼 고개를 숙였다.

머리 위에서 생각지도 않은 아버지의 부드러운 목소리가 들려왔다.

"나이가 들면 아들을 따라야지. 부탁한다."

혁주는 눈앞이 훤해지는 것만 같았다. 우리들의, 아니 시즈에의 진심이 통한 거야, 고맙게도 아버지의 마음이 풀어진 거야. 그저 기뻤다.

"그럼 아버지. 빠르면 빠를수록 좋으니까 오늘 기차시간에 맞추어서……."

"기다려, 기다려라. 네가 그렇게까지 말하니 가긴 가겠다만 부탁이 있다."

"예?"

무슨 일일까? 혁주는 중요한 말이 나올 것만 같아 마음을 단단히 먹고 아버지의 말에 귀를 기울였다.

무슨 말을 하시려는 걸까? 아버지는 때때로 기침을 섞어가며 우리 집안이 훌륭하다는 것, 너무 기대하면 안 된다는 것, 등을 두서없이 말하다가 갑자가 어조를 바꿔,

"너 아직 결혼을 안 했잖느냐."

혁주의 얼굴을 빤히 바라보며 시치미를 떼는 건지, 확신하는 어조로 말하는 것이었다.

"그렇지?"

확인을 하듯이 다시 한번 물었다. 혁주는 대답할 수가 없었다. 다음에 무슨 말이 나올 지 도대체 알 수가 없어 혁주는 긴장했다.

오랫동안—혁주에게는 그랬다—아버지도 기침을 할 뿐 말을 꺼내지

않았다. 그리고 잠시 조용히 입을 다무는 가 싶더니 갑자기,

"X마을의 황씨네 딸을 며느리 삼기로 했다."

마치 판결을 내리는 것만 같았다. 아버지는 혁주가 항의할 틈도 주지 않고 사람이 바뀐 것처럼 힘이 넘치는 목소리로 말을 이었다. 이번에 널 부른 것은 내 병 때문만이 아니다. 혼담이 성립되었기 때문이야. 오늘내일 사이로 죽지는 않겠지. 그건 그렇고 말을 들어 봐라. 너도 할 말이 많겠지만 말이다. 네 기분을 모르는 것은 아니다. 그러나 아무리 우리가 몰락했다고 해도 가문은 중요하다. 황씨네에서도 너의 과거는 묻지 않는다고 한다. 그래서 내가 날짜까지 잡았다. 식을 치르기 전에는 못 간다. 분명히 말했다. 남자가 서른이 되었는데도…….

혁주는 귀를 틀어막고 싶었다. 저항해도 소용이 없다는 걸 알았다. 어떻게 이 난관을 극복할 것인가……. 그러나 아버지의 이야기는 점점 더 의외의 방향으로 흘러갔다.

……나를 닮아 너도 고집이 세니 너희들을 억지로 헤어지게 하고 싶지는 않다. 그래서 나도 포기했다. 그 대신 내 말대로 명목상 만으로라도 황씨 딸과 결혼해라. 결혼하고 너 하고 싶은 대로 해라. 경성에서 살고 싶으면 경성에서 살아. 황씨 딸은 나와 네 형이 맡으마. 알았지? 왜 대답이 없어? 이렇게 말해도 모르겠냐?…….

시즈에를 첩으로 만들라는 것입니까? 황씨네 딸에게 그런 벌받을 짓을 해도 된다는 말씀입니까? ─혁주는 이렇게 소리를 치고 싶은 걸 꾹 참았다. 분노 때문인지 슬픔 때문인지 혁주의 두 눈이 빨갛게 충혈되었다.

6

생각할 시간을 주세요─아버지에게 그렇게 말하고 혁주는 무거운 마

음으로 아버지 방을 나왔다. 그리고 마루에 쪼그리고 앉아 초겨울의 약한 햇볕을 쬐며 혁주는 잠시 생각을 했다. 끝없는 들판 한 가운데에 있는데 해가 저문 것 같은 암담한 기분이었다. 아버지를 죽일 것인가, 시즈에를 살릴 것인가? 단지 이 문제에 지나지 않았다. 중대한 문제였지만…… 그러나 결코 그게 문제가 아니었다. 그 심연에는 깊이를 알 수 없을 만큼 잡다한 시사가, 제시가, 의문이 존재하고 있었다. 그러나 생각만으로는, 이성으로는 해결할 수 없었다. 맹목적으로 자신이 믿고 있는 길을 갈 뿐이었다. 다행히 그게 해결하는 길이라면 그가 옳을 것이다. 미리 알았더라면 극한 방법을 택했을 지도 모른다. 그러나 그렇다 해도 결국은 마찬가지였을 것이다.

혁주는 가벼운 현기증을 참으며 억지로 일어나 준비를 하고 방을 빠져 나와 유채 밭에 있는 형에게 갔다.

"형!"

그렇게 부르고는 자기도 모르게 눈물이 나는 걸 참으며 힘차게 머리를 숙이고,

"형! 난 불효자입니다. 용서해 주세요. 아버지한테는……."

제 기분을 모르세요. 옛날 사람에 고집불통인 아버지에게 거기에서 벗어나라고 해도 무리입니다. 아버지가 나쁜 게 아닙니다. 그러나 저도 옳습니다. 형도 아실지 모르겠지만 이대로 가게 해 주세요. 아버지와 저 사이에는 영원한 거리가 있어요. 그러나 혁주는 입 밖으로는 꺼내지 않고,

"아버지를 부탁해요."

형의 침통한 얼굴을 보고 싶지도 않았고 자신의 약한 모습을 보이고 싶지도 않았으므로 혁주는 그렇게만 간단하게 말하고 뒤도 돌아보지 않고 언덕을 내려갔다. 바람이 찼다. 혁주는 역을 향해 미친 듯이 달렸다. 자신이 집에서 멀어지는 만큼 아버지의 생명이 줄어드는 것만 같아 눈물을 뚝뚝 떨어트리며 나는 아버지를 죽인 대역죄인이라고 마음속으로

외쳤다.

"혀엉~."

바람에 묻혀 끊어질 듯 이어지는 절규가 필사적으로 따라오는 것 같아 뒤를 돌아보니 용주가 가방을 흔들며,

"형- 기다려-."

학교 문에서 공처럼 튀어오고 있었다.

두 사람 모두 숨을 헐떡거리며 잠시 말없이 바라보았다.

"형, 가는 거야?"

용주가 불만스럽게 물었다.

"응."

덩치는 컸지만 어린아이 같은 몸짓과 말투에 혁주의 기분도 덩달아 밝아졌다.

"아버지하고 또 다퉜어. 그래서 도망가는 거야."

"이제 안 올 거야?"

"응. 그러니까 용주가 이 형 몫까지 아버지한테 효도해야 한다."

"……."

"아버지를 잘 돌봐 드려."

용주는 잠시 형의 얼굴을 바라보다가,

"큰일 났네."

하고 중얼거리며 고개를 숙였다.

"뭐가 큰일 나?"

"나도 아버지하고 싸울 텐데……."

"왜? 형은 어른이니까 괜찮지만 어린아이는 아버지 말을 잘 들어야 하는 거야."

"그래도 나 경성에 갈 거야."

"공부하고 싶어서?"

"응. 그리고 교장선생님한테 지원병 이야기를 듣고 결심했어. 나도 지

원병이 되어 일본을 위해 싸울 거야!"

"……."

혁주는 목이 메어 곧바로 대답할 수가 없었다. 그래. 용주도 아버지와 싸우지 않으면 안 될 것이다……. 아버지의 딱딱한 껍질에 부딪쳐 튕겨 나갈 사람이 여기 또 하나 있었다. 그러나 그 껍질을 깨부수기는 어려울 것이다. 아버지는 그 껍질을 등에 진 채로 그 무게에 눌려 부서질 것이다. 대역 죄인이 눈앞에 또 하나 있었다.

아버지가 앞으로 10년 정도만 사신다면, 아니 5년만 더 사신다면 아버지를 설득할 수 있을 지도 모른다. 그러나 아마도 혁주의 반항으로 급격하게 병세가 악화되어 겨울이 되기 전에 돌아가실 것이다. ―혁주는 침울해졌지만 감상은 금물이라고 애써 생각을 바꿨다. 내가 아버지의 말을 거역하는 것은 사랑에 살고 사랑에 죽겠다는 감상이 아니라는 것을 새삼 깨닫고,

"그럼 형을 믿고 경성에 와라!"

자신 있게 용주에게 말했다. 그리고 어른처럼 단단한 용주의 어깨를 붙잡고 세게 흔들었다.

(원제 : 殼, 발표지 : 『녹기』, 1942년 1월)

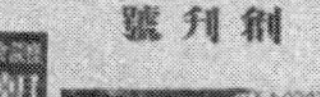

장혁주

- 어떤 독농가의 술회
- 순 례

▌장혁주(1905 - 1998)

1932년 일본어 소설 「아귀도」로 활동을 시작하여 프롤레타리아 경향의 작품을 발표하였다. 중일전쟁 이후에 식민주의에 협력하기 시작하여 『岩本志願兵』이란 작품집도 발간한다. 해방 이후 일본에 귀화하여 활동하다가 1998년에 사망

어떤 독농가의 술회

　내가 큰 잘 못을 저지른 것은 아닌가라는 생각이 든다. 생각하면 생각할수록 혼란스러울 뿐이다.

　"내가 과연 독농(篤農)이라고 불릴 자격이 있을까? 상을 받다니."

　이런 생각이 내 머릿속에 들러붙어 떠나지 않는다. 지난 일이, 나의 삶이 주마등처럼 떠오른다.

　독농계 연합회 이사의 말대로 이러한 모든 망상을 떨쳐버리지 않으면 안 되는 걸까?

　"망설일 필요 없네. 자네가 한 일은 정말 훌륭한 일이야. 부락민에게 미친 영향이 크잖아. 자네의 공적은 도지사의 상장 정도로 보상받을 수 있는 게 아냐. 여기 보고서가 있으니 한번 읽어 보게나."

　보고서 사본인 모양이었다. 수십 장의 복사 서류를 건네면서,

　"자네가 과거의 그런 생활에서 벗어나 오늘날 이렇게 갱생한 것만으로도 충분히 상을 받을 만하다고 생각하네. 그러니 자네는 아무 걱정 말고 그저 주는 상이나 받아."

　이사는 강력하게 말했다.

　나는 이사에게 혼이라도 난 것처럼 풀이 죽어 나왔다.

　그러나 일이 손에 잡히지 않았다. 알 수 없는 흥분으로 눈이 마비되는 것만 같았다. 논에 비료를 주어야 해서 늦게까지 들에 나가 있기는 했다.

멀리서 열심히 일하는 다른 사람들의 모습에 자극을 받으면서도 나는 억지로 일을 하고 있었다.

해안도 없이 높이 출렁이는 구릉의 파도 너머로 태양이 천천히 떨어지고 있었다. 나는 깜짝 놀라 집으로 돌아가기로 했다.

연못가의 버드나무에 묶어두었던 소를 끌고 집으로 돌아가며 나는 이사의 말을 되새겨 보았다.

─자네가 과거의 그런 생활에서 벗어난 것만으로도.

갑자기 가슴이 뛰었다.

"혹시 그 보고서에도 그렇게 쓰여 있는 건 아닐까?"

그런 생각이 머리를 스친 순간 나는 고뇌에 빠져 버렸다. 온 몸에 진흙을 뒤집어쓴 것처럼 비참했다.

서류는 주머니에 있었다. 꺼내면 언제든지 볼 수 있는 것이었다. 나는 수치심인지 혐오감인지 모를 복잡한 기분으로 주머니 속의 서류에 손을 댈 수 없었다.

그러나 가족들이 모두 잠든 후, 막 올라오기 시작한 12월의 달빛에 혼자 벌떡 일어나 주머니에서 보고서를 꺼냈다. 그리고 부들부들 떨면서 한 장 한 장 넘기기 시작했다.

독농가 공적 조서, 첫줄에는 그렇게 쓰여 있었다. 그러나 이 한 줄의 문장은 나를 위해 쓰여 진 것이 아닌 것만 같았다. 누군가 다른 훌륭한 선행자를 위한 것처럼 한자 한자 빛나고 있었다.

그러나 이 건 분명히 나를 위해 쓰여 진 문자였다. 두 번째 줄에 있는 본적도, 그리고 그 다음 줄의 현주소도, 가네다 히코사부로(金田彦三朗)라는 창씨명도, 메이지 40년 3월 5일생이라는 생일도 전부 내 것이었다.

조서는 부락의 위치, 지세, 토질 등, 현재 부락의 개황을 자세하게 설명하고 내 가족과 독농상황, 자금의 수지 상황을 설명해 나가고 있었다.

그리고 독농 미담으로 다음과 같은 문장이 이어졌다.

이주 당시의 강덕(康德) 3년은 이 지방의 치안이 아직 확보되지 않은 시대로 비적의 약탈이 빈번하였다. 또한 당 농촌의 토지는 강염기성 알카리 지대로 이주민은 불안과 공포 속에 전도를 비관하며 영농생활을 하고 있었다.

그런 중에 본인은 고식적인 영농에 만족하지 않고 분기 노력하여 토질개량에 힘썼다. 거듭되는 실패에도 굴하지 않고 논 사이에 도랑을 파고 끊임없이 관개배수를 하여 알칼리를 씻어내고, 퇴비에 양질의 토양을 혼합하는 배토방법을 고안하였다.

뿐만 아니라 당 농촌 토양에 적합한 품종을 선정하여 실험하던 끝에 드디어 오늘날의 성공을 이루게 된 것이다.

또한 부락민의 농사 지도와 근검저축을 독려하는 등, 위 본인의 독행미담은 이루 헤아릴 수 없을 정도이다.

이를 읽는 내 가슴은 부들부들 떨릴 뿐이었다. 거적으로 만든 집에서 비바람을 피하고 있을 때 비적들이 몰아닥쳐 이불 하나 남기지 않고 약탈을 하고 불을 질러 갈 곳도 없이 황량한 들판을 우왕좌왕 도망치던 이주 당시의 모습이 떠올랐다. 망망한 평원이 그 때처럼 허망하게 보인 적은 없었다.

심어져 있는 거라고는 갈대와 버드나무뿐으로 하얀 소금을 뿜어내고 있는 땅에 쟁기질을 하면 너무 단단해 쇠 소리가 날 정도였다. 그 때의 실망이란. 여름에는 짜디짠 물을 마셔 설사병이 돌았다. 가족이 없는 사람들을 묻고 얼마나 울었던지…….

"정말 여기까지 잘 참고 살았다."

나는 그런 생각을 하며 장탄식을 했다.

아마도 이사가 썼을 것이다. 이 수십 행의 문장으로 나는 지난 일을 선명하게 떠올리는 것이었다.

이런 생활을 견디고 난관을 극복해 온 사람은 비단 나 혼자만이 아닐

것이다.

내가 한 일은 정말 조그만 시험에 지나지 않았다. 이 땅에 매달리고 싶은 마음에 발작적으로 한 행동이었는지도 모른다.

그런데 나 혼자 상을 받고 칭송을 받다니…….

"그럴 수 없지, 그럴 수 없지."

흥분과 감격으로 너무 심정이 복잡하여 덜덜 떨릴 뿐이었다.

다음 문장을 읽었을 때는 숨이 막힐 정도로 혼란스러웠다.

나는 눈을 감았다. 읽지 못 하겠다. 그러나 또 다른 마음이 나를 억지로 끌어내는 것이었다.

이 같은 독행의 주인공인 본인은 과거에 소위 아편중독자이었으며 안동에서는 밀수에 종사한 적도 있는, 세상에서 말하는 범죄자였다. 이를 노력으로 극복하고 오늘날과 같은 모범인물이 된 점은 독행보다 더 특기할 만한 가치가 있다. 위 본인의 농사 근면과 자기 수련을 위한 간난 신고는 다른 사람의 상상을 초월하는 것으로 사료된다.

나는 조서를 던져버렸다. 그리고 책상에 엎드렸다. 격한 오열이 내 인후를 흔들었다. 나는 이 기분이 무엇인지 알 수 없었다. 벌거벗겨진 것만 같은 수치와 참회, 막연한 불안이 한꺼번에 밀려와 내 가슴을 쥐어뜯으며 견딜 수 없는 고통 속으로 몰아갔다.

나는 이사가 이를 특기한 이유를 너무나 잘 알고 있다. 입식(入植) 당시의 내 처참한 모습을 알고 있는 이사는 내가 오늘날과 같이 착실한 농민이 된 것이 기쁜 것이다. 이사는 내가 수확한 농산물 앞에서 감격하여 울고 있을 때 살짝 내 옆으로 다가와 이렇게 말했다.

"올해는 정말 수확 많군. 오랫동안 고생한 보람이 있어 자네도 기쁠 테지."

그리고 잠시 후에 이렇게 덧붙였다.

"이제 와서 하는 말이지만 나는 자네가 제일 먼저 이 마을에서 도망 갈 거라고 생각했네. 창백한 얼굴과 사람을 노려보는 자네의 싸늘한 눈을 보았을 때, 엄청나게 못 된 놈이 들어 왔구나 생각했어. 이곳은 범죄 자들을 모아 놓은 수용소가 아니었으니까. 그렇지만 그런 사람들이 갱생을 할 수 있는지 없는지 알 수 있는 수련장이지. 그 때 나는 이렇게 생각했네. 좋아, 이 남자가 갱생을 하는 가에 따라 이 마을의 귀추가 정해질 거라고 말이야. 그런데 제일 위험했던 자네가 제일가는 모범농인이 되었잖은가. 나는 자네를 보고 이 개척촌에 파견되어 온 것을 감사하고 감격했네. 그 당시는 나도 젊어서 더 좋은 곳으로 전근가기를 바라고 있었거든. 난 지금 너무 기쁘네. 아무데도 가고 싶지 않아. 잘 해주게 나."

이사의 말 그대로였다. 그 당시 내 눈이 얼마나 기괴했는지는 나 자신도 잘 알고 있었다.

그래. 나는 이제 이 문장을 냉정하게 읽을 수 있을 거야. 여기에 쓰인 나는 지금의 내가 아니다. 그 때의 나는 이미 죽었다.

그런데도 내 마음을 억누르고 있는 이 격동과 혼란은 도대체 무엇이 란 말인가.

나는 그 정체를 알 수 없었다. 오랫동안 내 마음속에서 나를 갉아먹고 있던 뭔가가 다시 살아난 걸까? 나는 또 다시 예전의 나로 돌아가는 걸까? 아니, 이 건 기우이다. 내가 너무 걱정하는 거야. 그저 단순한 망상일 뿐이다.

그래. 나는 구원을 받았다. 내가 구원을 받은 것은 확실하다. 활활 타고 있는 한 여름의 태양처럼 확실하다. 나는 더 이상 길을 잃지 않겠다. 약해지지 않도록 지금처럼 단단하게 마음을 먹어야 한다.

그렇다면 지금 이 기분은 내가 아니다. 나는 이런 기분을 밀쳐내지 않으면 안 된다.

아— 알았다. 이것은 내 마음속에 숨겨두었던 비밀스러운 모습이 다른 사람 손에 의해 꺼내어져 내 앞에 던져졌기 때문에 놀란 것이다. 그러나 나는 다시 그렇게 놀라고 싶지 않았다. 겁을 먹고 피하기만 했던 나의 추악한 모습에 당당하게 맞서는 것이 좋을 것이다. 뚜껑을 열고 더러운 것을 꺼내자. 그리고 멀리 내던지자.

침착하게 지난날의 나의 모습을 하나하나 바라보자.

이사는 나를 아편중독자, 범죄자라고 썼다. 맞다. 나는 모르핀 중독자였고 타이양(大洋) 밀수업자였다.

그 불명예스러운 말만으로도 사람들은 퇴폐적인 모습과 교활하고 탐욕스러운 사람이라 상상할 것이다.

그러나 나는 절대 그런 인간이 아니었다는 것을 강력하고 주장하고 싶다.

20년 전, 아니 더 거슬러 올라가 25년 전의 나를 떠올리면 한없는 회한이 밀려온다.

나는 보퉁이를 등에 짊어지고 있다. 다 떨어져 올이 보이는 나사 모자를 쓰고 있다. 입고 있는 옷 모두 어머니가 직접 면을 짜서 연두색으로 염색한 것이다. 두꺼워서 아무리 빨아 널어도 부드러워지지 않는 수직이었다.

나는 교정에 나타난다. 그러자 여기저기서 달려온 마을 아이들이
―야 멍석!
―야 쇠가죽!
하고 놀려대며 웃는다.

마을 아이들은 얇은 천의 옷을 입고 있다. 연한 복숭아 색 비단 상의를 입고 있는 아이도 있다. 화려한 장미 무늬의 조끼를 껴입고 있다. 당시 유행하던 무늬였다.

그들에게 둘러싸여 붉게 얼굴을 물들인 내 눈에도 내 모습이 너무 촌스럽다. 내 웃옷은 너무 길었고 바지도 너무 펄렁거렸다. 거기에 내 얼

굴은 털투성이였다.

－야 수염!

그들이 나를 부른다.

－야 산돼지!

하면서 나를 건드려 본다.

그들 눈에는 내가 산돼지처럼 거칠게 보였을까?

나는 너무 분해 이것저것 궁리를 한다. 그러나 학교가 끝나면 나는 바로 집으로 돌아와 논으로 나간다. 덤불을 헤치고 나무를 자르기도 하고 풀을 베기도 한다. 그들과 마찬가지로 얇은 옷을 입으면 바로 찢어질 것이다.

가시에 찔려도, 넝쿨에 걸려도, 내 옷은 쇠가죽처럼 질겼다. 들에서 일하기에 이보다 더 좋은 옷은 없다.

나는 그들처럼 연을 날리거나 팽이를 돌리며 놀 여유가 없다.

논에서 일하는 게 뭐가 나쁘단 말인가.

그들에게 조롱당하고 기분이 좋을 리 없었다. 언제나 웃고 있었지만 내게도 고집이 있었다.

나는 3리나 되는 거리를 하루도 쉬지 않고 학교에 다닌다. 우리 마을에서 학교까지는 형산강과 북천이라는 강을 두개나 건너지 않으면 안 된다. 더우기 버드나무 숲과 모래로 덮인 강변을 가로질러 가야 했다.

학년말이 되어 개근상을 받는 건 언제나 나와 같은 마을에 사는 아이들뿐이었다.

선생님은 반드시 그 강과 버드나무 숲, 모래강변을 언급하고 최대급의 칭찬을 해주셨다.

이때만큼은 일년 동안 모두에게 당한 야유를 잊는 때였다.

잘하던 과목에 얽힌 추억도 있다.

제일 잘하는 것은 농업과 실습이었다.

나는 산수와 도화를 잘 하지 못했다. 그 시간이 되면 나는 언제나 모두에게 놀림을 받았다. 왜 그렇게 젬병이었는지 나 자신도 이상할 정도다. 읍 아이들이 머리가 좋다는 것을 절실하게 느끼며 모두에게 야유를 당해도 싸다고 생각하는 것이었다.

그러나 농업시간이 되면 내 독무대다. 풀과 작물을 구분하지 못하는 읍 아이들 사이에서 나는 군계일학이었다. 내가 키운 무나 배추는 교내 최고의 성적으로 전람회에서도 일등을 차지한 적도 있었다.

이렇듯, 나는 내 자신을 한심하게 여기기도 하기도 하고 묘하게 자신감을 가지기도 하면서 4년을 보냈다. 그 때는 초등학교가 4년제였다. 그리고 졸업. 여기에서 다시 읍의 아이들과 확실하게 다른 방향으로 흐른다. 그들은 상급학교에 진학하여 공부하러 멀리 떠난다. 나는 모자와 보퉁이를 동생에게 넘기고 거름통을 짊어지고 짐차를 끌었다. 학교 방학때마다 돌아오는 그들의 교복 입은 모습은 멋지기만 한데 나는 점점 촌스러워지고 있다.

그러나 나는 단 한번도 내 신분을 원망한 적은 없었다. 아버지도 어머니도, 그리고 할아버지도 할머니도 태어나면서부터 농부였다. 주어진 삶을 지키기만 하면 우리들은 만족하고 행복했기 때문이었다.

그렇게 4~5년이 지난다. 멀리 유학간 사람, 혹은 중퇴한 사람들이 하나 둘씩 다시 마을로 돌아왔다. 장날 읍에 나가면 그들 두세 명은 반드시 만날 수 있다. 그들은 다음날도 그 다음날도 할일 없이 지내고 있다.

그렇게 허송세월을 보내면서도 질리지 않는 것에 감탄할 때조차 있었다.

그리고 어느 날 그들이 질리지 않는 원인을 발견한다.

그들은 자기네 집단을 만들어 떠들며 기세를 올리고 있었다.

어느 날 그들의 웅변대회를 엿볼 수 있었다.

─일하라!

─사치를 하지 마라!

―기생을 없애자!

나는 감탄한다. 그들의 모든 말이 맞는 말이었기 때문이었다.

'저 녀석들은 정말 일을 찾기나 하고 있을까?'

나는 생각한다.

그들은 여전히 거리를 할일 없이 헤매고 있다.

어느 장날, 나는 그들이 붙인 포스터에 땅으로 돌아가라는 문자를 발견한다. 마음이 밝아지는 걸 느낀다. 그렇게 나를 경멸하던 그들이 땅으로 돌아가고자 하다니. 나는 그 문구에 위안을 얻는다.

그러나 그날은 바쁘게 일을 하지 않으면 안 되었기에 나로 돌아간다. 나는 소달구지 가득 실은 조를 팔지 않으면 안 된다.

저녁 무렵, 나는 정신이 들어 집으로 돌아간다. 인부에게 소달구지를 끌게 하고 출발하려는 순간 동창을 만난다. 그러나 그는 소위 읍내 아이로 유학생이다. 나를 보고도 전혀 기억이 나지 않는 모양이다. 웃고 있던 나는 무안하여 외면하려 하지만 느슨해진 내 얼굴의 주름이 좀처럼 고쳐지지 않는다. 상대가 모르는 체하는데 내가 뭘― 하는 그런 속 좁은 놈도 아니었다.

"여―."

하고 사람 좋은 웃음을 띠고 부른다.

그는 이상하다는 듯이 나를 바라본다. 아무래도 생각이 나지 않는 모양이다.

나는 그 때 거울에 비친 내 얼굴을 떠올려 본다. 그 때는 스물넷의 청년이었다. 그리고 까만 수염과 검게 탄 얼굴을 생각한다. 그가 나를 기억하지 못하는 것도 당연하다는 생각이 든다.

"나 언출이야."

그 때는 창씨개명이 없던 시대였다. 이름을 대자,

"어."

하며 그가 나에게 달려들 듯이,

"너였구나. 네가 바로 그 언출이구나. 그 언출이가 이렇게 커서. 나 최오성을 잘도 기억했네. 정말 감격했다."

라며 허풍스럽게 말한다.

나는 그의 행동이 과장이라는 것을 안다. 그러나 졸업 후에 동창생과 거의 말을 나눠본 경험이 없던 나는 최가 반갑게 대하자 순식간에 기분이 좋아진다.

"정말 잘 만났다. 너 많이 생각했어. 나도 귀농하려고 말이야. 땅을 갈아보려고. 어때? 언출이 네가 내 선생님이 되어 줘. 너 왜 그렇게 이상한 얼굴을 하냐? 옛날처럼 거름통을 붓는 짓은 하지 않을게."

"와하하하—."

나는 나도 모르게 웃음을 터트렸다.

최도 내 웃음에 유쾌하다는 듯이 장난스러운 웃음을 터트렸다.

지나가는 사람들이 힐끗힐끗 우리들을 쳐다본다.

"너도 기억력이 좋구나. 그 일을 아직도 잊지 않고 있다니."

"어떻게 잊을 수 있냐? 구더기가 꿈틀거리는 거름을 퍼 오는 것은 언제나 너였잖아. 난 지금도 미안하게 생각해."

그래도 유쾌했다. 그 때를 생각하면 기분이 좋았다.

여름이었다. 실습지 할당을 받는다. 나는 최와 같은 조이다. 잘되었다며 최가 내 옆으로 온다. 반에서 제일 실습을 싫어하는 최이다. 올 해는 네 덕분에 실습 점수가 좋을 거라고 말한다. 그는 거름을 푸는 것이 죽기보다 싫다고 한다. 언출아 부탁해. 나는 꿈틀거리는 구더기를 보면 일주일은 밥을 못 먹어. 부탁해. 그 대신 풀 뽑는 것은 나 혼자 할 테니까. 그러나 최는 풀을 뽑는 대신 무와 야채를 깨끗하게 뽑아버린다. 뭐 하는 거야? 그건 풀이 아냐. 응? 정말 미안하다. 그는 파랗게 질린다. 나는 남은 무를 적당한 간격으로 다시 심기 바쁘다.

그러나 수확할 때가 온다. 나는 내 키만큼 자란 네리마(練馬) 무랑 몸통만한 배추를 수확한다. 전시회에서는 당연히 우리가 1등을 한다.

그러자 최는,

"상장 받으러 내가 나갈게. 부탁이니까 그렇게 해 주라."

그리고 그는 군수랑 서장이랑 높은 사람들 앞에서 의기양양하게 상장을 받는다.

"어째서 농부가 되려고 하는데?"

나는 조금 동정하며 묻는다.

"그게 말이야. 여러 가지 사정이 있어서."

최는 풀이 죽어 말한다.

그 때 인부가 벌써 해가 졌다고 말한다.

"그럼−."

나는 최에게 작별 인사를 한다.

그러자,

"벌써 가려고? 이렇게 보내지 않을 거야. 우리 집으로 가자. 저녁이라도 먹으면서 이야기를 하고 싶어. 귀농에 대해서 물어볼 말도 많고."

최가 진지하게 말한다.

나는 정에 약하다. 그래서 인부를 먼저 보내고 최의 뒤를 따라 갔다. 최의 집은 굉장한 기와집이었다. 반짝반짝 빛나는 방바닥에 다시 앉아 볼 수 있다는 생각에 유쾌해진다. 그러나 최가 여기야 라고 말하며 나를 안내한 집은 초라한 단칸 기와집이었다. 기와에는 이끼가 끼어 금방이라도 무너질 것 같다.

"왜 이런 집에?"

나는 놀라 묻는다.

"아버지가 돌아가실 때 집까지 넘어갔어."

최는 장난스럽게 말한다.

나는 속으로 아하−하고 납득을 한다. 최가 귀농하고 싶다는 말을 처음으로 실감한다.

그래서 초라한 저녁 밥상이 나오리라 생각하는데 의외로 진수성찬이다. 식기도 나 같은 촌놈은 처음 보는 호화로운 것이다. 집안이 기울어도 격식이 남아있다는 것을 알 수 있다.

나는 최의 말을 들어보려고 식후에 그와 마주 앉았다. 그러나 최는 귀농에 대해서는 한 마디도 하지 않는다. 동창생 이야기뿐이다. 재미있었던 도회지에서의 사건들, 문학 등, 땅과는 아무런 상관도 없는 이야기뿐이다. 최는 정말 화술이 좋아 무슨 연극을 보는 기분이었다.

"어때? 한 번 모두 만나자. 언제나 네 이야기를 하거든."

최는 억지로 나를 집회장으로 데려가려고 한다.

집회장이라고 하지만 밤에는 좀 다르다고 한다.

"어떤 데야?"

라고 묻자 그냥 따라 와봐ㅡ라고 한다.

최는 나를 어떤 사거리로 끌고 간다. 벌써 와서 기다리고 있는 손님이 너 다섯 명이나 된다. 모두 스틱을 쥐고 있다.

최가 먼저 가서 뭔가를 속삭인다. 그러자 모두 내게 몰려든다. 반갑다는 친밀한 인사의 홍수에 나는 흥분한다.

"그럼 오늘은 언출이 환영회다."

하나가 말한다.

"좋아ㅡ 그럼 어느 쪽부터 시작할까?"

"스틱 세워라."

하나가 지팡이를 사거리 한 가운데에 세운다. 그리고 스틱이 넘어진다.

"북쪽이다."

와하고 웃으며 모두 북쪽으로 간다. 그리고 꾸불꾸불 좁은 골목길로 들어선다.

나중에 알게 된 사실이지만 낮에는 도학자 같은 말을 하던 그들도 밤이 되면 사거리에 모여 유흥거리를 설치는 것이었다. 물론 돈 없이 놀

수 있는 기생집을 찾아가는 것이다.

그날 밤, 그들이 찾아간 곳은 난화라는 기생의 집이다. 처음에는 영문을 모르고 멍청하게 서 있던 나는 죄악감을 느끼고 도망칠 궁리만 하고 있었다. 그러나 그들은 나를 놓아주지 않는다. 해학과 독설로 장난을 치기도 하고 웃기도 하며 시간 가는 줄 모르고 놀기만 했다.

그러나 뒤처리를 내가 해야 한다는 것을 알았을 때의 경악, 그 때를 생각하면 지금도 괴롭다.

"자네 가지고 있는 거 전부 내 놔. 나머지는 내가 어떻게 해볼 테니까."

최가 아무렇지 않게 말한다. 그의 풀 죽은 얼굴을 보자 그를 곤란하게 하고 싶지 않다.

그러나 집에 돌아가 아버지에게 변명할 수 없는 큰 돈을 쓴 나는 다음 장날에 반드시 최에게 돌려받으리라 결심한다.

다음 장날, 사람들 사이를 요리조리 헤치며 내게서 숨으려는 최를 발견하지만,

"언출이구나. 오늘도 하루 종일 너를 기다렸다. 자 가자. 돈은 바로 갚을게."

라고 말하는 최의 얼굴을, 그 장난스러운 눈을 보자 화를 낼 수 없다.

그러나 그가 나를 데려간 곳은 난화의 집이었다. 나는 들어가기를 거부한다. 그러나 최는 난화에게 나를 떠밀었다. 지난번 신세를 갚는 거야. 오늘은 내가 낼 테니까. 내 체면 좀 세워줘. 진심인 것처럼 말한다.

나는 할 수 없이 최를 따라 나섰다.

최에게 말을 건넨 것이 재앙의 씨앗이었다. 최의 그럴 듯한 말에 빠져 두 번, 세 번 속으면서 바로 그들의 밥이 된다.

아버지의 격노에 나는 결국 집에서 쫓겨났다. 마을 사람들의 조롱거리가 되었던 그 비참한 모습을 생각하지 않으려고 얼마나 노력했던가?

나는 이리 저리 떠돈다.

그러던 끝에 경성 거리에 불쌍한 모습을 드러내게 되었다. 얼굴색이 안 좋은 남자가 친절하게 말을 건다. 며칠동안 그 사람 덕에 끼니를 때울 수 있었다. 그러나 그 대가가 너무 컸다. 나는 그의 팔에 놓을 주사액을 사기 위해 실로 파렴치한 행위를 하지 않으면 안 되었다. 그리고 결국 나도 그와 마찬가지 환자가 되었다. 그 절망을 여기에서 이야기할 필요는 없을 것이다.

나는 새로운 친구와 함께 안동으로 흘러간다. 철교를 왕래하며 공포에 떨면서도 내게는 유일한 희망이 있다. 큰 돈을 쥐게 되면 내 몸을 갉아먹고 있는 병을 치료하기 위해 입원하는 것이다.

그럴 때조차 나는 시간이 나면 지칠 줄 모르고 교외의 전원에 서서 열매를 맺고 있는 벼나 작물을 바라보곤 했다. 거기에서 일하고 있는 농부의 모습에 나는 옛날의 내 모습을 떠올리고 그 시절로 돌아가고 싶은 동경을 품기도 했다. 그것은 정말 격렬하고 극심한 욕망이었다.

"밭을 갈고 싶어. 정말 땅을 일구고 싶다."

나는 농가 생활이 부러워 어쩔 줄 몰랐다. 때때로 집을 생각했다. 그러면 문득 농부의 생활 냄새가 참을 수 없을 정도로 그리워지곤 했다.

나는 밭이랑에 주저앉아 흙을 만지며 생각에 잠기곤 했다. 두 번 다시 그 생활로 돌아갈 수 없는 운명을 떠올리고 절망적으로 한탄하기도 한다. 그러나 나는 나를 에워싸고 있는 사람들을 떠날 수 없었다. 그들은 실로 교묘하게 그물을 치고 있어 꼼짝을 할 수가 없었다. 나는 책략을 생각한다. 자해를 하여 병원에 실려 가는 것이다.

어느 날, 안동에서 신의주로 향하는 기차 안에서 기차가 철교를 지나 막 건널목을 통과하려고 했을 때다. 나는 파랗게 눈을 빛내며 세관을 어떻게 빠져나갈 것인가를 고민하고 있는 동행을 피해 승강구로 나간다.

모든 것이 계획 대로였다. 나는 열차에서 떨어져 상처를 입고 병원으로 실려 갔다. 그리고 상처를 치료하고 있는 동안 나는 큰 결심을 하고 의사에게 내 중독에 대해 고백한다.

그러나 몸이 나아가자 죄를 지었다는 양심의 가책은 날이 갈수록 점점 심해진다. 이도 자연히 해결된다. 일당이 체포되자 나도 연루된 것이다.

이것이 오히려 병의 치료에 도움이 되었다. 나는 언젠가는 끝나리라 믿으며 조사에 순순히 응한다.

그런 상태인 내게도 만주사변의 소식이 들려온다. 그러나 그 사변 덕에 내게 땅이 생겨, 그렇게 원했던 농부로 돌아가게 되리라고는 상상도 하지 못했다.

어느 날 나는 호출을 당했다.

"어때? 이제 약이 없어도 참을 수 있지?"

담당이 물었다.

"예, 덕분에 완전히 회복되었습니다."

나는 자신 있게 말한다.

그러나 밖으로 나가면 예전의 나쁜 녀석들이 노리고 있을 터였다. 그래서,

"그렇지만 동료들이 없는 곳으로 멀리 떠나고 싶습니다."

라고 덧붙였다.

"그래? 실은 너희들에게 개척을 맡기려고 한다. 소질이 있는 사람은 입식을 시키고."

"개척이라니요?"

"그러니까 농부가 되는 거야."

"농부?"

나는 담당이 무슨 소리를 하는지 이해할 수 없다. 내 고향에도 돌아갈 수 없는 내가 어떻게 농부가 된단 말인가? 그런 생각을 하고 있던 내게 담당은 만주 개척촌에 대해, 우리들 범죄자들의 갱생을 위해 만주가 시험대가 된다는 것을 말해 주었다.

"내가 농부가 되다니. 땅을 일굴 수 있다니."

나는 미친 듯이,

"보내 주세요. 제발 저를 보내 주세요."

라고 애원하며 담당의 다리를 부여잡고 울음을 터트리고 만다.

이렇게 하여 얻은 생활이었다. 쟁기를 부여잡고 처음으로 땅을 판 순간, 끊임없이 흘러내리는 눈물을 주체하지 못하던 그 때의 기분을 어떻게 표현할 수 있을까. 그저 가슴 속 깊이 묻어두었던 마음에 균열이 생겼을 때 살짝 열어 보면 될 것이다.

그러나 내 주변에 꼭 감격스러운 일만 있었던 것은 아니다. 병의 치료를 견디지 못한 사람, 불로소득에 익숙해져 뼛속까지 게으름에 젖은 사람, 철교를 왕복하는 모험을 동경하는 사람 등, 정신적 불구자들의 신음과 저주, 원한을 가까이 지켜보았다. 그리고 그들이 모든 고뇌를 뱉어 내듯이,

—이런 땅에 뭐가 난다면 내 눈을 뽑는다.

라는 말에 마음이 흔들리곤 했다. 그리고 그런 마음에 채찍질을 하던 고통도 잊을 수 없다.

이럴 때 내 가슴속에 묻어두었던 그 눈물이 살짝 모습을 드러내곤 했다. 그러면 사람을 피해 들판으로 나가는 것이다.

고향에서 그랬던 것처럼 나는 아침 일찍 일어나 개똥이나 말똥을 주우러 다녔다. 조금이라도 검은 흙이 보이면 함께 가져왔다. 원주민이 버린 고량(高粱) 조개를 가져와 재를 만들었다. 이렇게 고생하여 만든 비료를 밭이나 논에 뿌렸다.

사람들은 나를 조롱했다. 해마다 추첨을 통해 토지를 나누었다. 내년에는 누구 땅이 될지도 모르는데 비료를 준다고 멍청하다고 했다. 그러나 회사가 해마다 경작지를 나누는 것은 공평을 기하기 위해서였다. 경작지는 위치에 따라 수리에 편리하기도 하고 불편하기도 했으며 토질에

도 차이가 있었다. 입식과 동시에 땅을 정해 버리면 불리한 토지를 받은 농부들의 불평불만이 쌓이고 이를 역으로 취하는 사람들도 있는 것이다. 나는 그들의 이기심을 탓하고 싶었지만 참는다. 참지 않으면 안 되는 일이 너무 많았다.

내 병이 다 완치된 것은 아니었다. 때때로 덮쳐오는 격심한 고통을 참는다는 것은 상상 이상으로 힘들었다.

어느 날, 그런 고통을 참기 위해 밭이랑에 웅크리고 있었다. 이를 물며 참고 있다. 그 때, 누군가가,

"왜 그렇게 심각한 얼굴을 하고 있어?"

하고 말을 걸었다.

깜짝 놀라 얼굴을 들자 노랗게 뜬 얼굴의 남자가 다가오고 있다.

"넌 너무 정직해. 그러니까 그렇게 힘들지. 요령만 있으면 약은 얼마든지 구할 수 있어."

남자가 내 옆에 털썩 주저앉으며 말한다.

"어때? 그 일곱 가지 도구는 가지고 왔겠지?"

내가 대답을 하지 않자, 남자는 계속해서 말을 했다.

"쓸데없는 소리 말아. 나는 약 필요 없어."

"헤헤—정말 참을성이 대단하네. 이래도?"

하며 더러운 손을 내민다.

"앗—."

하고 나는 소리친다.

그가 두 손가락으로 잡고 있는 칠흑같이 까만 고약에 눈앞이 캄캄해진다.

"도구는 없어도 돼. 그냥 먹어도 기분 좋지. 많이 부르지 않을게. 10 량만 줘. 현금이 없으면 증서라도 괜찮아."

나는 남자의 손에 있는 것을 낚아챘다. 그리고 바로 연못 쪽으로 달려갔다.

"뭐 하는 거야? 이봐 기다려!"

남자의 소리가 들렸지만 나는 그 끔찍한 것을 연못 속에 던져버렸다.

남자는 물보라를 일으키며 정신없이 연못 속으로 달려간다. 그러나 더러운 물에 젖을 뿐이다.

연못에서 나온 남자는 눈을 파랗게 빛내며 맹렬하게 덤벼들었다.

둘이 얼마나 엉켜 싸웠던가!

유혹은 이뿐이 아니었다. 부근의 원주민과 짜고 마음을 병들게 하는 밀매자는 수도 없이 많았다. 가까이 개인 경영의 농장이 있어 탈주자도 끊이지 않았다.

그러나 나와 같은 사람도 없는 것은 아니었다.

―두 번 다시 옛날로 돌아가고 싶지 않다.

우리들의 마음에 바른 지표가 되는 것은 바로 이런 생각이었다. 우리들은 이런 생각에 의지하여 모인다. 그리고 정신 똑바로 차리지 않으면 안 된다고 서로 격려했다.

첫 해와 이태 그리고 삼년까지는 혼란의 연속이었다.

그러나 4년째에 우리들 밭에 훌륭한 선물이 내려졌다. 벼이삭은 통통하게 살이 찌고 무게에 못 이겨 머리를 숙였다.

추수가 끝나자 주판을 놓는다.

"괜찮아. 이 정도면 가족도 충분히 먹일 수 있어."

그래서 고향에 편지를 썼다. 아버지에게 보내는 긴 편지는 참회와 사죄, 그리고 희망으로 가득 찼다.

아버지는 바로 내 처자를 데리고 오셨다. 내가 집을 나올 때 태어난 아이는 벌써 10살이 넘어있었다.

아버지는 나를 다시 만난 기쁨에 눈물을 감추지 못하신다.

"오랫동안 고생 많았다. 오늘 네 모습을 보니 그 때 내 잘못을 후회하지 않을 수 없구나. 모든 것을 용서할 테니 집으로 돌아가자."

눈물을 흘리시며 겨우 그 말씀만을 간신히 하셨다.

아버지는 개척지가 살벌하다고 생각하신 모양이었다. 척박한 땅에 매달려 있는 내 모습이 비참하게 보였으리라.

"빈손으로 나간 네가 이렇게 땅을 일구다니. 이제 안심이다."

라는 말도 한다. 개척지에 대해서는 아무 것도 모르는 아버지였다. 그리고 도회지에 있던 나, 압록강에 있던 나는 전혀 모른다. 그저 용서한다는 한마디로 내가 아버지의 뒤를 이으리라고 생각하는 모양이었다.

"제가 애써 가꾼 땅입니다. 여길 버리고 갈 수는 없습니다."

나는 분명하게 거절한다.

"무슨 소리야! 네게는 땅도 있고 집도 있어. 네 것을 네가 가지러 가는 거야."

아버지가 깜짝 놀라 말한다.

아버지는 내 말을 이해 못 하시고 그저 고집을 피우는 거라고 생각하는 것 같다.

"집은 동생에게 양보하겠습니다."

"넌 고집을 피우고 있어."

"그렇지 않습니다."

나는 무슨 말로 아버지를 이해시켜야 할지 몰라 난감했다. 한편으로는 아버지의 말은 커다란 유혹이 되어 다가온다. 유혹과 싸우기 위해 내가 얼마나 곤란한 시련을 견디지 않으면 안 되었던가! 그리고 그것이 마지막 시련이었다.

아버지가 모든 것을 포기하고 고향으로 돌아가시자,

'자— 지금부터다.'

나는 강한 의욕에 넘쳤다.

아내와 자식이 있는 우리 집을 바라보며 들일을 하는 내게, 싸워 이길 수 없는 것은 없는 것만 같았다.

내 결심을 꺾을 수 있는 것은 이제 아무 것도 없다.

　그렇다. 이 마음은 내가 어떤 곤란에 빠진다 해도 변하지 않을 것이다.

　설사 내가 과거에 어떤 잘못을 했다하더라도 충분히 죄 값을 했다. 그게 밝혀진다고 해서 치욕이 되지는 않으리라.

　나는 던졌던 조서를 다시 주워들었다. 꾸깃꾸깃해진 서너 장을 곱게 펴면서 그 때 장날에 최를 만난 후의 일을 생각했지만 그 생각을 떨쳐버리기라도 하듯이 세차게 머리를 흔들었다.

　그리고 나의 모든 과거가 그 조서 안에 들어갈 수 있도록 정중하게 접으며,

　"이 조서는 내일 이사님에게 돌려 줘야지."

라고 생각한다.

　틀림없이 명예스럽지 못한 과거의 오점은 이사의 문장이 어딘가 가져다 줄 것이다.

　모든 것을 회상한 내 기분은 실로 평온했다.

　창을 비추던 달그림자가 아직 조금 남아있었다. 있는 듯 없는 듯, 은은한 달빛이 나를 차분히 가라앉혀 주었다. 조서를 읽기 시작하던 때의 격동과 혼란은 흔적도 없이 사라졌다.

　이걸로 된 거야. 언제까지나 이런 기분으로 살자. 그리고 갈고 닦아온 내 의지를 소중하게 간직하여 저력으로 삼자.

　토지의 분할도 정해지고 자작농 신청도 할 수 있는 지금, 내 앞길은 희망뿐이 아닌가! 내가 독농가로 표창을 받거나 안 받거나 이 희망을 위한 내 결심에는 전혀 흔들림이 없겠지만 그 명예와 감격은 앞으로의 내게 영원히 좋은 편달이 될 것이다.

　자, 이제 곧 날이 밝아온다. 조금이라도 잠을 자 두지 않으면……

　　　　　　(원제 : あろ篤農家の述懷, 발표지 :『녹기』, 1943년 1월)

순 례

1

한노(飯能)에서 아노(吾野)행을 갈아타고 셋째 번이 고마(高麗) 역이었다. 개찰구를 나서니까 바로 옆에 있는 우물가에 천하대장군과 지하여장군이 나란히 서 있었다. 나는 깜짝 놀라 장군 앞으로 다가 갔다.

어느 때 일이었는지 확실히는 기억하지 못하나 하여간에 어렸을 때의 어느 해 저물 무렵 어두컴컴한 산모퉁이에서 불쑥 이 천하대장군과 얼굴을 맞닥뜨린 일이 있다. 구부러진 통나무 끝에 새겨진 얼굴이 매서운 눈초리로 나를 흘겨보았기 때문에 나는 질겁해서 고개를 들지 못하고 손끝 하나 꼼짝 못할 두려움을 느낀 일이 있다.

그 후부터 나는 어둔 길을 걸을 때에는 반드시 눈을 감기로 했었다. 그리하여 드디어 다시는 정말 천하대장군을 만날 기회가 없이 지금까지 지내왔다. 다만 책속의 삽화나 그림 엽서로 보아 왔을 뿐인 고로 어떻게 또한번 실물을 봤으면 하고 생각하던 참이다.

그러던 것을 지금 뜻하지 않게 이 무사시노(武藏野)의 일각(一角)에서 만날 수 있었던 것이다.

채색도 새로운 훌륭한 각재(角材)에 조각한 이 천하대장군은 내가 어렸을 때 만났던 장군에 비하여 무섭지도 않고 숭험게도 안 생겼었다. 커다랗게 부릅뜨고 악마를 노리고 있는 눈에도 쭉 째진 입에도 어딘지 모르게 상냥스런 빛이 떠돌았다.

하여간 오래 기다리고 있던 것을 만났다는 것만으로도 이 고장과 나와는 깊은 인연이 있는 것이라는 것을 나는 확실히 알 수가 있었다.

그리고 내게 이곳을 참배할 결심을 하게 해준 이와모도(岩本) 지원병을 문득 생각해 내고.

"이와모도는 어떤 생각을 가지고 이 장승을 보았을까."
라고 생각했다.

이 같은 대장군에 대하여도 조선에서 자란 나와 내지에서 자란 이와모도와는 전연 느끼는 바가 달랐을 것이라고 나는 생각하였다.

나는 지금 이 장군 앞에 서서 실로 지난날의 회상에 잠겨 있으나 이와모도는 틀림없이 많은 것을 배우려고 힘썼을 것이다.

나는 또 그 날 묵도 시간에 이와모도가 별안간에 느껴 울던 일을 생각해 내었다. 그리고 이와모도의 심중을 헤아리어 가슴이 쓰렸다.

그러나 이와모도는 오래전부터 짊어지고 오던 모든 마음의 무거운 짐들을, 그 날 밤부터는 깨끗이 벗어내 던지고, 반드시 훌륭한 병정이 되었으리라고 나는 생각하였다.

내가 이런 생각에 잠기고 있는 사이에도 같은 전차를 타고 온 참배자와 륙색을 짊어진 사람들이 잠깐 발을 멈추었다가는 다시 부리나케 지나갔다. 그리하여 신작로를 가로질러 마을길로 사라졌다.

화물 자동차 한 대가 누런 먼지를 퍼뜨리며 달려간 뒤 길모퉁이 가에서 한가하게 잡담을 하고 있는 마을 사람들을 바라보면서 나는 그래도 내 회상에서 벗어나지를 못하였다.

그 회상 속에 또 이와모도가 커다랗게 떠올랐다. 그에 따라 지원병 훈련소에 입소하던 날 일이 생생하게 생각났다.

그 날 아침, 나는 적은 보따리 하나를 옆에 끼고 훈련소 현관 앞에 섰다.

나는 이곳을 시찰하러 온 것이 아니라, 단기입소하여 훈련을 받을 생각이었다. 금방 나는 이 연약한 신사복을 벗어버리고 훈련생의 제복으로 갈아입어야 한다. 그리고 나서 총을 메고 연병장으로 나서야 된다. 그것을 생각하니까 기쁨에 가슴이 울렁거렸다.

이런 즐거운 공상에 잠겨있을 때 문득 소년시대의 일을 생각해 내었다. 오랜 동안의 나의 꿈이 지금 실현되려 하고 있는 것이다. 그때 우리들은 총을 메고 거리를 행진하는 것을 큰 자랑으로 알고 그것을 그려 마지않았다. 그러나 동네 연대(聯隊)의 야외 연습에도 내지인의 중학생과 달라 우리들은 긴 양복바지를 입은 채 언덕 위에서 뻔히 바라만 볼 수밖에 없었다. 쓸쓸하여 가슴이 텅 빈 듯한 느낌이었다.

그리하여 체조교사에게 떼를 써서 교련을 받게 되었다. 우리들의 맘을 알아차렸는지, 교사는 연대에서 지휘도(指揮刀)를 빌어 가지고 와서 교련을 가르쳐 주었다. 조약돌 깔린 강가에서 야전(野戰) 흉내도 내었다. 그러나 아무래도 만족할 수는 없었다.

그 조선에 지원병제가 실시되고 뒤따라 징병제가 실시된 것이다. 반가웠다. 가슴이 설레이도록 기뻤다. 그러나 자기 나이를 생각할 때, 일년만 더 있으면 불혹에 달하는 나인지라, 뒤떨어진 자의 외로움이 종내 마음 한구석에서 가시지를 않았다.

조선에 있는 어느 기관으로부터 징병제 실시 준비상황을 시찰하러 오라고 초빙을 받았을 때 나는 맨 먼저,

"그렇다. 이 기회에 지원병 훈련소에 입소하여 훈련을 받자."

이렇게 결심하였었다.

젊은 때 만족 못했던 마음을 그렇게 해서 위로할 작정이었던 것이다.

경성에 도착하여 일정이 짧으니 시찰만 하라고 할 때에도 나는

"아닙니다……."

하고 듣지를 않았다.

이윽고 나는 응접실로 안내를 받았다.

"가다기리(片桐) 교관이 당신 쓰게소우(附添)입니다. 지금 제×중대(中隊)의 주번교관(週番教官)이니까 당신도 그 중대에 배속됩니다."

이렇게 말하는 것이다.

'역시 훈련을 받게 되었구나.'

그렇게 생각하고 겨우 안심하였으나,

"이것이 당신의 입소 중의 과정표(課程表)입니다."

그러면서 내주는 종이쪽을 받아 읽는 동안에 나는 낙담하고 말았다.

"훈련생과 같이 훈련을 받고 싶습니다만은……."

하고 나는 애원하는 듯이 말하였다.

"그건 안 됩니다."

그는 단연코 거절하였다.

"왜 안 되나요."

나는 그대로 참을 수 없어서 또 물었다.

"훈련생의 맘을 동하게 합니다."

"그렇습니까."

나는 풀이 죽어 버렸다.

무척 서운하였으나 굳이 청할 일이 아니라 생각하고 단념하였다.

"그러면 가다기리 교관을 따라 제×중대로 가십시오. 자세한 것은 거기서 또 주의해 드리겠습니다."

밖으로 나와서 긴 복도를 지날 때,

"복장만은 제복을 입으십시오."

하고 가다기리 교관이 처음으로 입을 열었다.

"그렇게 해 주십시오."

훈련받지 못하는 것을 아직도 속으로 분하게 생각하면서 대답하니까

"뭐하면 한두 가지 기본동작만이라도 지도해 드릴까요."

나는 춤이라도 출 듯이 기뻐서,

"꼭 좀 그래 주십시오."

하고 대답했다.

당직실로 와서 훈련생의 제복으로 갈아입었다. 견장을 달고 각반을 차고 구두를 신고하는 사이에 나는 어느덧 제 나이도 잊어버리고 오직 기쁨에 잠겨 있었다. 입소 중의 나의 과정은 교관 견습(見習) 같은 일이었으나 겉모양만이라도 훈련생과 같아진 것이 여간 기쁘지 않았던 것이다.

"그럼 소내(所內)를 안내하겠습니다."

가다기리 교관은 이렇게 말하면서 일어섰다.

복도로 나오니 훈련생들이 거수(擧手)의 예(禮)를 한다. 답례하는 것이 처음에는 좀 어색하였으나 나는 얼른 익숙해져야겠다고 마음먹었다.

교실을 지나 강당으로 와서

"이것이 명예의 전사자입니다."

고 이인석 상등병, 고 이형수 상등병 이하(以下)의 영자(英姿)를 배(拜)하고, 헤아릴 수 없는 감개에 잠기었다.

"훈련소의 훈련목표는 첫째가 황민연성(皇民錬成)입니다. 지원병 훈련소래서 병술(兵術) 교육이 위주일거라고 생각하는 사람이 많더군요. 그러나 훌륭한 병정을 만들려는 기초 교육을 하는 것이 훈련소의 안목이니까, 기본 동작의 지도나 불침번(不寢番) 혹은 위병근무(衛兵勤務)가 모두 정신훈련과 황민교육의 수단으로 하는 것이요. 직접 병술지도가 안목인 것은 아닙니다."

"그런고로 충효관(忠孝觀)의 시정(是正) 이라든가 내지생활에 익숙해 한다든가 하는 특별한 지도가 필요해 지는 것입니다."

가다기리 교관의 말을 한마디 한마디 마음속에 아로 새기면서, 이 때까지 다른 사생관(死生觀)과 생활환경 속에서 자란 사람이 황민화(皇民化)되는 과정을 생각하고

"내지에서 자란 사람은 그런 점은 좀 편하겠지요."

하고 물었다.

"그야 다르구 말구요. 내지병과 같답니다. 그러나 조선서 자란 사람두

원래 피가 같으니까 석 달만 훈련을 하면 내지병과 같아집니다. 이것은 차차 보여 드리지만요…….”

소내 견학이 끝나자,

“그럼 연병장으로 나가시지요. 담총(擔銃)과 총검술(銃劍術)의 두 가지 기본동작을 지도해드리겠습니다.”

고 가다기리 교관이 말하였다.

“그렇습니까.”

나는 참을 수 없는 기쁨을 섞어가지고 대답하였다.

연병장에서는 이개중대의 병술훈련이 한창이었다. 나는 나 혼자서만 따로 다른 장소에서 담총의 지도를 받았다. 지도해 주는 하사관(下士官)은 대(隊)에서 파견한 현역 오장(伍長)이었다.

담총이 끝나자 중대 속에 들어가서 총검술의 기본동작을 배웠다. 기백이 가득찬 훈련생을 따르지 못하는 나는, ‘그렇다. 훈련생의 훈육에 방해가 되겠구나.’

그렇게 후회하였다.

40분가량 하고 나서,

“그만하면 되겠지요. 좀 볼만 허시겠지만, 담엔 교관 견습으로 소내생활을 체험해 주십시오.”

하고 가다기리 교관이 말하였다.

“네. 고맙습니다.”

나는 가다기리 교관의 이 특별한 취급에는 아무리 감사해도 오히려 부족하겠다고 생각하였다. 그리고 이 한 시간도 못되는 체험이 내 일생에 얼마나 큰 힘이 될지 모르겠다고 생각하는 것이었다.

저녁이 끝난 후였다.

“위병근무상황을 보러 가시지요.”

하고 가다기리 교관은 어둔 영정(營庭)으로 나를 끌어내었다. 그리하여 대기소에서 대체의 얘기를 듣고, 입초(立哨), 동초(動哨) 있는 곳으로 순찰

하러 갔다.

우리들은 정문에서부터 연병장을 돌아 뒷문까지 오는 사이에 세 군데에서 날카롭게 수하(誰何)를 당하였다.

컴컴한 밤하늘 아래를 창고 비슷한 건물 뒤로 돌아서려니까, 아무 이유도 없이 부쩍 심신의 긴장을 느낀다.

그러자 총검이 번쩍하면서

"누구냐."

고 수하하였다.

턱 밑에 내밀린 총검 앞에 주춤하고 발을 멈추니까,

"순찰."하고 가다기리 교관이 얼른 대답해 주었다. 새파랗게 빛나던 칼끝이 쑥 들어가더니,

"……이상 없습니다."

하고 무엇인지 보고하는 소리가 들렸다.

그러나 나는 아직도 멍하니 서 있었다. 놀람에 뛰는 가슴을 아직도 진정시키지 못하고 있으려니까,

"너는 누구냐."

하고 가다기리 교관이 물었다.

"제×중대, 제×구대(區隊)의 야나가와입니다."

"지금 기백은 대단히 좋다. 그러나 판단을 잘못하지 않도록 주의해라."

"네."

나는 겨우 제 정신을 차리어,

'나하구 같은 중대로구나'라고 생각하였다.

얼마동안 말없이 걷다가,

"제×구대라는 것은 내지에서 자란 사람만으로 편성되었습니다. 지금 그 사람도 우수한 편이지만 그 사람과 같은 학원 출신자로 이와모도라는 사람이 있습니다. 이 사람이 반장입니다."

라고 가다기리 교관이 얘기해 주었다. 어딘지 모르게 무슨 의미가 감추어 있는 듯한 말씨였다.

점호(點呼)의 준비가 되었다고 해서 가다기리 교관은 복도로 나갔다. 나도 주번 하사관인 사와다 오장과 같이 가다기리 교관의 뒤를 따라 관제하(管制下)의 어두컴컴한 복도를 구대(區隊)에서 구대로 옮기어 갔다.

점호준비를 마친 단장은 가다기리 교관이 앞에 외치면 번호를 부르게 하고 나서 인원을 보고하였다.

그러는 사이에도 사와다 오장은 매와 같은 눈초리로 기관총알 같이 튀어나오는 번호의 하나 하나를 놓치지 않고 목과 어깨의 자세를 바로 잡는다.

—가나가와 바른편 어깨가 처졌다.

—마쓰무라 목소리가 적어.

생도들은 참 열심이었다. 단 한마디 번호를 부르는 데도 전력을 다하여 악쓴다. 그 너머도 열렬한 기백에 압도되어 나는 숨이 막힐 지경이었다.

이 숙사를 끝마치고 다음 숙사로 옮겨갔을 적에는 이미 나는 완전히 내 자신을 잃어버리고 오직 기계적으로 구대에서 구대로 따라갈 뿐이었다.

그러나 최후의 제×구대에 갔을 때, 문득 가다기리 교관의 말을 생각해 내고,

'여기가 내지에서 자란 사람들의 구대이구나.'

반장이

"전원 312명, 1명 입원, 현재 311명, 이상 없습니다."

하고 마치 불타는 듯한 목소리로 보고하는 것을 주의하여 보고 있었다.

'말이 과연 다르구나.'

그렇게 생각하였다. 완전히 동경 말이었다.

복도와 복도가 교차된 십자로 돌아오면서 동경서 자란 이와모도가 지금 과연 어떤 감상을 가지고 있는지 그것이 알고 싶다 생각하였다.

우리들이 채 중앙에 오기도 전에 중대는 복도로 나와 십자형으로 정렬하였다. 빈틈없이 복도에 가득 들어찬 중대가 일분도 안 걸리고 조용하게 한자리에 모인 것을 나는 깜짝 놀라면서 바라보았다.

중앙 발판 위에 올라선 가다기리 교관이 훈화를 하였다. 그 뒤를 받아 사와다 오장이,

"오늘 행동은 모두 활발해서 대단히 좋았다……. 더욱 노력해서 다른 중대에게 지지 않게 해."

라고 강평(講評)을 한 후 이렇게 명령하였다.

"제각기 고향 쪽을 향해서…… 부모에게 감사의 묵도를 바쳐, 묵도."

복도 안이 고요하여졌다. 엄숙한 순간이었다. 또 서운 것이 가슴에 치밀어 올라왔다.

"묵도 그만."

고개를 들 사이도 없이.

"누구냐. 코를 훌쩍거린게……."

깜짝 놀랐다. 나는 내 귀를 의심하였다.

그러자, 저쪽에서

"이와모도입니다."

라고 대답하였다. 그러면서 앞으로 나왔다.

"코를 훌쩍거린 게 아닙니다. 울었습니다."

라고 고백하였다.

나는 어떻게 될 것인가 하고 혼자서 가슴을 조이었다.

그러자 가다기리 교관이

"이와모도는 당직 교관실로 와."

그렇게 얼른 가로채었다.

어딘지 모르게 무거운 분위기가 중대를 뒤덥고 있었다.

나는 가다기리 교관을 따라 당직실로 돌아오기는 하였으나 공연히 마음이 설레이는 것 같다.

이윽고 문밖에서 큰소리가 나더니

"……들어가겠습니다."

하면서 이와모도가 빨리 들어왔다. 보통 때와 조금도 다름 없는 이와모도의 태도에 약간 맘이 놓이기는 하였으나

"이와모도는 운 이유를 보고하러 왔습니다."

라고 말하는 이와모도를 신기한 낯으로 바라보지 않을 수 없었다.

"응."

가다기리 교관은 침착한 태도로 차를 따르고 있었다. 그러면서 천천히 물었다.

"무슨 슬픈 일이라도 있었나."

"……."

이와모도는 고개를 떨어뜨렸다. 입술을 깨물고 있는 듯하였다.

"인제 와서 묵도 때 우는 놈이 어디 있어."

처음 입소했을 때에는 우는 자가 적지 않다 한다. 그것은 결코 연약한 맘에서가 아니라 엄격한 훈련을 쌓은 사이에 참말 자기 자신을 알고 자기와 부모와의 인연을 진심으로 생각하게 되는 때문이라 한다.

"그것을 애국과 충의로 인도하는 것이 훈련소 훈육의 한 목표입니다."

라고 낮에 가다기리 교관은 내게 들려주었었다.

"왜 말이 없어."

이와모도는 어쩔줄을 몰라서 얼굴이 붉어졌다.

"부모한테서 편지가 왔나."

"부모한테서가 아닙니다. 마루오까 선생님한테서 왔습니다."

'마루오까 선생?'

나는 귀를 기울였다.

"이리 내 봐."

"네."

이와모도는 준비했던 것을 얼른 내밀었다.

이거야, 하는 듯한 표정으로

가다기리 교관은 읽기를 시작하였다.

이윽고,

"그럴게야. 네 맘은 잘 알았다."

라고 말하였다. 그러니까,

"교관님."

하면서, 불쑥

"저는 묵도 때 한번도 부모를 생각할 수가 없었습니다. 저는 저를 속이고 교관님을 속이고 하여왔습니다. 그것은 여간 괴로운 일이 아니었습니다."

하고 이와모도는 울가망이 되어 악쓰듯이 말하였다.

"응, 그렇지만 이렇게 되었으면 이젠 훌륭한 부모가 아니냐."

"네. 저는 기뻐 못 견디겠습니다. 인제부터는 깨끗한 맘으로 공부할 수 있습니다."

"응—그러나 오늘 저녁처럼 금방 감정에 나타내서는 못 쓰는 법야."

"네. 이제부터 주의하겠습니다."

"그래. 인제 가."

"네. 돌아가겠습니다."

이와모도는 경례를 하고 돌아서려 하였다.

"이 편지는 내가 가져두 괜찮지."

"네."

하고 다시 먼저 자세가 되어 가지고

"교관님에게 드리겠습니다."

그리고는 돌아서서 나갔다.

나는 나가는 이와모도의 뒷모양을 바라보면서 아직 열여덟이나 아홉 밖에 안 되는 소년의 맘속에 어떠한 괴로움이 깃들이고 있었는가를 생각하려 하였다. 내 버릇인 공상이 빚어낸 그 까닭 모를 어린 맘의 고뇌를 생각하고 나는 가슴이 뿌듯하였다.

가다기리 교관이 편지를 주었다.

무엇이라 말하고 싶었으나 암말 않고 받아 들었다. 그리고 펜으로 가늘게 쓴 편지를 읽었다.

…….

매주 잊지 않고 편지를 해주니 고마우이. 자네 편지가 올적마다 그것을 원생들에게 읽어 들려주네. 모두 대단히 감동하고 있는 모양일세. 올봄에는 너나 할 것 없이 모두 지원병을 지원하였으나 엄선해서 여섯 명만 시험을 치르게 했네…….

이렇게 편지는 시작되었었다. 그리고 계속하여,

……여기 길보(吉報)가 하나 있네. 자네 춘부장께서 결심을 새로이 하시어 술을 끊으셨다네. 일전에 협화회 메구로(目黑) 지회에 오셔서 지회장인 메구로 경찰서장에게 이와 같이 말씀하시더라네. 제 자식 녀석이 입소하는 날은 서장을 비롯하여 정회장 같은 훌륭한 분이 많이 전송하여 주셔서 그런 영광은 없었습니다. 그놈이 한때는 늘 여러분의 신세만 지던 못된 놈이었었는데 - 아니, 그놈을 그렇게 만든 것은 사실은 저였습니다. 술주정꾼인 제가 잘못한 것입니다. 그것을 그날 확실히 깨달았습니다. 이렇게 말씀하시면서 울고 사죄하시더라네. 나도 한번 자네 집에를 갔었는데 자네 춘부장도 자당도(다시는 계모라는 생각을 가지지 말게. 인제는 참 훌륭한 자네 자당이 되셨네)울며 사죄를 하시데. 나는 아주 감격해서 돌아왔네…….

나는 마루오까라는 이가 이 편지를 쓴 심중을 충분히 헤아릴 수 있었다. 묵도할 때 마음의 거짓말을 괴롭게 생각하고 있는 이와모도를 격려하기 위하여 이 사람은 이 글을 쓴 것이다. 그리고 이와모도 아버지가 개과천선 한 것도 필경 이 편지 이상이리라고 믿어졌다.

"이 마루오까라는 사람은 어떤 사람입니까."

다 읽고 나서 그렇게 물으니까

"이와모도와 야나가와의 출신학원 원장이랍니다."

라고 가다기리 교관은 잘 채비를 하면서 대답하였다.

"보통학원은 아닌가 보지요."

"소년××소 위탁생(委託生)의 교도장(敎導場)이랍니다."

"네에."

나는 놀랐으나 입을 다물었다.

첫새벽 여섯시.

"기상—."

이라는 소리에 펄썩 눈을 떴다.

즉시 점호. 조금 전까지도 쥐소리 하나 들리지 않던 사내(舍內)는 발사되는 포탄 모양으로 약동되는 열 때문에 터져나갈 지경이었다.

점호가 끝난 후 세수대야를 들고 목욕탕으로 가서 부랴부랴 채비를 차렸으나, 돌아와보니 이미 아무도 없다.

당황해서 연병장으로 달려가니까 전원××명이 정연히 집합하여 궁성(宮城)과 황대신궁(皇大神宮)을 요배(遙拜)하려는 일순(一瞬) 전이었다.

채 연병장으로 뛰어 내려갈 사이도 없이 나는 언덕 위에서 동쪽을 향하여 경례를 하였다.

4월이라 하는데 찬바람이 살을 에인다.

요배 다음에는 황국신민의 서사 제창이다.

一. 我等は皇國臣民なり忠誠以て君國に報せん.

二. 我等皇國臣民は互に信愛協力し以て團結を固くせん.

三. 我等皇國臣民は忍苦鍛錬力を養ひ以て皇道を宣場せん.

장중한 제창이 하늘에까지 닿으리라는 듯이 우렁차다. 지금까지 활자로만 읽어 오던 서시가 생명을 얻은 듯이 내 맘을 때린다.

다음에 '海ゆかば'의 합창. 당번사령(當番司令)의 훈사.

가다기리 교관이 칭칭대를 뛰어 올라왔다.

"저 자세를 보십시오. 머리를 움직이는 자는 하나도 없습니다."

과연, ××명이나 되는 대집단이 숲 모양으로 잠잠하다.

"처음 입소했을 때에는 머리를 움직이고 기침을 하고 해서 대단히 볼품이 사납습니다만 석달만 훈련하면 저와 같이 훌륭해집니다."

각각 제 위치로 돌아간 각 중대는 웃통을 벗고 건포마찰(乾布摩擦)을 시작하였다.

산골짜기를 격하여 맞은편 불암산(佛岩山)이라는 기괴한 산으로부터 불어 내리는 열풍이 사정없이 붉은 살을 에인다. 이 산을 각자 지르고 세 개의 칭칭이를 만든 맨 밑이 연병장인데 산골짜기를 건너지르고 불어오는 바람은 벌거숭이 떼를 휩쓸고 나서는 사정없이 우리들 앞을 스쳐간다.

제일 가까이서 지휘하고 있는 하사관의 살결은 순식간에 피가 배였다. 하사관의 늠름한 동작에 놀라

"저 하사관은 내지인입니까."

라고 물으니까,

"아닙니다. 당훈련소 출신자입니다."

라는 대답이다.

"어제께 나한테 총검술을 가르쳐 준 가네시로 병장도 그랬지만 내지병과 조금도 다르지 않군요."

"안 다르구 말구요. 군대에 들어가면 코나 입맵시나 머리통까지 같아진답니다."

"정신이 같아지는 까닭일까."

"물론 그렇지요. 그러나 피가 다른 민족이면 그렇게 되지를 않습니다.

보십시오. 저 기무라 상등병에게서 어디 털끝만치나 조선 냄새가 납니까. 이것은 역시 우리들이 같은 피를 나누어 가진 형제라는 증거이라 생각합니다.”

라고 말하고 나서 또 곧 계속하였다.

“내지에서 처음 온 사람은 내선(內鮮)이 동근동조(同根同祖)라지만 저렇게 다르지 않느냐고 흔히들 말합니다. 그런 사람들은 딱 한번 이 훈련소에 와보라고 권하고 싶습니다. 실물을 보고는 모두 감탄할 것입니다. 거리의 민중들은 흰옷을 입고 있고 다른 집에 살고 있고 얼굴도 같지 않습니다. 그러나 그것은 오랫동안 대륙에 의지해서 살아온 역사 때문에 그렇게 삐뚤어진 것이지 자세히 관찰할 것 같으면 역시 대화민족(大和民族)과 같은 민족이라는 것을 알 수 있습니다. 오늘날의 조선적인 것에서 대륙적인 것을 뽑으면 순수한 조선적인 것이 있습니다마는 그것은 곧 순일본적인 것에 통하는 것입니다. 백제나 고구려는 물론이요 신라까지도 일본적이었으나까요.”

“그러면 황민화(皇民化)라는 말은 조선에서는 상고환원(上古還元)이란 뜻이 되는군요.”

“그러나 단순한 환원이 아니고 황민을 향한 약진이지요. 같은 뿌리에서 나온 것이니까. 제 갈 길을 찾아 들어 황민정신을 파악하면 아주 같은 것이 될 수밖에 없지 않습니까. 그러니까 같은 황국의 병정이 될 수 있는 것입니다.”

‘군대훈련이 황민화의 첩경이로구나.’

라고 나는 생각하고 징병제 시행은 조선의 황도화의 촉진이라는 점에서도 꼭 필요하다고 생각하였다.

“이 훈련소 출신자의 입영 후의 성적이 좋은 것으로도 그것은 증명할 수 있습니다. 소위로 진급한 자가 두 명이요. 하사관이 된 자는 수 없습니다. 실전에 나가서도 큰 공을 세울 수 있는 증거로는 생존자로서 금치훈장을 배수한 자가 있는 것으로도 알 수 있습니다.”

"그 사람은 지금 어디 있습니까."

"이 훈련소에 교관 조수로 와 있습니다."

교관 조수들과는 조석마다 한자리에서 만났다. 나는 두세 사람의 얼굴을 생각해 내었으나 그런 수훈자(殊勳者)다운 얼굴은 생각나지 않았다.

"전사할 때 진심으로 폐하를 위하여 죽는 기쁨을 느낄까요."

"무슨 말씀입니까 완전히 같은 황국군이 되었다지 않았습니까. 죽음을 무릅쓰고 적중(敵中)에 뛰어드는 진충(盡忠)의 정신이 있기에 이인석 상등병 같은 훌륭한 병정이 나오는 것입니다."

나는 어리석은 질문을 하여 면목이 없다고 생각하였다.

그러나 나는 살아있는 용사들에게 그 체험담을 듣지 않고는 안심을 할 수 없었기 때문에 교관 조수들에게 가까이 할 기회를 기다리고 있었다.

점심을 먹을 때 화로를 둘러싸고 있는 조수들 옆으로 다가가서,

"당신은 금치훈장 배수자라지요. 꿈을 세웠을 때 애기 좀 들려주시지요."

하고 염치 좋게 물었다.

그러니까 그 아오무라 상등병은 벌떡 일어나서,

"저는 아무 공도 세우지 못했습니다."

라고 말을 남기고 나가 버렸다.

다른 용사들도 모두 말이 없어졌다. 그들 얼굴에 엄숙한 빛이 떠도는 것을 보고 나는 속으로 아차 하고 뉘우쳤다.

전장에 나가 본 적이 없는 나는 애기를 통해서 밖에 그들의 정신을 이해할 수 없었다. 조리 있게 말을 붙였더라면 조수들은 혹 입을 열었을지도 모른다.

그러나 그래서는 그들의 말하지 않으려는 존귀한 정신을 모독하는 것이 된다고 나는 생각하였다. 이대로 암말 없이 물러가는 것이 양편의 맘을 존중하는 뜻이라는 것을 깨달은 것이다.

  그리고 나서 밖으로 나오니까 잘못을 범하지 않았다는 것이 대단히 맘에 흡족했고 또 자기 행동에 자신을 가질 수 있었다.

  그러나 내 옆으로 달려오는 이와모도 지원병을 보았을 적에 나는 더 그 생각을 지속할 수 없었다. 불현듯 나는 여러 가지 말을 물어보고 싶어진 것이다. 나는 제 욕망을 억제해야 할지 안 할지 잠깐 동안 망설이었다. 제법 격렬한 마음의 다툼이었다.

  이와모도는 가다기리 교관이 나를 실습지로 오란다는 말을 전하러 온 것이었다. 시간은 아직도 30분이나 있었다.

  '무엇을 물어볼까.'

  반시간이나 여유가 있다는 것이 큰 유혹이었다. 어제 밤에 이와모도가 울은 일, 마루오까라는 사람의 편지, 그리고 야나가와와 이와모도가 여기 뽑혀온 다른 지원병보다 특수한 과거를 가지고 있다는 것이 매력이었다.

  (이 소년은 한번은 길을 잘못 들은 적이 있다. 그러면서도 지금은 반장으로 선발되어 있다.)

  나는 그런 것을 묻지 않고는 더 견딜 수가 없었다.

  "야나가와와 자네가 마루오까 학원의 출신잔가?"

  그예 그렇게 묻고 말았다.

  "네."

  뜻밖에 평연한 태도로 대답한다.

  "무슨 특수한 학원인 것 같던데……."

  좀 거북하였으나 이렇게 가만히 물었다.

  "네. 소년××소의 위탁생을 교도하는 곳입니다."

  "이와모도는 똑바로 선 채 대답하였다.

  "자네도 그런가."

  그예 나는 한꺼풀을 벗겨버리려 했다.

  "그렇지 않습니다."

"이와모도는 똑같은 태도로 대답하였다. 나는 안심하고

"그럼 왜 그 학원에 들어갔었나."

나는 무척 색다른 것을 공상하면서 또 물었다.

"제 과거를 뜯어고치려고 그랬습니다."

"흠."

가만한 놀람이 내 맘속을 다툼질쳤다.

"자진해서 들어갔나."

"협화회 메구로 지회에 계신 분의 권고로 들어갔습니다."

"그래서."

얼른 대꾸할 말이 생각나지 않았다. 너무도 복잡한 생각이 용솟음쳤기 때문이다.

그러나 그만큼 이와모도를 알고 싶다는 욕망은 더욱 커져서 억제할 길이 없었다.

무슨 적당한 말을 찾으려고 나는 천천히 걸으면서 이러저러 궁리했다. 될 수 있는 대로 이와모도의 맘을 자극하지 않는 말을 찾는 것이 지금 내가 할 수 있는 노력인 것이다.

"무슨 괴로움이 있었나."

겨우 이렇게 묻고 나는 이상한 맘으로 대답을 기다렸다.

"병정될 수 없는 게 분했기 때문입니다."

"이와모도는 성난 듯이 대답하였다.

나는 커다란 충격을 받고 이와모도를 바라보았다.

이와모도의 맘속에 담겨 있는 모든 사정을 얼른 알아차릴 수 있었던 것이다. 이와모도와 같은 괴로움을 하소연하러 온 청년을 나도 4, 5인 알고 있다.

내지에서 자란 청년들이 이 말을 입 밖에 내일 수 있을 때까지의 그들의 괴로움은 어떠했을 것인가.

"그래서."

나는 한탄하듯이 말했다.

이와모도 당신 마음의 격동을 나는 여실하게 머릿속에 그려보면서 일찍이 긴 바지를 입고 병정들의 연습을 쓸쓸하게 바라보고 있던 자기의 모양을 생각해내었다. 그러나 내지에서 자란 이와모도의 마음을 표현하려면 아무래도 쓸쓸하다는 글자만으로는 부족하게 생각된다.

"그래서 길을 잘못 들었었군."

나는 제 생각을 말하는 듯이 이렇게 물었다.

"네. 그러나 아버지가 그러시지만 않았어도 나쁜 길로 들어가지는 않았을 것입니다."

이와모도의 얼굴에 검은 그림자가 스쳤다.

지난날의 괴로움이 그의 마음을 어둡게 한 것이리라.

나는 이와모도의 가정 사정을 생각하여 보았다. 술주정꾼인 아버지와 계모.

나는 이와모도와 같은 가정에서 자라난 소년을 몇 사람 알고 있다. 그리고 내지로 이주하여온 사람들의 얕은 생활정도도 보아왔다.

나는 내 욕망에 채찍질을 했다.

'이와모도는 모든 것을 잊어버리고 있지 않느냐—.'

실컷 잊어버린 옛 상처를 다시 들추어내려는 내 행동은 책망당해도 마땅하다. 그리고 과거의 일체를 씻어 없애고 훌륭한 지원병으로 갱생한 이와모도가 나 때문에 다시 그 결심이 찢어지지나 않을까를 근심하였다.

그러나 문득 마루오까 원장의 편지를 생각해내고

"다 지난 일일세. 이제부터는 맘놓고 일할 수 있겠지."

반은 위로하는 듯이 말했다.

"네. 이제는 안심하고 일할 수 있습니다."

이와모도는 얼른 다시 명랑한 표정으로 돌아갔다.

"마루오까 선생을 만나러 갈텐데……."

언뜻 나는 그렇게 하리라 생각하였다. 현재의 이와모도를 완전히 믿기 위하여는 아무래도 이와모도의 과거와 선도되어온 도정을 알아야 하겠기 때문이다.

"마루오까 선생님을 만나시거든 이와모도는 떳떳하게 일하고 있으니 안심하십사고 말씀 전해주십시오."

"응, 꼭 전하겠네."

"마루오까 선생님한테는 퍽 신세를 졌습니다. 이렇게 된 것은 오로지 선생님의 덕입니다."

"알겠네."

"어떤 때 이런 일이 있었습니다."

이와모도는 결심한 듯이 이렇게 얘기를 시작하였다.

"제가 마루오까 학원에 들어간 것은 자발적입니다마는 때때로 자기 생각에 자신을 가질 수 없을 때가 있었습니다. 마루오까 선생님은 우리들은 폐하의 적자이다 참스런 일본인으로 갱생하여 진충보국(盡忠報國)해야 할 것이다라고 늘 말씀하셨습니다마는 때때로 저는 정말 일본인이 될 수 있을까 하는 의심을 품고 있었습니다. 이런 생각을 먹는 것부터가 대단한 잘못이라고 꼭 마음속에 간직해 두기는 하였습니다마는 아무래도 자신을 가질 수는 없었습니다. 그럴 때는 마루오까 선생님의 강화도 귀찮기만 하고 학원에 입학한 것이 후회되기도 하였습니다."

나는 약간 놀랬으나 억지로 그것을 감추고 그의 얘기를 기다렸다.

"어느 날 저는 외출허가를 내었습니다. 단독 외출은 못하는 법이었습다마는 어디 가느냐고 묻길래 명치 신궁에 참배하러 간다니까, 갔다오라고 허가가 내렸습니다. 거짓말이었던 것입니다."

이와모도는 큰맘먹고 이 얘기를 끌어낸 듯 싶었다. 난 모르는 체하고 귀만 기울였다.

"집으로 돌아갈 작정이었던 것입니다. 아니 옛날 동무들이 그리워진 것입니다. 학원을 나왔을 때에는 좀 양심의 가책을 받았습니다만 긴자

(銀座)로 나와 한 30분 돌아다니는 사이에 그런 것은 다 잊어버리고 말았습니다. 그럴 때에 문득 옛날 동무를 만난 것입니다. 메구로로 가자고 그 동무가 끌었습니다. 그럼세 하고 저는 따라섰습니다. 그러나 히비야(日比谷)정류장에서 메구로행 전차를 기다리고 있는 사이에 문득 해자가 눈에 띄었습니다. 머리끝이 쭈뼛하는 것 같았습니다. 마음에 커다란 충격을 받은 것입니다. 동무가 전차 타는 것을 보고서는 그대로 되돌아서서 니쥬우바시(二重橋) 앞으로 걸어갔습니다. 마치 무엇에게 끌려가는 듯하였습니다. 매월 초하룻날마다 궁성을 참배하러 온 것이 문득 생각난 것입니다. 마루오까 선생이 거기 서 계신 것 같았습니다. 저는 궁성 앞에 꿇어 엎드려서 오랫동안 울었습니다. 그리고 곧 학원으로 돌아가 모든 것을 마루오까 선생님에게 참회했던 것입니다.”

어딘지 모르게 가쁜 숨을 쉬고 있는 듯한 이와모도를 위로하는 듯이,

“지원병 제도가 있는 것을 그때는 몰랐었나.”

하고 물었다.

“알고는 있었습니다마는 내지에 살고 있는 저희들은 아직 지원하기가 곤란한 때였습니다.”

“지원할 수 있는 줄 알았을 때엔 그런 맘은 없어졌을 텐데…….”

“네. 없어졌습니다. 참으로 기뻤습니다. 그래도 또 한 가지 자신을 가질 수 있는 게 있었습니다.”

“그건 무엇인가.”

“옛날부터 내선(內鮮)이 정말 일체였는지가 늘 맘에 걸렸습니다.”

“그야 물론 일체였지. 자네는 그런 역사를 모르나.”

“조금은 압니다마는 그것이 감정에까지 떠오르지를 못했었습니다. 그러나 고마 신사에 참배했을 때 문득 깨달은 바가 있었습니다.”

“그랬겠네.”

“거기 사는 사람들이 일천 일백년 전에 여기서 건너간 사람들이란 말을 듣고 또 완전히 내지인이 되고마는 사실을 눈앞에 보았을 때 그렇다

하고 저는 자신을 가질 수 있었습니다.”

이와모도는 전력을 다해서 여기까지 말했다. 나는 이와모도 말 속의 변화를 뚜렷이 보는 듯하였다. 젊은 그에게 대해서도 역시 역사는 커다란 영향력을 가지고 있었던 것이다.

시간이 있으면 나는 내가 아는 한의 역사 전부를 이와모도에게 얘기해 주어 그의 자신을 더 굳게 해주고 싶었다.

그러나 이와모도는 내 잔소리를 들을 것까지도 없이 간단하게 가장 진리를 파악하고 있었다. 그리고 계속하여 “그 신사 배전(拜殿) 앞에는 각 미야뎅까(宮殿下)의 참배 기념수(記念樹)가 있었습니다. 그런 존귀한 분들이 이 고마 신사를 참배하시였나 생각할 적에 뭐라 형언할 수 없는 감격을 느꼈습니다. 그때 저는 지원병이 되려고 생각했습니다.”하고 자신을 가지고 대답하는 것이다.

“응— 잘 알았네. 그러나 여기 있는 지원병 제군은 자네와 같은 맘의 과정을 거치지 않고서도 훌륭한 충의심(忠義心)을 가질 수 있을 텐데….”

“그렇습니다. 어떤 청년은 입소하는 전날 아버지가 돌아가시고 어떤 청년은 아들이 죽고 하였습니다마는 모두들 감연히 집을 나왔습니다. 또 큰비가 와서 뒷산이 무너져 일가에 비참사가 있었습니다마는 그래도 입소하여 왔습니다. 이런 사람 얘기를 들었을 때 저는 참 부끄러웠습니다.”

“지지 않고 훌륭한 공을 세우도록 하게. 그리고 그저 말없이 자기 맡은 임무를 다하면 되네.”

하고 나는 이와모도와 헤어졌다.

퇴소 후 나는 북선(北鮮)으로 가고 중선(中鮮)으로 되돌아오고 하며 각지의 황민연성(皇民鍊成)을 보고 징병 적령자의 특별 훈련을 보고하였는데 그럴 때마다 자꾸 이와모도 생각이 났다.

그리고 고마 신사에 모신 고마 왕 약광(若光)과 그 일족(一族)의 선주지(先住地) 고구려국과 야마도 조정과의 특별한 관계, 남선의 백제의 고도 부여에 들려서 내선일체의 사실을 찾기도 하며 이와모도가 고마 신사를 통하여 이러한 모든 역사를 일순간에 느꼈을 것이라는 것을 생각하였다.

가령 유우랴꾸뗀노(雄略天皇)는 백제 제22대 문주왕(文周王)이 멸망에 기울어졌을 때 미마나(任那)의 땅 웅진을 하사하시어 이를 재흥(再興)게 하시었고, 그 성은을 보답하기 위하여 백제의 성왕(聖王)은 장륙불(丈六佛)을 만들어 긴메이뗀노(欽明大皇)의 성수무강을 기원한 것 등 옛 사실이 남아 있는데 이것이 모두 이와모도 피 속에 생생하게 소생한 듯한 생각이 들었다.

여행을 끝마치고 돌아와서까지도 이와모도 지원병의 생각이 머리 속을 떠나지 않았다. 훌륭한 군인이라는 것은 굳게 믿고 있으나 나는 그 자신을 더 뚜렷하게 하기 위하여 마루오까 학원을 봐 두리라 생각하였다.

그래서 돌아온 지 사흘째 되는 날 아라가와(荒川) 방수로(放水路) 건너 한적한 곳에 있는 마루오까 학원을 방문했다.

원생은 아침 다섯 시 반에 일어나서 그날 하루의 행을 시작한다. 점호 궁성 요배, 신전배례가 모두 엄숙하게 거행되었다.

정관실(靜觀室)에 들어가서 어진영(御眞影)을 배포(拜?)한 나는 원생과 같은 마음에 잠겨 성은(聖恩)의 무궁을 기원하였다.

식당으로 내려오니까 점심을 앞에 놓고 원생은 명목 합창한 후

"한 방울도 천지의 혜택이요. 한 알도 노고의 덕이니 소홀히 하면 배은(背恩)이요. 부족하게 여기면 덕을 잃으니라……."

라고 제창하고 있는 것을 보았을 때 다시없이 엄숙한 기분에 잠기었다.

'여기도 훌륭한 정신도장(精神道場)이로구나.'

하고 나는 전선 도처에 있는 다른 도장과 비겨보며 생각하였다.

"한사람 안 빼놓고 전부가 국가에 유용한 인물이 되게 하느라고 노력하고 있습니다."

라고 마루오까 원장은 말하였다.

"다만 참 인간을 만들어 주는 것만으로는 어딘지 힘이 부족한 듯한 느낌이 있습니다. 내가 이 학원을 창설 한 것은 소화 8년 입니다마는 그 당시는 아직 지도정신이 박약했습니다. 어느 날 아침 궁성요배를 하다가 나는 문득 깨달은 바가 있었습니다. 지금야 말로 조금도 신기할게 없습니마는 황민연성이 첫째라는 생각이었습니다. 여기에 수용되는 원생은 모두 한번은 길을 잘못 들었었는데 그 최대원인은 황국신민으로서의 자각이 없었기 때문입니다. 나는 일본인이다. 황국신민이다. 어떤 경우에든지 결코 이 신념을 버리지 말라고 나는 지도해왔습니다. 그 후로부터 원생 자각은 대단히 빨라져서 학원에 들어온 다음 달에는 벌써 이 황민의식을 가지게 됩니다. 이제는 아무리 능란한 재주를 가진 악마가 와서 속여도 우리 원생의 신념을 동요시킬 수는 없습니다. 그런데다 지원병제와 징병제가 실시되었습니다. 우리들의 신념은 더욱 꽃이 피고 열매를 맺게 된 것입니다. 성은의 거룩하옵심에 감읍할 밖에는 없습니다."

"이와모도도 병정이 될 수 있다는 데서 나는 일본인이란 자각이 생겼다고 말하고 있더군요."

"그렇습니다. 이와모도는 병정이 되지 못한다고 비뚤어지기 시작한 사람이니까요. 그리하여 고마 신사에 참배했을 때 자기의 조상은 야마도 민족과 같은 사람이었다는데 자신을 가진 것입니다. 나는 이와모도 얼굴이 각각으로 변해 가는 것을 지금도 생각해 낼 수 있습니다."

나는 이와모도와 같은 경로를 지나 황민으로서의 자각을 가지게 될 동포가 많을 것을 생각하였다. 그리고 내일이라도 고마 신사에 참해야겠다."

하고 생각하였다.

그래서 지금 고마 역에 내려선 나이다.

이제는 천하대장군에게도 하직을 해야겠다.

나는 역 앞 넓은 터널을 지나 길을 가로질러 시골길로 들어섰다. 보리이삭이 파도같이 비치고 있는 듯한 저편에 좀 색다른 이중 농가가 보였다. 바른편으로 빙 도니까 오래된 다리가 나타난다. 옥 같은 개울들이 다리 아래로 흐르고 해금(解禁) 전의 은어가 즐겁게 뛰놀고 있었다.

다리를 건너, 인가 사이를 빠져나가려니까 왼편으로 산이 다가선다. 진달래가 새빨갛게 만발이다.

얼마쯤 가려니까 또 개울이 나타났다.

민틋한 산이 멀리 주위에 에워싸고 있다.

산이 있고 골짜기가 있고 개울이 있는 이곳을 영주(永住)의 땅으로 택한 고마인의 맘을 생각하면서 천이백년전의 무사시노(武藏野)의 풍모를 머릿속에 그려본다.

일족 1,797인을 이끌고 고마왕 약광이 여기까지 다다랐을 때의 심경을 생각하고 몸무덴노(文武天皇) 대에 왕성(王姓)을 받자온 기쁨에 감읍하고 있는 모양을 맘속으로 헤아려보면서 다리를 건넜다.

2, 3분 가면 고마 국민학교의 정문 앞이다. 오전반 아이들이 삼삼오오로 짝을 지어 나온다.

과연 다섯 아이 중 두 아이는 신 이주자인 것 같은 느낌을 주는 얼굴이었다.

이와모도가 이 얼굴에 놀라고 감응한 그 맘을 나도 짐작할 수 있다. 그러나 1200년 전의 얼굴이 내지화(內地化) 하듯이 이와모도의 얼굴도 각각으로 달라가고 있는 것이다.

우편국, 야꾸바(役場) 무슨 배급소라고 고마란 이름을 위에 달은 간판이 여러 개 눈에 띄었다.

망루(望樓) 근처에서 왼편으로 꼬부라져 얼마동안 가면 고마가와(高麗川)이다.

도중에서 국민학교 아동이나 신혼부부나 부인단이나 애국반 반원들이 신사참배하고 돌아오는 것을 만나 때마다 이 신역(神域)의 의의가 한층 더 새로워지는 것을 느끼었다.

다리를 건너면 참도(參道)이다. 도리이(鳥居)를 빠져 나가니까 참배자의 기념수가 눈에 뜨이기 시작했다.

배전 가까이 깊숙이 존귀하신 분들의 참배 기념의 식수가 있다.

문득 이와모도의 말을 생각하였다.

나는 깊이 감동하여 모자를 벗고 공손히 머리를 숙이었다.

이와모도 맘을 일변시킨 그 감격을 나도 맛보았다. 그리고 이곳을 참배하는 사람 전부가 같은 감동을 느끼리라는 것을 나는 믿을 수 있었다.

옛적에 황은(皇恩)을 흠모하고 멀리 바다를 건너온 한인(韓人)들이 이 무사시노 뿐 아니라 전국가지에 흩어져 이와 같이 번창하게 살고 있던 일 그리고 이 고마 신사의 분령(分領)이 시라히게묘오징(白?明神)이란 이름 아래 전국 수십 사(社)에 봉사되고 있는데 다른 삼한(三韓) 관계의 신사를 합치면 백사도 넘으리라는 것을 생각하였다.

나는 손을 씻고 입을 헹구고 신전(神前)에 섰다.

깊이 고개를 떨어뜨리고 이와모도가 보다 더 훌륭한 군인이 되기를 기원하였다. 그리고 또 조선동포 전부가 하루라도 빨리 황민화를 완성하고자 기원하는 것이었다.

(일본의 每日新聞에 1943년 8월 24일부터 9월 9일까지 「岩本志願兵」 이란 제목으로 일본어로 연재되었다가 그해 조선의 매일신보에 9월 7일부터 9월 22일까지 조선어로 번역 연재되었다. 매일신보에 번역된 것을 수록하였으나 어색한 대목은 원문을 참조하여 부분적으로 손질하였다.)